»... Abends, wenn ich abgespannt bin, greife ich instinktiv nach einem ‚Wallace', bin im Nu in der Handlung, vergesse den ganzen Jammer des Alltags, bin froh und mutig.« ADENAUER IN RHÖNDORF

Edgar Wallace. Das Original.

Alle Edgar Wallace Kriminalromane:

1 Die Abenteuerin.
2 A. S. der Unsichtbare.
3 Die Bande des Schreckens.
4 Der Banknotenfälscher.
5 Bei den drei Eichen.
6 Die blaue Hand.
7 Der Brigant.
8 Der Derbysieger.
9 Der Diamantenfluß.
10 Der Dieb in der Nacht.
11 Der Doppelgänger.
12 Die drei Gerechten.
13 Die drei von Cordova.
14 Der Engel des Schreckens.
15 Feuer im Schloß.
16 Der Frosch mit der Maske.
17 Gangster in London.
18 Das Gasthaus an der Themse.
19 Die gebogene Kerze.
20 Geheimagent Nr. Sechs.
21 Das Geheimnis der gelben Narzissen.
22 Das Geheimnis der Stecknadel.
23 Das geheimnisvolle Haus.
24 Die gelbe Schlange.
25 Ein gerissener Kerl.
26 Das Gesetz der Vier.
27 Das Gesicht im Dunkel.
28 Der goldene Hades.
29 Die Gräfin von Ascot.
30 Großfuß.
31 Der grüne Bogenschütze.
32 Der grüne Brand.
33 Gucumatz.
34 Hands up!
35 Der Hexer.
36 Im Banne des Unheimlichen.
37 In den Tod geschickt.
38 Das indische Tuch.
39 John Flack.
40 Der Joker.
41 Das Juwel aus Paris.
42 Kerry kauft London.
43 Der leuchtende Schlüssel.
44 Lotterie des Todes.
45 Louba der Spieler.
46 Der Mann, der alles wußte.
47 Der Mann, der seinen Namen änderte.
48 Der Mann im Hintergrund.
49 Der Mann von Marokko.
50 Die Melodie des Todes.
51 Die Millionengeschichte.
52 Mr. Reeder weiß Bescheid.
53 Nach Norden, Strolch!
54 Neues vom Hexer.
55 Penelope von der »Polyantha«.
56 Der Preller.
57 Der Rächer.
58 Der Redner.
59 Richter Maxells Verbrechen.
60 Der rote Kreis.
61 Der Safe mit dem Rätselschloß.
62 Die Schuld des Anderen.
63 Der schwarze Abt.
64 Der sechste Sinn des Mr. Reeder.
65 Die seltsame Gräfin.
66 Der sentimentale Mr. Simpson.
67 Das silberne Dreieck.
68 Das Steckenpferd des alten Derrick.
69 Der Teufel von Tidal Basin.
70 Töchter der Nacht.
71 Die toten Augen von London.
72 Die Tür mit den 7 Schlössern.
73 Turfschwindel.
74 Überfallkommando.
75 Der Unheimliche.
76 Die unheimlichen Briefe.
77 Der unheimliche Mönch.
78 Das Verrätertor.
79 Der viereckige Smaragd.
80 Die vier Gerechten.
81 Zimmer 13.
82 Der Zinker.

EDGAR WALLACE

Die seltsame Gräfin

THE STRANGE COUNTESS

Kriminalroman

GOLDMANN VERLAG

Aus dem Englischen übertragen
von Ravi Ravendro

Der Goldmann Verlag
ist ein Unternehmen der Verlagsgruppe Bertelsmann

Jubiläumsausgabe

Made in Germany · 1/90 · 23. Auflage

Satz: Mohndruck Graphische Betriebe GmbH, Gütersloh
Druck: Elsnerdruck, Berlin
Krimi 49
Ge · Herstellung: Klaus Voigt
ISBN 3-442-00049-1

Kapitel 1

Lois Margeritta Reddle saß auf der Kante ihres Bettes und hielt in der einen Hand eine große Tasse, in der anderen einen Brief. Die dicke Brotschnitte war zu dünn gestrichen, der Tee zu schwach aufgegossen und zu stark gezuckert, aber die Lektüre nahm Lois so in Anspruch, daß ihr diese kleinen Nachlässigkeiten ihrer Freundin Lizzy Smith nicht zum Bewußtsein kamen.

Eine goldene Krone schmückte den Briefbogen, und das starke, griffige Papier strömte einen leichten Duft aus.

307 Chester Square, London S. W.

Die Gräfin von Moron hat mit Vergnügen die Nachricht erhalten, daß Miss Reddle ihre Stellung als Privatsekretärin am Montag, dem 17., antritt. Miss Reddle kann versichert sein, daß sie einen angenehmen Posten und viel freie Zeit zur Verfügung haben wird.

Die Tür wurde aufgestoßen, und Lizzys strahlend rotes Gesicht erschien im Rahmen.

»Das Bad ist fertig«, sagte sie kurz. »Aber nimm vorsichtshalber deine eigene Seife mit – durch die dünne Scheibe, die noch da ist, kannst du durchgucken. Hier hast du ein frisches Handtuch, und hier ist ein halbnasses. Was steht in dem Brief?«

»Er ist von meiner Gräfin – ich fange am Montag bei ihr an.«

Lizzy zog ein schiefes Gesicht.

»Du schläfst natürlich auch dort? Das heißt also, daß ich mir wieder jemand suchen muß, der hier bei mir wohnt. Die letzte, mit der ich vor dir zusammenhauste, schnarchte. Aber das gute Zeugnis kann ich dir wenigstens ausstellen, Lois, du hast nicht geschnarcht.«

Lois' Augen blitzten schalkhaft auf, und um ihren ausdrucksvollen Mund spielte ein Lächeln.

»Du kannst dich jedenfalls nicht beklagen, daß ich dich nicht ordentlich versorgt hätte«, sagte Lizzy selbstzufrieden. »Du siehst doch ein, wie gut ich unseren Haushalt geführt habe, besser als alle anderen, mit denen du früher einmal zusammenwohntest. Ich habe dir alle Haushaltssorgen abgenommen, alles besorgt, eingekauft, gekocht und geputzt – das gibst du doch zu?«

Lois legte ihren Arm um die Freundin und küßte ihr einfaches, gutmütiges Gesicht.

»Ja – wir haben uns gut vertragen, und es tut mir sehr leid, daß ich fortgehen muß. Aber ich habe immer versucht vorwärtszukommen. Von der Schulbank in Leeds kam ich an das kleine Kassenpult bei Rooper und von dort zu einer Drogerie, dann zu der großen Rechtsanwaltsfirma –«

»Groß?« unterbrach Lizzy sie ärgerlich. »Du willst den alten Shaddles doch nicht etwa groß nennen? Das Biest hat mir zu Weihnachten nicht einmal das Gehalt um zehn Shilling erhöht, und ich habe doch jetzt fünf Jahre lang die Schreibmaschine bei ihm geklopft! – Aber, mein Liebling, du wirst nun eine gute Partie machen, du wirst jemand aus der Gesellschaft heiraten. Die Gräfin ist sicher ein weiblicher Drache, aber sie ist reich, und du triffst vornehme Leute bei ihr. – Jetzt mußt du aber gehen und dein Bad nehmen; ich mache inzwischen die Setzeier. Werden wir Regen bekommen?«

Lois rieb ihre weißen, wohlgerundeten Arme und fuhr leise mit der Hand über eine kleine, schwach rot schimmernde, sternförmige Narbe kurz über ihrem Ellenbogen. Lizzy glaubte fest daran, daß es Regen gebe, wenn Lois' Narbe sich dunkler färbte.

»Das Ding mußt du dir elektrisch wegmachen lassen«, sagte das frische, derbe Mädchen, aber Lois schüttelte leicht den Kopf. »Du kannst auch lange Ärmel tragen, sie sind in dieser Saison modern.«

Lois hörte während des Bades ihre Freundin in der kleinen Küche herumwirtschaften. Während die Setzeier in der Pfanne brutzelten, pfiff Lizzy die Melodie des letzten Tanzschlagers.

Die beiden hatten zusammen das Obergeschoß eines Hauses in der Charlotte Street gemietet, seitdem Lois nach London gekommen war. Sie war eine Waise, ihr Vater starb, als sie noch klein war, und sie konnte sich auch nur dunkel auf die freundliche, mütterliche Frau besinnen, die sie während ihrer ersten Schulzeit betreut hatte. Später wurde sie von einer weitläufig verwandten Tante erzogen, die sich aber nur um ihre vielen eingebildeten Leiden kümmerte. Sie starb bald, trotz ihrer vielen Medizinflaschen oder vielleicht gerade deshalb, und Lois kam dann zu fremden Leuten.

»Der Gräfin wird deine vornehme Ausdrucksweise gefallen«, sagte Lizzy, als das hübsche Mädchen in die Küche kam.

»Ich wußte nicht, daß ich vornehm spreche«, erwiderte Lois in guter Laune.

Lizzy schwenkte mit einer geschickten Bewegung die Eier aus der Bratpfanne auf den Teller.

»Sicher hat auch ihn das sofort für dich eingenommen«, meinte sie bedeutungsvoll.

Lois errötete.

»Wenn du doch nicht immer von diesem schrecklichen Menschen sprechen wolltest, als ob er ein junger Gott wäre!« erwiderte sie kurz.

Lizzy Smith ließ sich aber nicht im mindesten aus der Fassung bringen. Sie wischte sich die Stirn mit dem Handrücken ab, stellte die Bratpfanne an ihren Platz zurück und setzte sich energisch an den Tisch.

»Hör mal, das ist kein gewöhnlicher Mensch! Er gehört nicht zu diesen Gecken, die einen auf der Straße ansprechen«, sagte Lizzy, in Erinnerung versunken. »Ich bitte dich, der ist doch Klasse. Als er mir dankte, hat er mich wie eine Lady behandelt, und während der ganzen Unterhaltung ist kein Wort gefallen, das nicht auf der ersten Seite einer frommen Sonntagszeitung hätte stehen können. Als ich aber kam und dich nicht mitbrachte, war er furchtbar enttäuscht, und es war wirklich kein Kompliment für mich, daß er ganz verlegen dreinschaute und sagte: ›Ach, ist sie nicht mitgekommen?‹«

»Die Setzeier sind angebrannt«, sagte Lois.

»Er ist wirklich ein feiner Kerl«, fuhr Lizzy fort, »ein Gentleman! Er fährt seinen eigenen Wagen. Er spaziert in der Bedford Row auf und ab, nur um dich einmal kurz von weitem sehen zu können. Solche Anhänglichkeit würde selbst das härteste Herz aus Stein erweichen.«

»Meins ist aber aus Bronze«, erwiderte Lois vergnügt. »Du machst dich lächerlich, Elizabeth!«

»Du bist die erste, die mich seit meiner Taufe Elizabeth genannt hat. Aber das ändert an der Sache gar nichts, soweit ich daran beteiligt bin. Mr. Dorn –«

»Der Tee schmeckt nach ausgelaugtem Holz«, unterbrach sie Lois, und diesmal fühlte Lizzy sich getroffen.

Es entstand eine Pause.

»Hast du den alten Mackenzie in der vergangenen Nacht gehört?« begann Lizzy dann wieder. »Nein? Er hat dieses süße Stück aus Hoffheims Erzählungen – Hoffmanns Erzählungen wollte ich sagen – gespielt. Komisch, daß ein Schotte Violine spielt. Ich dachte, sie wären alle Dudelsackpfeifer.«

»Er spielt wundervoll. Manchmal höre ich seine Musik in meinen Träumen.«

Lizzy murrte.

»Mitten in der Nacht macht man keine Musik«, sagte sie böse. »Wenn er auch unser Hausherr ist, so haben wir doch das Recht auf Schlaf. Er ist eben verrückt, das ist es.«

»Mir gefällt er aber gerade mit seinen Eigenheiten gut, er ist ein netter alter Mann.«

Lizzy rümpfte die Nase.

»Alles zu seiner Zeit«, sagte sie, stand auf und holte eine dritte Tasse aus dem Küchenschrank. Sie stellte sie geräuschvoll auf den Tisch und goß Tee und reichlich Milch ein.

»Heute bist du an der Reihe, ihm den Tee hinunterzutragen. Vielleicht kannst du eine Bemerkung fallen lassen, daß ich am liebsten ›Mondnacht in Italien‹ höre.«

Die Mädchen hatten es sich zur Gewohnheit gemacht, dem alten Mann, der die Etage unter ihnen bewohnte, jeden Morgen eine Tasse Tee zu bringen. Ganz abgesehen von seiner Eigenschaft als Hauswirt, stand der alte Herr mit beiden Mädchen auf gutem Fuß. Die Miete, die sie zahlten, war im Verhältnis zu der zentralen Lage des Hauses und der Beliebtheit dieser Gegend sehr niedrig.

Lois trug die Tasse die Treppe hinunter und klopfte an eine der beiden Türen auf dem unteren Treppenabsatz. Schlürfende Schritte näherten sich auf dem harten Fußboden, die Tür öffnete sich, und Mr. Mackenzie verneigte sich mit einem dankbaren Blick über seine Hornbrille hinweg. Er betrachtete wohlgefällig die hübsche Erscheinung des Mädchens.

»Tausend Dank, Miss Reddle«, sagte er eifrig, als er ihr die Tasse abnahm. »Wollen Sie nicht ein bißchen hereinkommen? Ich habe meine alte Violine zurückbekommen. Habe ich Sie die letzte Nacht gestört?«

»Nein. Leider habe ich Sie nicht gehört«, sagte Lois, als er die Tasse auf die sauber gescheuerte Platte des einfachen Tisches stellte.

Das Zimmer war peinlich sauber und nur mit dem Allernotwendigsten möbliert. Aber es paßte so recht zu diesem kleinen alten Herrn mit den bauschigen Hosen, den feuerroten Pantoffeln und der schwarzen Samtjacke. Runzeln und Falten durchzogen sein glattrasiertes Gesicht, aber die hellen blauen Augen, die unter buschigen Brauen saßen, waren voller Leben und Güte.

Er nahm die Violine, die auf der Kommode lag, behutsam, fast zärtlich in die Hand.

»Musik ist ein hoher Beruf«, sagte er, »wenn man ihr genügend Zeit widmen kann. Aber die Bühne ist etwas Fürchterliches! Gehen Sie niemals zum Theater, mein liebes Fräulein, bleiben Sie hübsch auf der anderen Seite der Rampenlichter. Diese Komödianten sind sonderbare, unaufrichtige Leute.« Er nickte nachdenklich. »Früher saß ich ruhig und geborgen im tiefen Orchester und beobachtete nur, wie ihre kleinen, süßen Füße über die Bühne trippelten ... Sie war ein schönes Mädchen, nicht viel älter als Sie, aber sehr hochmütig, wie die Schauspielerinnen eben sind. Wie ich den Mut fand, sie anzusprechen und zu fragen, ob sie mich heiraten wolle, verstehe ich heute selbst nicht mehr.« Er seufzte schwer. »Ach ja, und doch war es für mich Narren ein Paradies, und das Leben mit ihr war schöner als die Einsamkeit, wenn ich auch betrogen und ausgenützt wurde. Zwei Jahre lang –« Er schüttelte den Kopf. »Sie war ein süßes Geschöpf, aber sie war verbrecherisch veranlagt. Manche jungen Mädchen sind leider so. Sie haben kein Gewissen und fühlen keine Reue, und wenn man kein Gewissen und keine Reue kennt, dann gibt es nichts, was man nicht tun könnte – bis zum Mord.«

Lois hatte ihn schon öfters über diese sonderbare Frau klagen hören, ohne daß sie aus seinen Äußerungen ein klares Bild gewinnen konnte. Aber heute hatte er zum erstenmal ihre verbrecherische Veranlagung erwähnt.

»Frauen sind merkwürdige Geschöpfe, Mr. Mackenzie«, sagte sie scherzend.

Er nickte.

»Ja, das sind sie«, erwiderte er schlicht. »Aber im allgemeinen sind sie den meisten Männern überlegen. Ich danke Ihnen auch schön für den Tee, Miss Reddle.«

Sie stieg die Treppe wieder hinauf. Lizzy zog gerade ihren Mantel an.

»Na, hat er dich wieder vor der Bühne gewarnt?« fragte sie, als sie zu dem kleinen Spiegel trat und sich puderte. »Ich möchte wetten, daß er wieder davon anfing. Gestern habe ich zu ihm gesagt, daß ich auch ein schönes Chormädchen werden wollte. Da hätte er beinahe einen Anfall bekommen!«

»Du mußt den netten alten Herrn nicht so aufziehen!«

»Er müßte doch etwas mehr Verstand haben«, sagte Lizzy verächtlich. »Ich – ein hübsches Chormädchen! Wo hat denn der seine Augen gelassen?«

Kapitel 2

Sie gingen zusammen aus dem Haus und machten sich auf den Weg zum Büro. Nur einmal schaute sich Lois argwöhnisch nach ihrem unwillkommenen Kavalier um, aber er war glücklicherweise nicht in der Nähe.

»Ich weiß einen verhältnismäßig billigen Schönheitssalon in der South Moulton Street«, sagte Lizzy, als sie quer über die Theobald Road gingen, »wo man sich solche Narben entfernen lassen kann, wie du eine am Arm hast. Ich habe auch daran gedacht, mein rotes Gesicht einmal behandeln zu lassen. Denk dir, der Bürovorsteher hat mir das geraten; der Kerl fängt an, frech zu werden – ich muß ihn einmal etwas auf Eis stellen! Und dabei ist er achtundvierzig Jahre alt und hat bereits erwachsene Kinder!«

Zwei Stunden später nahm Mr. Oliver Shaddles einige Schriftstücke vom Tisch, las sie schnell durch, rieb sich nervös das unrasierte Kinn mit den grauen Bartstoppeln und schaute auf die Bedford Row hinaus.

Dann wandte er sich zu der kleinen elektrischen Tischglocke, zögerte einen Augenblick und drückte den Knopf.

»Miss Reddle!«, sagte er kurz zu der Angestellten, die eilig hereinkam.

Er nahm die Urkunden wieder auf und las noch darin, als sich die Tür öffnete und Lois eintrat.

Sie war etwas über mittelgroß, aber ihre Schlankheit ließ sie größer erscheinen, als sie wirklich war. Sie trug das einfache schwarze Bürokleid, das die Firma Shaddles & Soan ihren weiblichen Angestellten vorschrieb. Mr. Shaddles hatte das Alter erreicht, in dem Schönheit keinen Eindruck mehr auf ihn machte. Über Lois Reddle lag eine zarte, ätherische Lieblichkeit. Aber für den Rechtsanwalt war sie nur eine Angestellte, die allwöchentlich fünfunddreißig Shilling erhielt. Davon wurden jedoch noch die Kosten der Unfallversicherung und Krankenkasse abgezogen.

»Sie fahren nach Telsbury.« Shaddles hatte eine rauhe, abgerissene Sprechweise. »Sie sind in anderthalb Stunden dort. Nehmen Sie die beiden eidesstattlichen Erklärungen und bringen Sie die zu Mrs. Desmond. Sie soll sie unterschreiben. Das Auto steht unten –«

»Ich dachte, Mr. Dorling hätte es«, begann sie.

»Der Wagen ist vor der Tür«, sagte er kurz. »Sie werden eine glatte Fahrt haben und müßten eigentlich dankbar sein, daß Sie so viel frische Luft auf dem Weg schnappen können. Hier, vergessen Sie das nicht«, rief er ihr nach, als sie mit den Urkunden weggehen wollte. Er hielt ihr ein kleines Papier entgegen. »Vergessen Sie den Passierschein nicht – seien Sie doch nicht so unaufmerksam! Wie sollen Sie denn sonst ins Gefängnis kommen, Mädchen? Und dann sagen Sie der Desmond – machen Sie jetzt, daß Sie fortkommen!«

Lois verließ den Raum und schloß die Tür leise hinter sich. Die vier blassen Angestellten, die nicht mehr allzu jung waren, saßen an hohen Büropulten und schauten nicht einen Augenblick von ihrer Arbeit auf. Nur das dralle Mädel mit dem runden Gesicht, das die Schreibmaschine bearbeitete, drehte sich nach ihr um.

»Fährst du nach Telsbury – mit seinem sogenannten Auto?« fragte sie. »Ich dachte mir schon, daß er dich damit wegschicken würde. Der alte Teufel ist so niederträchtig geizig, daß er nicht einmal seine Fahrt zum Himmel bezahlen würde!«

Die Firma Shaddles & Soan besaß ein Auto, das vor dem Krieg einmal schön und modern gewesen war. Es stand in einer benachbarten Garage, für die keine Miete gezahlt zu werden brauchte, denn das Grundstück wurde von Mr. Shaddles verwaltet. Den Wagen selbst hatte er für eine verschwindend geringe Summe bei einer

Zwangsversteigerung erworben. Es war ein Fordwagen, und jeder Angestellte mußte ihn fahren können.

Mr. Shaddles benutzte ihn, wenn er zum Gericht mußte, die Angestellten absolvierten damit ihre Botengänge, und die Fahrten wurden auf allen Kostenrechnungen nicht zu gering in Ansatz gebracht. So war das Auto für die Firma obendrein noch eine recht einträgliche Sache.

»Bist du nicht froh, daß du fahren darfst?« fragte Lizzy etwas neidisch. »Großer Gott, wenn ich einmal aus diesem staubigen Loch heraus könnte! Möglich, daß du deinem Schicksal begegnest!«

Lois runzelte die Stirn.

»Was meinst du?«

»Dein Schicksal«, erwiderte Elizabeth, nicht im mindesten eingeschüchtert. »Ich habe ihn schon heute morgen gesehen, als ich durch das Fenster schaute – na, wenn der nicht in dich verliebt ist!«

Lois sah sie kühl und ablehnend an.

»Aber da ist doch nichts dabei«, fuhr Lizzy fort. »Der junge Mann wartete neulich sogar im Regen stundenlang auf mich, nur um nach dir zu fragen. Ich glaube, der ist nicht ganz richtig im Kopf.«

Lois lachte leise, band sich ein grellfarbenes Halstuch um und zog ihre Handschuhe an. Plötzlich wurde sie ernst.

»Ich hasse dieses Telsbury, ich hasse überhaupt alle Gefängnisse – mich schaudert, wenn ich nur daran denke. Ich freue mich, daß ich bald nicht mehr hier in diesem Büro von Mr. Shaddles arbeiten muß.«

»Nenne ihn bloß nicht Mister – dieses Kompliment verdient er nicht!«

Der Tag war schön und warm, es wehte eine laue, milde Luft. Als Lois aus dem lärmenden Treiben Londons herauskam, wichen Niedergeschlagenheit und Unlust von ihr. Bevor sie abgefahren war, hatte sie sich instinktiv nach dem Mann umgesehen, von dem Lizzy vorhin so schmeichelhaft gesprochen hatte und dessen beständige und unerschütterliche Ergebenheit sie sehr in Erstaunen setzte. Aber sie konnte ihn nicht entdecken und vergaß ihn auch bald. Außerhalb Londons bog sie von der Hauptstraße auf eine der gewundenen Landstraßen ab, die parallel zur Chaussee liefen. Von hier aus konnte man die Natur und die ganze Landschaft besser genießen als auf der geraden, langweiligen Chaussee, die obendrein noch von hohen Hecken eingefaßt war.

Sieben Meilen vor Telsbury fuhr sie mit zu hoher Geschwindigkeit wieder auf die asphaltierte Hauptstraße zurück. Als sie eben die hohen Hecken passieren wollte, hörte sie das Hupen eines Autos und bremste. Der kleine Wagen rutschte aber trotzdem weiter auf die Hauptstraße. Zu spät gab sie die Bremsen frei, um Gas zu geben. Plötzlich sah sie das Verdeck eines schwarzen Wagens, der gerade auf sie zukam, und fühlte den Ruf des Fahrers mehr, als sie ihn hörte.

Krach!

Dem Fahrer des großen, eleganten Wagens war es im letzten Augenblick gelungen, sein Auto zum Stehen zu bringen; trotzdem war er noch leicht mit dem alten Ford zusammengestoßen. Das Mädchen hatte die Hände am Steuer ihres Wagens und schaute verzweifelt auf die zerbrochene Windschutzscheibe. Michael Dorn ließ seinen Wagen langsam rückwärtsrollen, so daß das lange Trittbrett seines Wagens aus dem Schutzblech des anderen herauskam, und er bewies dabei eine so höfliche Geduld, daß es ihr noch peinlicher war, als wenn er ihr Vorwürfe gemacht hätte.

»Sagen Sie doch etwas – irgend etwas Heftiges – oder meinetwegen schimpfen Sie! Es ist doch besser, daß man sich die Sache vom Herzen herunterredet, als daß man seinen Groll in sich hineinfrißt.«

Graue Augen, durch dunkle Wimpern gehoben, dachte er. Auch hatte sie eine feingeformte Nase, wie er sie an Frauen so gern hatte. Ihr Kinn gefiel ihm, und da sie es angriffslustig gehoben hatte, konnte er auch ihren Hals sehen, der ihm trotz des seidenen Halstuchs in den schreienden roten und gelben Tönen in der Form vollkommen erschien. Sie war sehr geschmackvoll, wenn auch einfach gekleidet.

»Ich habe ja gar keinen Groll und bin höchstens etwas verwirrt. Aber wenn ich schon etwas aussetzen soll, so muß ich sagen, daß mir Ihr Halstuch durchaus nicht gefällt.«

Sie schaute an dem Tuch herunter, das sein Schönheitsgefühl beleidigte, und runzelte die Stirn.

»Sie haben kein Recht, mich mit Ihrem Wagen anzurennen, weil

Ihnen mein Halstuch nicht gefällt«, sagte sie kühl. »Wollen Sie bitte noch weiter zurückfahren, damit mein Auto freikommt? Hoffentlich sind Sie versichert?«

Er fuhr rückwärts. Sie hörte, wie Blech schrammte und Glassplitter zur Erde fielen, dann war ihr Wagen wieder frei.

»Sie sind mit einer Geschwindigkeit von vierzig Meilen aus der Seitenstraße herausgekommen – Ihr Wagen wäre sicher umgeschlagen, wenn ich Sie nicht angefahren hätte«, sagte er halb entschuldigend. »Ich hoffe jedoch, Sie haben sich nicht verletzt?«

Sie schüttelte den Kopf.

»Ich bin nicht verletzt, aber ich glaube, mein Chef wird sehr böse sein, wenn er den Schaden sieht. Immerhin, Sie haben Ihren Zweck erreicht, Mr. Dorn, Sie haben auf diese Weise meine Bekanntschaft gemacht.«

Er fuhr auf und wurde rot.

»Sie nehmen doch hoffentlich nicht an, daß ich diesen Zusammenstoß absichtlich herbeigeführt hätte, um Ihre Bekanntschaft zu machen?«

Als sie ernst nickte, war er wie vom Donner gerührt und starrte sie groß an.

»Sie folgen mir schon seit Monaten«, sagte Lois ruhig. »Sie machten sich sogar die Mühe, mit einer Stenotypistin in Shaddles' Büro bekannt zu werden, nur um mit mir zusammenzukommen. Ich weiß, daß Sie mich stets auf dem Heimweg verfolgen – einmal nahmen Sie denselben Autobus wie ich, und auf dem einzigen Ball, den ich in diesem Jahr besuchte, waren Sie auch.«

Michael Dorn machte sich am Steuer zu schaffen und war im Augenblick sprachlos. Sie war sehr ernst geworden. Ihre wundervollen Augen sahen ihn mit einem leisen Vorwurf an.

»Nun ja, wirklich –«, begann er zögernd. Dann fehlten ihm die Worte.

Sie wartete, daß er seinen angefangenen Satz beenden würde.

»Also wirklich –?« Ein schwaches Lächeln zuckte um ihre Mundwinkel. »Nun, Mr. Dorn, es ist ja kein Vergehen von einem Mann, ein junges Mädchen treffen zu wollen – das sehe ich ein. Es wäre lächerlich von mir, mich dadurch beleidigt zu fühlen. Aber wie ich schon ihrer Gesandtin, Miss Lizzy Smith, sagte –«

Er schaute rasch auf und wollte etwas erwidern, aber sie fuhr unbeirrt fort.

»Ich wünsche Ihre Bekanntschaft wirklich nicht, und ich bezweifle nicht, daß Lizzy Ihnen das von mir ausrichtete. Deshalb halte ich Ihr Benehmen auch für ein wenig – wie soll ich es gleich nennen?«

»Aufdringlich heißt das Wort, das Sie suchen«, sagte er kühl. »Ich will zugeben, daß es fast so aussieht.«

Er stieg langsam aus, ging an ihren Wagen und stützte seine Arme auf die Oberkante des Schlages.

»Bitte, glauben Sie mir, Miss Reddle, daß mir nichts ferner liegt, als Sie zu belästigen. Wenn ich nicht so ungeschickt gewesen wäre, würden Sie niemals erfahren haben, daß ich Sie –« Es fehlte ihm wieder das richtige Wort. Sie vollendete seinen Satz. Obwohl er so ernst war, mußte er lachen.

»Verfolgen ist ein häßliches Wort, ich wollte es eben etwas liebenswürdiger ausdrücken«, sagte er.

Als sie ihn jetzt ansah, gefiel ihr der treue, fröhliche Blick seiner blauen Augen doch, und hätten sie sich in diesem Augenblick getrennt, ohne noch mehr miteinander zu sprechen, so hätte sie freundlicher von ihm gedacht. Aber er setzte die Unterhaltung fort.

»Wo wollen Sie an diesem schönen Herbstmorgen hin?«

Sie wurde wieder ablehnend und zurückhaltend.

»Wenn Sie mir jetzt folgen, werden Sie einen Schrecken bekommen. Ich bin nämlich auf dem Weg zum Telsbury-Gefängnis.«

Der Eindruck, den diese Worte auf ihn machten, war verblüffend. Er schaute sie entsetzt und verwirrt an.

»Wohin wollen Sie fahren?« fragte er heiser, als ob er seinen Ohren nicht traute.

»Zum Telsbury-Gefängnis – bitte!«

Sie winkte ihm, Platz zu machen, und der Wagen mit der zerbrochenen Windschutzscheibe fuhr die breite Chaussee entlang.

»Großer Gott!« sagte Michael Dorn und starrte hinter ihr her.

Kapitel 3

Der düstere Eingang der Strafanstalt von Telsbury wird gnädig von einer Gruppe dunkler Fichten verborgen. Die roten Wände haben mit der Zeit ihre grelle Farbe verloren, und wenn nicht der hohe Turm in der Mitte emporragte, würde ein Wanderer daran vorübergehen, ohne das Gebäude zu bemerken.

Lois hatte das Gefängnis schon zweimal besucht, um Aufträge ihres Chefs dort zu erledigen. Einer seiner Klienten hatte eine Frau wegen Betrugs angezeigt. Sie war zu fünf Jahren verurteilt worden. Es war nun notwendig, ihre Unterschrift unter gewisse Dokumente zu erhalten, um die Aktien, die betrügerischerweise verschoben worden waren, ihrem rechtmäßigen Eigentümer wieder zustellen zu können.

Sie ließ ihren Wagen an der Seite des hohen Straßentors halten, stieg aus und klingelte. Gleich darauf wurde ein Gitter von einem Fenster zurückgeschoben, und die wachsamen Augen des Pförtners richteten sich auf sie. Obwohl er sie wiedererkannte, mußte sie ihm doch erst ihren Passierschein zeigen. Dann schloß er auf und führte sie in einen mit Steinfliesen gepflasterten Raum. Die Einrichtung war sehr einfach, sie bestand nur aus einem Pult mit einem Schreibsessel, einem einfachen Tisch und zwei Stühlen.

Der Wärter las den Passierschein noch einmal durch und drückte dann auf eine Klingel. Er, die beiden Leute, die ihn ablösten, und der Direktor der Anstalt waren die einzigen Männer, die in diese Mauern kamen. Sein Tätigkeitsfeld beschränkte sich auf den kleinen Raum und den Torweg, der vom Innenhof durch starke, eiserne Gitter getrennt war.

»Ist es Ihnen nicht unangenehm hierherzukommen, mein Fräulein?« fragte er lächelnd.

»Gefängnisse machen mich immer elend und krank«, sagte sie.

Er nickte.

»Hier drinnen leben sechshundert Frauen, die noch viel matter und kränker sind, als Sie, hoffentlich, jemals in Ihrem Leben sein werden«, erwiderte er zuvorkommend. »Nicht daß ich eine von ihnen zu sehen bekomme – ich öffne ihnen nur das Tor zum Gefängnis und dann sehe ich sie, solange sie hier sind, nicht wieder. Nicht einmal, wenn sie entlassen werden.«

Eine Tür wurde aufgeschlossen, und eine junge Wärterin in gutsitzender blauer Uniform trat ein. Sie grüßte Lois mit einem freundlichen Kopfnicken und führte sie durch eine kleine Stahltür über einen großen Hof, der einsam und verlassen dalag. Danach traten sie durch eine andere Tür und gingen einen langen Gang entlang bis zu dem kleinen Büro des Gefängnisdirektors.

»Guten Morgen, Direktor. Ich möchte gern mit Mrs. Desmond sprechen.« Sie entfaltete ihre Dokumente und legte sie dem grauhaarigen Mann auf den Tisch.

»Sie wird jetzt in ihrer Zelle sein«, sagte er. »Kommen Sie mit, Miss Reddle, ich werde Sie persönlich hinbringen.«

Am Ende des Ganges befand sich eine andere Tür, die in eine große Halle führte. Auf beiden Seiten liefen eiserne Verbindungsgänge, die man über eine breite Mitteltreppe erreichen konnte. Lois schaute in die Höhe, sah die Drahtnetze über ihrem Kopf und schauderte. Sie wußte, daß sie angebracht waren, um zu verhindern, daß diese unglücklichen Frauen sich von oben herabstürzten und ihrem Leben so ein Ende machten.

»Wir sind da«, sagte der Direktor und öffnete die Zellentür.

Fünf Minuten mußte sie mit der eigensinnigen, verbitterten Frau verhandeln, die sich mit weinerlicher Stimme über alles beschwerte und allen Vorwürfe machte. Schließlich trat Lois mit einem tiefen Seufzer der Erleichterung wieder zu dem Direktor hinaus.

»Gott sei Dank – ich werde nie wieder hierherkommen!« sagte sie, als er die Zelle verschloß.

»Wollen Sie Ihre Anwaltstätigkeit aufgeben?« fragte er scherzend. »Ich habe schon immer gesagt, daß das kein passender Beruf für eine junge Dame ist.«

»Sie überschätzen mich und meine Stellung. Ich bin nur eine einfache Stenotypistin und weiß von dem Gesetz kaum mehr, als daß Stempelmarken auf gewisse Urkunden gehören und an bestimmten Stellen aufgeklebt werden müssen!«

Sie kehrten nicht auf dem Weg zurück, den sie gekommen waren, sondern gingen durch die große Halle in den Hof. Die Organisation der Anstalt war so vorzüglich, daß sich in der kurzen Zeit, die sie in der Zelle verbrachte, der ganze Hof mit grauen Gefangenen gefüllt hatte, die im Kreis umhergingen.

»Um diese Zeit machen sich die Gefangenen immer Bewegung«, erklärte der Direktor. »Ich dachte, Sie würden es vielleicht gern einmal sehen.«

Lois war von Mitleid erfüllt, und ihr Herz lehnte sich gegen das Gesetz auf, das diese Frauen zu anonymen Nummern erniedrigte. Die einfachen Kattunkleider und die weißen Hauben erschienen ihr häßlich, und dieser Anblick stimmte sie traurig. Kummer und namenlose Furcht packten sie. Jedes Alter war hier vertreten, sie sah junge Mädchen und alte, verstockte Frauen. Auf jedem Gesicht las Lois den unleugbaren Stempel des Ungewöhnlichen. Als sich dieser gespenstische Kreis langsam an ihr vorüberbewegte, sah sie wilde und schlaue, aber auch ermattete und in ihrem Kummer ergreifende Gesichter. Trübe Augen starrten gedankenlos vor sich hin, dunkle Augen blitzten boshaft auf, sorglose Blicke streiften Lois oberflächlich. Die sich vorwärts schiebenden Frauen erschienen ihr unheimlich und unwirklich.

Beinahe der ganze gräßliche Kreis war an ihr vorübergegangen, als sie eine große stattliche Gestalt wahrnahm, die nicht in diese grauenvolle Umgebung zu gehören schien. Die Frau ging aufrecht, mit erhobenem Kopf, und ihre ruhigen Augen sahen geradeaus. Sie mochte zwischen Vierzig und Fünfzig sein. Ihre feingeschnittenen Züge waren nicht gefurcht, aber ihr Haar war weiß. Eine göttliche Ruhe strahlte von ihr aus.

»Was tut denn diese Frau hier?« fragte Lois, bevor sie sich bewußt wurde, daß sie eine Frage gestellt hatte, die kein Besucher an einen Gefängnisbeamten richten darf.

Direktor Stannard antwortete ihr nicht. Er beobachtete die Gestalt auch, als sie näher kam. Einen Augenblick ruhten die Augen der Frau ernst auf dem jungen Mädchen, aber nur eine Sekunde lang, so lange, wie eine Frau von Haltung das Gesicht einer Fremden anschauen würde. Dann war sie vorübergegangen.

»Es tut mir leid, daß ich Sie gefragt habe«, sagte sie, als sie an der Seite des Direktors durch das Gitter in sein Büro ging.

»Schon viele haben dieselbe Frage gestellt«, entgegnete er, »und haben auch keine Antwort erhalten. Es verstößt gegen die Gefängnisregeln, den Namen irgendeiner Gefangenen zu verraten. Das wissen Sie wohl. Aber merkwürdig –«

Er schaute sich um und nahm ein aufgeschlagenes Buch von einem Seitenbrett herunter. Es war ein dicker, in Kalbsleder gebundener Band. Ohne ein Wort zu sagen, reichte er ihr das Buch. Sie las den Titel: »Fawleys Kriminalfälle.«

»Mary Pinder«, sagte er kurz, und sie entdeckte, daß das Buch an der Stelle aufgeschlagen war, wo das Kapitel mit diesem Namen begann. »Es ist doch merkwürdig, daß ich gerade, bevor Sie kamen, den Fall nachgelesen habe. Ich bin alle Einzelheiten durchgegangen, um zu sehen, ob mein Gedächtnis mich nicht im Stich gelassen hat. Ich gestehe Ihnen, daß ich ebenso verwundert über diese Frau bin wie Sie.« Bei den letzten Worten senkte er seine Stimme, als ob er irgendwelche Horcher fürchtete.

Sie schaute wieder auf die Überschrift: »Mary Pinder. Begangenes Verbrechen: Mord.« Sie war sehr erstaunt.

»Eine Mörderin?« fragte sie ungläubig.

Der Direktor nickte.

»Aber das ist doch unmöglich!«

»Lesen Sie den Fall.«

Sie schaute in das Buch:

Mary Pinder – verurteilt wegen Mordes vor dem Schwurgericht zu Hereford. Das Urteil lautete auf Tod, wurde später aber in zwanzigjährige Kerkerstrafe umgewandelt. Hier haben wir den typischen Fall eines Raubmordes. Die Pinder lebte mit einem jungen Mann zusammen, der allem Anschein nach ihr Gatte war. Dieser verschwand einige Zeit vor dem Verbrechen. Man nimmt an, daß er sie ohne Mittel zurückließ. Ihre Wirtin, Mrs. Curtain, war eine reiche Witwe, deren exzentrische Launen beinahe an Geisteskrankheit grenzten. Sie verwahrte große Summen und viel alten Schmuck in ihrem Haus. Nachdem ihr Mann sie verlassen hatte, annoncierte die Pinder um eine Stellung. Eine Frau, die sie in dem Haus aufsuchen wollte, fand die Haustür geöffnet. Nachdem sie verschiedentlich geklopft und keine Antwort erhalten hatte, trat sie ein. Sie bemerkte, daß eine der Zimmertüren offenstand, und als sie in den Raum schaute, sah sie zu ihrem größten Schrecken, daß Mrs. Curtain auf dem Boden lag und anscheinend einen Anfall hatte. Sie eilte sofort zu einem Polizisten, der aber nur feststellen konnte, daß die Frau tot war. Die Schubladen eines alten Sekretärs waren geöffnet und ihr Inhalt auf dem Boden verstreut; auch ein Schmuckstück war darunter. Da man Verdacht hatte, wurde das Zimmer der Mieterin, die das Haus kurz vor der Entdeckung verlassen hatte, in ihrer Abwesenheit durchsucht. Man fand dort in einem verschlossenen Kasten eine Flasche Zyankali und viele Juwelen. Die Verteidigung machte geltend, daß die Verstorbene schon mehrmals versucht hatte, Selbstmord zu verüben, und daß man nicht beweisen konnte, daß die Pinder das Gift gekauft hatte, das in einer Flasche ohne Etikett gefunden wurde. Die Pinder selbst lehnte es ab, über sich und ihren Mann irgendwelche Aussagen zu machen. Ein Trauschein wurde nicht gefunden. Der Richter Darson leitete als Vorsitzender die Verhandlung ihres Falles. Sie wurde verurteilt. Man nimmt an, daß die Pinder, die dringend Geld brauchte, einer plötzlichen Versuchung unterlag, Zyankali in den Tee der Frau goß und darauf deren Schreibtisch plünderte. Der Fall zeigt keine außergewöhnlichen Züge mit Ausnahme der Weigerung der Gefangenen, sich zu verteidigen.

Lois las den Bericht zweimal durch.

»Ich kann es trotzdem nicht glauben – es ist unfaßbar. Sie wurde zu zwanzig Jahren Gefängnis verurteilt – aber sicher wird sie doch begnadigt? Gibt es denn keinen Straferlaß wegen guter Führung?«

»Unglücklicherweise machte sie zwei Versuche auszubrechen, und so wurde ihr die gute Führung von früher gestrichen. Es ist sehr schade, denn sie ist eine wohlhabende Frau. Ihr Onkel, der erst fünf Jahre nach ihrer Verurteilung erfuhr, daß sie im Gefängnis war, hinterließ ihr ein großes Vermögen. Sie hat uns niemals gesagt, wer sie war. Er besuchte sie ein paar Wochen vor seinem Tode hier, und wir wurden davon auch nicht klüger. Wir konnten nur feststellen, daß er einer ihrer Verwandten mütterlicherseits war.«

Lois sah wieder auf das Buch.

»Diese wundervolle Frau soll eine Mörderin sein?«

Er nickte.

»Ja – es ist merkwürdig, aber selbst Leute, die vollkommen unschuldig aussehen, begehen böse Verbrechen. Ich bin seit zwanzig Jahren hier auf meinem Posten – ich habe alle Illusionen verloren.«

»Aber wenn man doch davon überzeugt war, daß sie eine Mörderin sei, warum hat man sie denn nicht –«

Sie konnte es nicht über sich bringen, »aufgehängt« zu sagen.

Der Direktor sah sie an.

»Nun ja – es war da ein Grund, ein sehr wichtiger Grund sogar –«

Lois war einen Augenblick erstaunt, aber plötzlich wurde es ihr klar. Sie verstand.

»Ja, das Baby wurde hier in diesem Gefängnis geboren. Es war das entzückendste kleine Mädchen, das ich jemals gesehen habe – ein wirklich schönes Kind. Es tat mir furchtbar leid, als es aus dem Gefängnis gebracht werden mußte, das arme kleine Ding!«

»Es wußte von nichts, vielleicht weiß es heute noch nicht –« Lois' Augen füllten sich mit Tränen.

»Nein, ich glaube nicht, daß die Kleine es erfahren hat«, fuhr der Direktor fort. »Sie wurde von einer Nachbarin der Mrs. Pinder adoptiert, die stets an ihre Unschuld glaubte. Wenn ich aber vorher sagte, das arme, kleine Mädchen, dann dachte ich an die dumme Kinderpflegerin, durch deren Nachlässigkeit sich das Kind den Arm an einer Flasche mit kochendem Wasser verbrannte. Es hat eine recht ansehnliche Brandnarbe gegeben, ich erinnere mich deutlich daran. Es blieb eine sternförmige Narbe nahe des Ellenbogens zurück – der Knopf der Heißwasserflasche war so geformt.«

Lois Reddle hielt sich krampfhaft an der Tischplatte fest. Ihr Gesicht war schneeweiß geworden. Der Direktor stellte das Buch in das Fach zurück und wandte ihr den Rücken zu. Mit Aufbietung aller Energie riß sie sich zusammen.

»Wissen Sie – können Sie sich an den Namen des Kindes erinnern?« fragte sie leise.

»Ja, denn es war ein ganz ungewöhnlicher Name, ich werde ihn nicht vergessen: Lois Margeritta!«

Kapitel 4

Lois Margeritta! Ihr eigener Name! Und die sternförmige Narbe auf ihrem Arm!

Ihre Gedanken wirbelten durcheinander, und der Raum schien sich um sie zu drehen. Es bedurfte einer ungeheuren Anstrengung, daß sie nicht laut aufschrie.

Aber es stimmte. Diese würdevolle, aufrechte Frau, die so ruhig in dem schrecklichen Kreis einherging, war – ihre Mutter!

Sie folgte einer blinden Eingebung, eilte zur Tür, riß sie auf und war schon halbwegs den Gang entlanggelaufen, als der entsetzte Direktor sie einholte.

»Was ist denn mit Ihnen los?« fragte er sie halb erstaunt und halb ärgerlich. »Haben Sie den Verstand verloren?«

»Lassen Sie mich gehen! Lassen Sie mich gehen!« stieß sie zusammenhanglos hervor. »Ich muß zu ihr!«

Dann besann sie sich plötzlich, wo sie war, und ließ sich ohne Widerspruch von dem Direktor zurückführen.

»Setzen Sie sich – ich werde Ihnen ein leichtes Beruhigungsmittel geben«, sagte er. Er schloß die Tür so energisch, daß der Schall in den leeren Gängen widerhallte. Dann öffnete er eine Hausapotheke und mischte schnell einen Trank. »Nehmen Sie das.«

Lois hob das Glas mit zitternden Fingern an ihre Lippen. Er sah, wie es gegen ihre Zähne schlug.

»Ich glaube, ich war eben von Sinnen«, sagte sie.

»Sie sind ein wenig hysterisch«, meinte der Direktor. »Es war mein Fehler, Ihnen diese Leute zu zeigen. Ich ließ alle Regeln und Vorschriften außer acht, als ich mit Ihnen davon sprach.«

»Es tut mir furchtbar leid«, sagte sie, als sie das Glas auf den Tisch stellte. »Ich – ich – es war so schrecklich!«

»Ja – das war es, und ich war auch ein Dummkopf, daß ich überhaupt davon gesprochen habe.«

»Würden Sie mir bitte noch eins sagen? Was – was wurde aus dem Kind?«

Es war ihm offensichtlich sehr unangenehm, noch ein Wort über die Sache zu verlieren.

»Ich glaube, das Mädchen starb. Es war eine ausgezeichnete Frau, die sie zu sich nahm, aber sie hat sie nicht aufziehen können. Das ist alles, was ich von der Geschichte weiß. Tatsächlich wurde in den Zeitungen berichtet – der Fall erregte nämlich großes Interesse –, daß das Kind im Gefängnis gestorben sei. Aber es war in Wirklichkeit ein sehr gesundes, kräftiges Mädchen, als es von hier fortkam. Und nun, mein liebes Fräulein, muß ich Sie entlassen.«

Er klingelte nach der Wärterin, die Lois wieder in den Raum des Pförtners brachte. Gleich darauf stand das Mädchen draußen vor dem Tor.

Es war unverzeihlich von ihr, sich so verrückt zu benehmen. So viele Fragen waren zu beantworten, so viele Möglichkeiten hätten sich ihr geboten, diese herrliche Frau zu sehen, die ihre – Mutter war. Ihr Herz schlug heftig bei diesem Gedanken. Es war nicht möglich! Die untersetzte, einfache, gutmütige Frau, die Mutterstelle an ihr vertreten hatte, lebte nicht mehr, sie konnte sie nicht mehr fragen, um Gewißheit zu erlangen. Aber nein! Es mußte ein Zufall sein. Sicherlich gab es auf der Welt noch ein anderes Kind, das auf den Namen Lois Margeritta getauft worden war – ebenso war es möglich, daß es in frühester Kindheit eine ähnliche Brandwunde davongetragen hatte.

Doch dann schüttelte sie den Kopf. Es war jenseits der Grenzen des Möglichen und Wahrscheinlichen, daß es zwei Lois Margerittas mit sternförmigen Narben am linken Arm gab.

Sie stieg bedrückt in ihren Wagen. Ihre Knie zitterten, und ihre unsicheren Hände versuchten die verschiedenen Hebel richtig zu bedienen. Der Wagen schwankte, und als sie langsam auf der kleinen Straße hinausfuhr, die von dem Gefängnis auf die Hauptstraße führte, fühlte sie, daß sie eine ungewöhnliche Schwäche befiel. Sie erschrak. Es gelang ihr noch, den Wagen einige Fuß vor dem Straßengraben zum Stehen zu bringen. In diesem Augenblick hörte sie einen schnellen Schritt hinter sich, und als sie sich umwandte, sah sie Mr. Dorn. Schwere Sorge überschattete sein ernstes Gesicht. »Ist etwas nicht in Ordnung?« fragte er rasch.

»Nein – es ist nichts –«

»Sie wären beinahe in die Laterne hineingefahren – fühlen Sie sich nicht wohl?«

»Nein – nicht besonders«, antwortete sie schwach.

Im nächsten Augenblick saß er an ihrer Seite im Wagen. Sie machte ihm den Platz am Steuer frei.

»Ich fahre nur erst zum Lion-Hotel, um jemand herzuschicken, der meinen Wagen holt.«

Es kam ihr dunkel zum Bewußtsein, daß das große, schwarze Auto mit den beschädigten Schutzblechen bei der Gefängnismauer hielt.

»Es geht mir gleich wieder besser –«, versuchte sie zu widersprechen.

»Trotzdem werde ich Sie zur Stadt zurückbringen«, sagte er, und sie erhob keinen Einwand mehr.

Er machte vor dem Lion-Hotel halt und sprach mit einem kleinen Mann, der ihn erwartet zu haben schien. Dann fuhr er auf der Straße nach London zurück. Sie war ihm dankbar, daß er keinen Versuch machte, die günstige Gelegenheit auszunützen und mit ihr zu sprechen. Beide schwiegen, nur von Zeit zu Zeit sah er zu ihr hinüber und entdeckte auch die zerknitterten Papiere, die sie fest in ihrer Hand hielt. Es waren die Urkunden, die Mr. Shaddles' Klient brauchte, die aber jetzt in einem Zustand waren, wie sonst gerichtliche Dokumente nicht zu sein pflegen.

»Bedford Row – stimmt das?« fragte er, als sie durch die belebten Straßen von Holborn fuhren. Sie hatte sich schon wieder so weit erholt, daß sie antworten konnte.

»Das müßten Sie doch eigentlich wissen!«

Er konnte ein Lächeln nicht unterdrücken.

»Ich kenne diese Gegend jetzt allerdings sehr gut!« erwiderte er.

»Sie waren sehr liebenswürdig, Mr. Dorn – ich danke Ihnen herzlich«, sagte Lois, als der Wagen bald darauf hinter einem großen Rolls Royce vor Nr. 179 hielt.

»Was brachte Sie in solche Aufregung?« fragte er teilnehmend. »Ich meine – im Gefängnis?«

»Nichts – es ist nur so furchtbar, wenn man all diese Frauen sieht.«

Er zog die Augenbrauen zusammen.

»Sie haben die Gefangenen gesehen? Ein seltsamer Anblick, nicht wahr?«

Sie zitterte.

»Kennen Sie das Gefängnis?«

»Ja, ich war ein- oder zweimal dort.«

Als Lois zu dem Fenster ihres Büros hinaufschaute, sah sie das Gesicht Lizzys, die mit aufgerissenen Augen neugierig zu ihr heruntersah. Sie mußte lächeln.

»Leben Sie wohl, Mr. Dorn.«

Er nahm ihre Hand, die sie ihm zum Abschied gab.

»Es tut mir leid, daß ich Ihnen so zur Last gefallen bin. Ist es möglich, daß Sie Ihren Wagen holen lassen, oder müssen Sie selbst nach Telsbury?«

»Machen Sie sich wegen meines Autos keine Sorgen – es ist schon da.« Er zeigte mit dem Kopf auf die gegenüberliegende Seite. Zu ihrem größten Erstaunen sah sie den großen, schwarzen Wagen die

Straße entlangkommen und dann halten.

Sie wollte noch etwas sagen, besann sich aber, eilte die Treppe empor und verschwand durch das dunkle Portal. Mr. Dorn blickte ihr nach, bis er nichts mehr von ihr sehen konnte.

Kapitel 5

Die Angestellten waren schon fort, nur Lizzy Smith war noch im Büro. Sie flog Lois zur Begrüßung entgegen.

»Du ganz Durchtriebene! Du hast ihn draußen irgendwo aufgelesen! Wie kannst du es wagen, einfach so öffentlich mit ihm zurückzukommen? Denke doch, der alte Shaddles hätte euch beide zusammen gesehen? Was hast du denn mit dem armen Auto gemacht? Die Schutzbleche sind ja furchtbar verbeult! Lois, die Gräfin ist hier! Sie ist eben bei dem alten Shaddles drin. Ich sage dir, die sticht die Königin von Saba aus! Ich wette, daß ihr Chinchillamantel tausend Pfund kostet – was sage ich, zehntausend! Und wir müssen gefärbte Füchse tragen und noch froh sein, wenn wir sie haben! Nicht, daß ich von Chinchilla so begeistert wäre, es paßt nicht zu meinem Teint – sag mal, ist Mike nicht ein entzückender junger Mann?« – »Mike?« fragte Lois verwundert.

»Hat er dir nicht gesagt, daß sein Vorname Mike ist?« fragte Lizzy ärgerlich. »Er heißt tatsächlich so – Michael Dorn. Du brauchst es mir gegenüber gar nicht erst zu leugnen, daß ihr stundenlang miteinander spazierengefahren seid und du ihn dauernd Mike genannt hast.«

Lois hängte Mantel und Hut auf und setzte sich müde und erschöpft nieder. Lizzy betrachtete sie befremdet.

»Du siehst allerdings nicht sehr glücklich aus, mein Liebling. Was fehlt dir denn?«

»Das Gefängnis hat mich so aufgeregt. Wie lange ist die Gräfin schon hier?«

»Du hast dich doch nicht etwa mit ihm gezankt?«

»Mit ihm? Mit wem? Ach so –«

»Natürlich meine ich Mike Dorn. Mit wem könntest du dich denn sonst herumzanken? Mit dem alten Fordwagen kannst du doch nicht streiten.«

Glücklicherweise brauchte Lois nicht zu antworten, denn in diesem Augenblick ertönte der elektrische Summer. Lizzy verschwand in Shaddles' Büro. Gleich darauf erschien sie wieder in der Tür und winkte Lois.

»Die Gräfin möchte dich sprechen«, flüsterte sie ihr schnell ins Ohr. »Der Mensch, der da bei ihr ist, das ist ihr Sohn – der Graf!«

Lois ging in den Raum und zog die Tür hinter sich zu. Mr. Shaddles schaute verwundert vom Tisch auf, als sie ihm die zerknitterten Urkunden überreichte.

»Was ist denn damit passiert?« fragte er.

»Wir hatten einen Unfall mit dem Wagen«, erklärte Lois ein wenig zusammenhanglos. Sie war nicht sehr geschickt im Lügen.

»Wir – was soll das heißen – wir?«

»Ich meine – ich bin mit einem anderen Wagen zusammengestoßen«, sagte sie verwirrt.

Mr. Shaddles glättete die Papiere, schaute auf die Unterschrift und sagte dann: »Dies ist die junge Dame, Mylady.«

Jetzt erst wurde Lois klar, daß noch eine Dame in dem Raum war. Das Wort »majestätisch« paßte am besten zu der Erscheinung und dem Auftreten der Gräfin von Moron. Ihre große, stattliche Gestalt war von Kopf bis Fuß von einem Chinchillamantel eingehüllt, der vorne ihr reiches Samt- und Brokatkleid sehen ließ. Aber Lois hatte im Augenblick keine Augen für die Perlenketten und Juwelen, die an Ohren und Fingern glitzerten. Es fesselte sie nur das Gesicht, das ihr groß, herrisch, aber doch irgendwie drohend erschien. Die schwarzen Augenbrauen berührten sich über der wundervoll geformten Nase, und ihre mandelförmigen Augen waren von so tiefem Braun, daß sie schwarz erschienen. Die Gräfin betrachtete das Mädchen ruhig mit einem harten, glänzenden Blick. Ihr Mund war groß, die Lippen auffallend dünn, das Kinn voll und kräftig gebildet. Lois versuchte, sich über ihr Alter klar zu werden. Ihr Haar war von tiefschwarzer Farbe und zeigte nicht das leiseste Grau.

»Sie sind Miss Reddle?« fragte die Gräfin. Ihre Stimme war so tief wie die eines Mannes, und sie sprach langsam und wohlartikuliert.

Der Klang dieser Stimme wirkte verwirrend auf Lois.

»Ja, Mylady, ich bin Lois Reddle.«

Einen Augenblick schwieg Lady Moron, dann wandte sie sich zu ihrem Begleiter. »Dies ist Miss Lois Reddle, Selwyn.«

Der schlanke, ein wenig vornübergebeugte junge Mann hatte im Gegensatz zu seiner Mutter weiche Züge und ein kleines Kinn.

»Darf ich Ihnen meinen Sohn, den Grafen von Moron, vorstellen?« sagte die große Dame. Lois verneigte sich leicht.

»Freue mich, Sie kennenzulernen«, murmelte der Graf mechanisch. »Wir haben schönes Wetter, nicht wahr?«

Damit schien sein Vorrat an Unterhaltungsstoff verbraucht zu sein, denn er schwieg während der übrigen Unterhaltung.

Lady Moron wandte jetzt ihre durchdringenden Blicke langsam von Lois ab und schaute den Anwalt an.

»Ich bin vollkommen zufrieden, Shaddles.«

»Miss Reddle ist ein sehr brauchbares, nettes junges Mädchen«, sagte er. »Und absolut vertrauenswürdig.« Dabei sah er verzweifelt auf die zerknüllten Urkunden, die auf seinem Schreibtisch lagen. »Wirklich, man kann ihr in allen Dingen trauen. Ich zweifle nicht, daß Miss Reddle in der Besorgnis, möglichst bald zurückzukommen und Mylady zu sprechen, meinen Wagen leicht beschädigte – das ist eine Kleinigkeit, die zwischen Mylady und mir zu regeln wäre.«

Er hatte nämlich schon aus dem Fenster gesehen und mit der Routine eines Taxators die Höhe des Schadens festgestellt.

»Sie wußte doch gar nicht, daß ich hier war, Shaddles. Außerdem bin ich nicht für den Schaden verantwortlich, der Ihrem Wagen zugestoßen ist.«

Er rutschte unruhig auf seinem Sitz hin und her.

»Ich bezweifle überhaupt«, fuhr die Gräfin fort, »daß dieser Karren noch irgendeinen Wert hat – in meinen Augen jedenfalls nicht. Komm, Selwyn.«

Lois hatte einen Augenblick lang den Eindruck, als ob sich der junge Mann an dem Kleid seiner Mutter festhielte. Sie fühlte den unbändigen Wunsch zu lachen, als die Gräfin aus dem Zimmer rauschte.

Shaddles eilte durch das äußere Büro, öffnete die Tür vor ihnen, ging die Treppe mit ihnen hinab und verabschiedete sich unten am Wagen von der Gräfin. Dann kam er zurück.

»Was haben Sie sich eigentlich dabei gedacht, meinen Wagen so zu ruinieren?« fragte er ärgerlich. »Und dann sehen Sie einmal hierher auf diese Urkunden – kann ich die denn überhaupt noch am Gericht einreichen?«

Bevor sie antworten konnte, sprach er weiter.

»Wie hoch sich auch die Reparaturkosten des Autos belaufen sollten – ich werde Ihnen die Rechnung schicken, denn ich bin sicher, daß Sie auch nach dem Gesetz für den Schaden haften. Sie werden ein anständiges Gehalt bei der Gräfin beziehen, und Sie verdanken Ihre neue Stellung doch nur der Tatsache, daß ich ihr Anwalt bin.«

»Die Reparatur will ich gerne bezahlen«, sagte Lois und war froh, als sie das Büro verlassen konnte.

Zu Lizzys Verdruß war sie nicht sehr mitteilsam, und die ganze Last der Unterhaltung auf dem Heimweg fiel ihr zu. Lois war glücklich, als Lizzy sie verließ, um mit einer Freundin ins Theater zu gehen. Sie wollte allein sein, um über dieses furchtbare Problem, das sie selbst betraf, nachzudenken. Immer neue Fragen drängten sich ihr auf, und plötzlich erinnerte sie sich an den erschrockenen und bestürzten Blick Mike Dorns, als sie ihm mitteilte, daß sie ins Gefängnis gehen wollte. Kannte er das Geheimnis? Warum beobachtete er sie? Bis jetzt hatte sie geglaubt, daß er nur den Wunsch habe, ihre Bekanntschaft zu machen, weil sie sein Interesse erregte. Sie war froh, daß sie jetzt eine neue Stellung antreten konnte. Im Dienste der Lady Moron würde sie mehr freie Zeit haben und auch mit Leuten zusammenkommen, die ihr bei ihren Nachforschungen behilflich sein konnten.

Als sie ohne Appetit vor ihrem Abendessen saß, kam ihr plötzlich ein Gedanke. Sie sprang auf, nahm Hut und Mantel und machte sich auf den Weg zum Zeitungsviertel. Schon früher war sie manchmal für Mr. Shaddles zur Redaktion des ›Daily Megaphone‹ gegangen. Aber die Büros, die dem Publikum gewöhnlich zugänglich sind, waren schon geschlossen. Sie schickte ein kurzes Schreiben von der Loge des Portiers in das Redaktionsbüro, und zu ihrer größten Freude wurde ihr Wunsch erfüllt. Ein Bote brachte sie in das Archiv.

Sie nahm einen der großen, dicken Bände aus dem Regal, öffnete ihn und schlug die Zeitungen nach, die über den Prozeß Pinder berichteten. Der Bote, der sie hergeführt hatte, verließ das Zimmer wieder. Zwei Stunden lang las sie eifrig alle Einzelheiten des Falles nach, den sie sonst als ein trauriges Verbrechen unbeachtet gelassen hätte. Als sie die Berichte ungefähr zur Hälfte durchgelesen hatte, tauchte ein Name auf, der ihr fast den Atem nahm. Es war der Name einer Entlastungszeugin, die von der Verteidigung vorgeladen worden war – Mrs. Amelia Reddle!

Dann stimmte es also. Das war die freundliche Nachbarin, von welcher der Gefängnisdirektor gesprochen hatte. Diese große, schöne Frau, die mit solcher Ruhe über die Steinfliesen des Gefängnishofes schritt, war ihre Mutter! Und Mrs. Reddle hatte sie großgezogen, ohne ihr etwas von ihrer Herkunft zu erzählen.

Die Buchstaben tanzten ihr vor den Augen, ihre Hände zitterten, als ihre Entdeckung so plötzlich bestätigt wurde.

Ihre Mutter war unschuldig. Sie fühlte nicht nur eine natürliche Auflehnung gegen den Gedanken, daß in ihren Adern das Blut einer Mörderin rann – sie hatte die Überzeugung und innere Gewißheit, daß ihre Mutter unschuldig war.

Ruhig und gelassen ging sie nach Hause zurück. Sie hatte den festen Entschluß gefaßt, die Unschuld ihrer Mutter zu beweisen und wollte ihr Leben dieser Aufgabe widmen.

Kapitel 6

Die Charlotte Street lag verlassen da, als sie auf dem Heimweg um die Ecke bog. Sie kam an einem kleinen, geschlossenen Wagen vorüber, der an der Bordschwelle hielt. Als sie die Straße halbwegs gegangen war und sie eben überqueren wollte, stellte sie überrascht fest, daß derselbe Wagen mit höchster Geschwindigkeit auf sie zukam. Sie hielt an, um ihn an sich vorüberzulassen. Sie bemerkte kaum, daß seine Lampen nur düster brannten, denn ihre Gedanken waren mit anderen Dingen beschäftigt. Das Auto kam näher, sein Tempo erhöhte sich von Sekunde zu Sekunde, und als es nur noch einige Meter von ihr entfernt war, fuhr es plötzlich auf sie zu.

Im ersten Augenblick wollte sie rückwärts ausweichen, aber ihr Instinkt trieb sie vorwärts. Wenn es dem Fahrer noch gelungen wäre, in die Kurve zu gehen, wäre sie dem Tode nicht entgangen. Der plötzliche Sprung nach vorn hatte ihr das Leben gerettet. Die äußere Ecke des Schutzblechs streifte ihr Kleid und riß ein großes Stück Stoff so glatt heraus, als ob es mit der Schere abgeschnitten worden wäre. Im nächsten Augenblick raste der Wagen in Richtung Fitzroy Square an ihr vorbei. Die Nummer war nicht zu erkennen.

Eine Sekunde stand Lois atemlos da und zitterte an allen Gliedern. Dann sah sie, wie sich jemand aus dem tiefen Schatten ihrer Haustüre löste und auf sie zukam. Bevor sie das Gesicht sah, wußte sie schon, wer es war.

»Sie haben Glück gehabt – beinahe hätte es Sie gefaßt«, sagte Michael Dorn.

»Was war denn das? Die müssen die Kontrolle über ihren Wagen verloren haben!«

»Ja, das stimmt«, erwiderte er ruhig. »Haben Sie die Nummer erkennen können?«

Sie schüttelte den Kopf. Seine Frage beunruhigte sie.

»Nein, ich habe sie nicht gelesen. Wünschen Sie etwas von mir, Mr. Dorn?«

»Ich wollte nur sehen, wie es Ihnen nach dem aufregenden Erlebnis geht.«

Sie schaute ihn groß an.

»Welches aufregende Erlebnis meinen Sie denn?«

»Ich denke an den kleinen Unfall, für den ich teilweise selbst verantwortlich bin«, sagte er ruhig. »Wenigstens halte ich einen Zusammenstoß auf der Straße für aufregend. Aber möglicherweise haben Sie stärkere Nerven als ich.«

»Das meinen Sie nicht – Ihre Worte beziehen sich auf mein Erlebnis im Gefängnis.«

Er beugte sich zu ihr nieder.

»Was haben Sie denn im Gefängnis erlebt?« fragte er leise.

»Wenn Sie es nicht wissen, kann ich es Ihnen nicht erzählen.« Sie wandte sich schnell von ihm ab, ging ins Haus und schloß die Tür fast vor seiner Nase.

Noch bevor sie ihr Zimmer erreicht hatte, bereute sie ihre Heftigkeit. Aber es war jetzt zu spät, unter keinen Umständen wäre sie zurückgegangen und hätte sich entschuldigt.

Lizzy erwartete sie in heller Aufregung. »Weißt du auch, daß es beinahe zwölf ist? Ich dachte, du wärest früh zu Bett gegangen.«

»Ich war im Zeitungsbüro und habe für Mr. Shaddles noch einen Gerichtsfall nachgelesen. Aber sieh mal mein Kleid – ein Auto hat mich gestreift.«

Lizzy machte ein ungläubiges Gesicht.

»Wenn es wahr ist, daß du für diesen alten Geizhals Überstunden gemacht hast, dann ist es in deinem Kopf nicht mehr ganz richtig, und du mußt dich vom Arzt untersuchen lassen. Aber ich bin fest davon überzeugt, daß das gar nicht stimmt, was du sagst – ich bin eigentlich sehr böse auf dich.«

»Warum denn?« fragte Lois. Sie nahm ihren Hut ab, warf ihn auf das Bett und betrachtete ihr zerrissenes Kleid genauer.

»Nun ja, ich weiß doch, daß du aus warst, um einen gewissen Jemand zu treffen – aber auf der anderen Seite begreife ich nicht, daß er dieses Paket schickte, wenn du mit ihm zusammen warst.«

Auf dem Tisch stand eine wunderschöne Schachtel, die Lizzy schon ausgepackt hatte. Der Seidenüberzug war mit Blumen bemalt.

»Es war ein bißchen dreist von mir, daß ich es aus dem Papier nahm – aber ich habe noch kein einziges Schokoladenplätzchen aufgeknabbert.«

»Schokolade?« fragte Lois und nahm den Deckel ab. Es war eine prachtvolle Bonbonniere mit dem erlesensten Konfekt, das jemals in ihren Besitz gekommen war. Obenauf lag eine Karte mit den Worten: »Von einem Verehrer.«

Sie runzelte die Stirn.

»Von einem Verehrer«, nickte Lizzy bedeutungsvoll. »Kein Name – ich möchte bloß wissen, wer das sein kann?«

Ihr Lächeln war zu sonderbar, um Lois noch einen Zweifel zu lassen.

»Hat er es gebracht?«

»Er? Du meinst Mike? Natürlich hat er das Ding gebracht – wenigstens vermute ich es. Es lag hier, als ich zurückkam. Wieviel andere Verehrer hast du denn noch, Mädchen?«

Lois klappte den Deckel böse zu.

»Ich hasse diesen Mann«, rief sie heftig, »und wenn er mich nicht in Ruhe läßt, werde ich mich bei der Polizei über ihn beschweren. Nicht genug, daß man ihn auf der Türschwelle sitzen findet, wenn man nach Hause kommt –«

»Saß er dort?« fragte Lizzy atemlos.

»Natürlich! Du wußtest doch, daß er hier war«, sagte Lois ungerecht. »Lizzy, du hast ihm immer geholfen und ihm Vorschub geleistet. Ich wünschte, du hättest das gelassen.«

»Ich?« fragte Lizzy gekränkt. »Ich habe ihm Vorschub geleistet? Das fehlte auch noch! Du nimmst ihn mit in deinem Wagen und fährst ihn den ganzen Nachmittag spazieren – und nun soll ich Vorschub geleistet haben! Ich habe ihn einen ganzen Monat lang nicht gesehen und während dieser Zeit kein Wort mit ihm gesprochen!«

»Wo wohnt er?« fragte Lois.

»Wie zum Donnerwetter soll ich das wissen?« brauste Lizzy auf, wurde aber gleich wieder ruhig. »Ja, ich weiß schon: er wohnt in den Hiles Mansions.«

»Dann wird dieses Paket morgen früh nach den Hiles Mansions zurückgehen«, sagte Lois bestimmt. »Und ich schreibe ihm auch noch einen höflichen Brief dazu und bitte ihn, seine Aufmerksamkeiten zu lassen –«

Lizzy zuckte die Achseln.

»Auf wen wartest du denn eigentlich noch?« rief sie verzweifelt. »Er ist ein hübscher junger Mann mit einem prächtigen Auto, ein vollkommener Gentleman!«

»Das mag alles sein, aber ich kann ihn nicht leiden«, erwiderte Lois kurz. Zu ihrem Erstaunen legte die ungeschickte Lizzy ihren Arm um sie, drückte sie liebevoll an sich und lachte.

»Ich will mich mit dir nicht zanken in den paar letzten Nächten, die wir noch zusammen sind. Dann noch eins, Lois. Ich werde niemand anders mehr zu mir nehmen. Dein Raum wartet auf dich, wenn du einmal deiner hochadeligen Umgebung müde wirst.«

Ein großer Raum der Wohnung war durch eine hölzerne Scheidewand geteilt. In der Mitte befand sich eine türlose Öffnung, die die Verbindung zwischen den beiden Zimmern herstellte und mit einem Vorhang bedeckt war. Lois packte die Bonbonniere sorgfältig wieder ein, adressierte sie an ihren ›Verehrer‹, trug das Paket ins Schlafzimmer und legte es auf den Toilettentisch. Sie wollte nicht vergessen, diese Gabe zurückzusenden, obwohl ihr die Auslage des Portos recht unangenehm war.

Sie plauderten noch einige Zeit durch die Trennungswand, aber

Lois schlüpfte bald in ihr Bett, sie fühlte sich todmüde.

»Gute Nacht!« rief sie.

»Horch mal auf den alten Mackenzie!«

Von unten tönten die weichen Töne einer Geige herauf. Leise stieg und fiel die Melodie, und Lois erschienen diese Klänge süß und beruhigend.

»Er war früher Dirigent«, sagte Lizzy. Ich wünschte, er würde seine Mondscheinsonaten für sich behalten, bis ich aus dem Hause bin.«

»Mir gefällt es sehr gut.« Die traurige Melodie ging Lois zu Herzen und stimmte so ganz zu ihrem eigenen Kummer.

»Ich werde verrückt«, brummte Lizzy, als sie ihre Strümpfe wegschleuderte und ihre Zehen betrachtete. »Wenn du schon ausgezogen bist, gehe ich hinunter und frage, ob er nicht endlich seinen mitternächtlichen Unsinn aufgibt.«

»Er hat so wenig Freude im Leben, laß ihn doch«, protestierte Lois.

»Warum geht er denn nicht aus und verschafft sich welche? Aber der alte Trottel verläßt ja seine Bude überhaupt nicht. Er hat viel Geld – außerdem gehört ihm doch dieses Haus.«

Lois lauschte. Der alte Mackenzie spielte das Intermezzo aus ›Cavalleria Rusticana‹. Sooft sie diese Melodie auch gehört hatte, war es ihr doch, als drückte sie jetzt allen Schmerz, alle Furcht und alle Empörung ihrer eigenen Seele aus.

»Musik ist ja sehr schön, wenn sie am Platze ist«, sagte Lizzy wieder. »Wenn er wenigstens noch den neuesten Schlager spielen würde – ich habe vor ein paar Tagen die Noten dazu billig gekauft und ihm geschenkt, aber er hat sie noch nicht einmal gespielt.«

Die Musik verstummte, und auch Lizzy war gleich darauf ruhig. Lois drehte sich zur Seite und fiel in einen unruhigen Schlaf. Im Traum war sie wieder im Gefängnis von Telsbury und ging selbst unter all diesen graugekleideten Frauen in dem trostlosen Kreis herum. An der Seite des Direktors stand jemand und beobachtete sie. Es war eine stattliche Frau mit breitem Gesicht und großer Nase. Ihre harten, schwarzen Augen lächelten verächtlich, als sie vorüberschritt. Und mitten im Kreis stand der alte Mackenzie und fiedelte mit seiner Geige unter dem Kinn den letzten Schlager, den Lizzy immer pfiff.

Plötzlich fuhr sie erschrocken in die Höhe.

Ein Lichtschein war über ihr Gesicht gegangen – es mußte jemand im Zimmer sein. Sie hörte leise Bewegungen und dann ein Papierrascheln. Es war Lizzy – natürlich. Sie kam ja häufig mitten in der Nacht in ihr Zimmer, wenn sie der Husten quälte, um sich die Pastillen zu holen, die Lois in der Schublade ihres Toilettentisches verwahrte. Ohne ein Wort zu verlieren, streckte sie ihre Hand aus und knipste die kleine Taschenlampe an, die vor ihrem Bett lag.

Als sie den Knopf herunterdrückte, erinnerte sie sich dunkel daran, daß die Batterie nahezu ausgebrannt war. Nur ein dünner Strahl weißes Licht erhellte den Raum, verblaßte sofort wieder, wurde dunkelgelb und verschwand dann ganz. Aber in diesem Augenblick hatte sie die Gestalt eines Mannes gesehen, der an ihrem Toilettentisch stand. Sie erkannte Michael Dorn, der ihr ein betroffenes Gesicht zuwandte.

Kapitel 7

Sekundenlang war sie vor Schrecken wie gelähmt, und erst als sie hörte, daß er quer durchs Zimmer ging, schrie sie auf.

Lizzys Bett krachte, gleich darauf stand sie neben Lois.

Lois war auch aus dem Bett gesprungen und drehte mit zitternden Fingern ihre Lampe an. Aber das Zimmer war leer.

»Es war jemand hier – ein Mann«, sagte sie entsetzt.

»Du hast geträumt«

»Ich habe nicht geträumt – höre doch!«

Die Tür wurde unten geschlossen. Lois eilte zum Fenster, zog die Jalousie hoch, lehnte sich hinaus und sah einen Mann schnell die Charlotte Street hinuntergehen.

»Dort ist er! Erkennst du ihn nicht? Es ist Dorn!«

Lizzy beugte sich aus dem Fenster, und als sie sich umwandte, sah Lois ihr erschrockenes Gesicht.

»Ich möchte nicht bestreiten, daß er es war.« Lizzy war vorsichtig. »Glaubst du, daß Dorn hier im Zimmer –«

Lois nickte. Dieser Schrecken, der zu all dem anderen kam, hatte sie völlig aus der Fassung gebracht.

»War er hier? In diesem Raum?« Lizzy war noch nicht überzeugt, aber ein Blick auf das Gesicht der Freundin sagte ihr, daß Lois sich nicht geirrt haben konnte.

Eilig lief sie in die Küche und holte ein Glas Wasser. Lois trank gierig.

»Der ist aber frech wie der Teufel.« Lizzy setzte sich in einen Stuhl und schaute Lois bestürzt an. »Was wollte er denn?«

»Ich weiß nicht – er stand vor dem Toilettentisch. Ich sah ihn nur einen kurzen Augenblick, dann ging diese dumme Lampe wieder aus.«

»Der ist aber frech!« sagte Lizzy noch einmal. »Alles hat doch seine Grenzen! Mitten in der Nacht in das Schlafzimmer einer jungen Dame einzubrechen, erscheint mir eines Gentlemans nicht würdig.«

Lois lächelte schwach.

»Hat er nichts gesagt?«

Sie schüttelte den Kopf.

»Er ist davongelaufen wie ein Hase.«

»Erst schickt er dir mitten in der Nacht Schokolade –«

Lois' Blicke streiften den Toilettentisch. Sie sprang mit einem Schrei auf.

»Sie ist nicht mehr da!«

Lizzy machte ein langes Gesicht.

»Fort? Hattest du sie dorthin gelegt?«

»Ich stellte sie auf den Toilettentisch, um mich morgen früh daran zu erinnern – ich denke doch, daß es so war.«

Sie durchsuchten schnell die Küche und den Raum, aber sie konnten die Bonbonniere nicht finden.

»Vielleicht wußte er, daß du nicht gern süßes Zeug ißt, und wollte sie zurückholen.«

Aber Lois achtete nicht auf Lizzy.

»Ich weiß nicht – ich verstehe es nicht –«

In diesem Augenblick rief eine Stimme von unten herauf. Lizzy öffente die Tür.

»Ist etwas passiert?« Es war der alte Mackenzie.

»Der Mann schläft auch nie, er hätte eigentlich Nachtwächter werden sollen«, flüsterte Lizzy leise. »Nein, es ist alles in Ordnung, Mr. Mackenzie«, rief sie dann laut.

»Ich hörte, daß vor einigen Minuten jemand die Treppe hinunterging und das Haus verließ«, sagte der alte Mann. »Ich dachte, eine von Ihnen wäre krank.«

»Nein, Mr. Mackenzie, das war ich – ich sah nach, ob Miss Reddle die Haustür geschlossen hatte. Gute Nacht.«

Sie kam zurück und schaute nachdenklich auf die Uhr.

»›Um drei Uhr morgens‹ ist ein hübscher neuer Schlager – aber es ist nicht gerade die richtige Zeit für junge Leute, um in den Zimmern junger Damen herumzuschnüffeln. Was wirst du nun machen, Lois? Immerhin hast du nun das Porto für die Bonbonniere gespart. Ich glaube, eine Tasse Tee wäre ganz angebracht.«

Soweit Lizzy in Betracht kam, war jeder Augenblick und jede Gelegenheit recht, um Tee zu trinken. Sie eilte in die Küche und kam zehn Minuten später mit einer Kanne zurück, deren heißer Inhalt ihr und Lois sehr guttat. Ausnahmsweise hatte Lizzy auch genügend Teeblätter genommen.

»Es gibt zwei Wege«, begann Lois. »Erstens könnte ich die Polizei benachrichtigen, zweitens könnte ich persönlich Mr. Dorn aufsuchen und Aufklärung von ihm verlangen. Ich glaube, das zweite tue ich auch. Bitte, gib mir noch einmal seine Adresse.«

»Aber du wirst doch nicht jetzt gleich gehen!« sagte Lizzy erschrocken.

»Nein, ich gehe vor den Bürostunden zu ihm.«

»Da liegt er sicher noch im Bett – es ist ja möglich, daß du ihm die Schokolade wieder wegnehmen kannst, während er schläft«, meinte Lizzy scherzend.

Die Hiles Mansions waren ein stattlicher Häuserblock mit vielen Wohnungen in der Nähe der Albert Hall, aber Mr. Dorns Wohnung war die unscheinbarste von allen. Sie lag im obersten Stockwerk und bestand nur aus zwei Räumen, einem Bad und einer kleinen Eingangshalle. Der Fahrstuhlführer war in Hemdsärmeln und putzte die Messingbeschläge, als Lois zu so früher Morgenstunde ankam. Er war nicht überrascht über ihr Verlangen.

»Er wohnt im obersten Stock, mein Fräulein. Wenn Sie in den Lift treten wollen – entschuldigen Sie bitte meine Hemdsärmel – ich werde Sie nach oben fahren.«

Der Fahrstuhl hielt im sechsten Stock, und der Mann zeigte auf eine der drei einfachen Rosenholztüren, die auf demselben Flur lagen. Sie zögerte einen Augenblick, den Knopf zu drücken, aber dann nahm sie allen Mut zusammen und klingelte. Sie nahm an, daß Sie lange warten müßte, denn wenn Mr. Dorn tatsächlich in der Nacht in ihrer Wohnung gewesen war, würde er jetzt sicher noch schlafen. Aber kaum hatte sie die Hand von dem Knopf zurückgezogen, da öffnete sich zu ihrem großen Erstaunen die Tür, und Michael Dorn stand vor ihr. Er schien schon einige Zeit auf zu sein, denn er war vollständig angekleidet und rasiert. Auch konnte man ihm nicht ansehen, daß er eine schlaflose Nacht hinter sich hatte. »Das ist ein unerwartetes Vergnügen, Miss Reddle«, sagte er. »Kommen Sie bitte herein.«

Das Arbeitszimmer, in das er sie führte, war viel größer, als sie erwartet hatte; die durch die Dachneigung verursachte schiefe Decke gab ihm einen eigentümlichen, aber interessanten Charakter. Auf den ersten Blick sah sie, daß die Einrichtung aus alten, wertvollen Möbeln bestand. Der Schreibtisch, auf dem eine offene Zeitung lag, war zweifellos Boule-Arbeit. Das einzige moderne Stück in dem Raum war der tiefe Sessel vor dem Kamin. Radierungen hingen an den geschmackvoll getönten Wänden. In einer Nische stand ein Bücherschrank.

»Ich komme aus einem sehr ernsten Anlaß, Mr. Dorn.«

»Es tut mir leid, das zu hören«, antwortete er und schob den bequemen Sessel für sie zurecht.

»Ich möchte mich nicht setzen, danke schön. Gestern abend sandten Sie mir eine Bonbonniere mit Schokolade. Ich kann wohl verstehen, daß Sie das in guter Absicht taten, aber ich denke, ich hätte Ihnen klar genug gesagt, daß ich Ihre Bekanntschaft nicht wünsche. Ich danke Ihnen vielmals für alles, was Sie für mich getan haben«, fuhr sie zusammenhanglos fort, »aber –« Sie machte eine Pause.

»Aber?« wiederholte er.

»Sie haben sich mir gegenüber ganz abscheulich betragen!« Sie wurde rot. »Mir Schokolade zu schicken, war schon eine Unverschämtheit, aber in meine Wohnung einzudringen, war ein Verbrechen! Ich bin hierhergekommen, um Ihnen zu sagen, daß ich mich an die Polizei wenden werde, wenn Sie mich jetzt nicht in Ruhe lassen!«

Er lehnte am Tisch und spielte mit einem langen, spitzen Dolch, der offensichtlich als Brieföffner diente.

»Sie sagten eben, daß ich in Ihre Wohnung eingedrungen sei – wie kommen Sie darauf?«

»Ich habe Sie erkannt! Sie kamen, um die Bonbonniere wiederzuholen. Aber die Mühe hätten Sie sich sparen können – ich hätte sie Ihnen heute morgen sowieso zurückgeschickt.«

Zu ihrem Erstaunen leugnete er nicht, daß er in ihrem Zimmer gewesen war, er gab es sogar offen zu.

»Hätte ich das gewußt, dann wäre ich wahrhaftig nicht in der Nacht gekommen«, sagte er mit einer Ruhe, die sie vollständig fassungslos machte. »Mein Verhalten mag in Ihren Augen unentschuldbar sein, aber die Erklärung dafür ist sehr einfach. Bis Viertel nach eins wußte ich nämlich gar nicht, daß Sie die Schokolade erhalten hatten.«

Er ging quer durch das Zimmer, zog eine Schublade auf und nahm die Bonbonniere heraus.

»Das ist sie doch?«

Sie war über seine Kühnheit so verblüfft, daß sie nicht sprechen konnte. Er legte die Bonbonniere in den Schrank zurück.

»Ich habe Ihre Intelligenz unterschätzt, Miss Reddle. Leider habe ich allzu häufig in meinem Leben die Begabung der Frauen zu leicht genommen.«

»Ich kann Sie nicht verstehen«, sagte sie hilflos. »Ich wollte Ihnen doch nur sagen –«

»Sie wollten mir sagen, daß Sie die Polizei benachrichtigen würden, wenn sich so etwas wiederholt«, vollendete er. »Das wäre auch vollständig in Ordnung. Wann werden Sie Ihre neue Stellung antreten?«

»Am Montag.« Sie war über sich selbst verwundert, daß sie ihm das sagte. Aber dann erinnerte sie sich daran, daß der Zweck ihres Herkommens nicht darin bestand, ihm über ihr Tun und Lassen Auskunft zu geben, und sie ging zur Tür. »Sie leugnen also nicht, daß Sie in meiner Wohnung waren?«

»Nein – warum sollte ich das tun? Sie sahen mich doch. Durch den Lichtschein meiner Lampe weckte ich sie auf. Das tut mir sehr leid; wenn ich nicht diesen dummen Fehler gemacht hätte, würden Sie es gar nicht gemerkt haben.«

Sie starrte ihn entsetzt an.

»Sie geben zu, daß Sie bei mir waren?« fragte sie ihn, und ihr Erstaunen wuchs, als sie sich plötzlich darüber klar wurde, wie groß eigentlich sein Vergehen war. »Wie konnten Sie das tun, Mr. Dorn?«

»Es ist viel leichter für mich, einen Fehler zuzugeben, als ihn durch Lügen zu beschönigen«, sagte er kühl. »Selbst Sie werden mir wegen meiner Offenheit Glauben schenken müssen.«

Er begleitete sie zur Treppe und klingelte nach dem Fahrstuhl.

»Sie müssen Ihre Tür zuschließen, Miss Reddle«, sagte er, »ganz gleich, wo Sie sind. Selbst in dem Palais der Gräfin von Moron – Sie müssen Ihre Tür immer verschlossen halten.«

Er schaute den Fahrstuhlschacht hinunter und sah, daß der Lift nicht nach oben kam. Der Mann, der ihn bediente, hatte das Gebäude verlassen und sein Klingelzeichen nicht gehört.

»Wenn ich an Ihrer Stelle wäre, würde ich Ihrer Mutter nicht schreiben. Sie würden falsche Hoffnungen erwecken – sie ist jetzt ruhig und ausgeglichen. Der Gedanke, daß Sie leben und alles wissen, könnte den schwachen Lebensfaden zerreißen, der sie all die Jahre aufrechterhalten hat.«

»Woher wissen Sie das?« fragte sie atemlos und schaute ihn entsetzt an.

Man hörte das leise Geräusch des sich nähernden Fahrstuhls.

»Ich würde an Ihrer Stelle wirklich nicht schreiben«, sagte er mit einem Lächeln und geleitete dann das verstörte Mädchen in die Kabine. Er wartete, bis er unten das Aufschließen der Lifttür hörte, ging dann langsam in seine Wohnung zurück, schloß die Tür hinter sich und ließ sich in dem Sessel vor seinem Schreibtisch nieder. Aber er las die Zeitung nicht weiter.

Eine halbe Stunde lang saß er, das Kinn in die Hand vergraben. Dann erhob er sich und öffnete die Tür zu dem zweiten Zimmer. Ein hagerer, kleiner Mann mit dunklem, melancholischem Gesicht saß geduldig auf einem Stuhl, seitdem die Klingel die Ankunft der jungen Dame gemeldet hatte. Auf einen Wink Dorns kam er in das Arbeitszimmer.

»Spüren Sie Chesney Praye auf und suchen Sie herauszubekommen, was er letzte Nacht tat und wohin er ging. Er hat wahrscheinlich Bakkarat im Limbo-Klub gespielt. Wenn das stimmt, erkunden Sie, wieviel er verloren hat. Das wäre alles für heute.«

Ohne ein Wort zu erwidern, verschwand der kleine Mann durch die Tür. Dorn rief ihn noch einmal zurück.

»Gehen Sie auch nach Scotland Yard und versuchen Sie den Eigentümer eines blauen Buick Dr. XC 2997 festzustellen. Ich weiß schon, wer es ist, aber ich möchte die Sache bestätigt haben.«

Als sich die Tür hinter seinem Angestellten geschlossen hatte, nahm Mike Dorn mehrere Bogen Papier aus einem Fach seines Schreibtisches und schrieb eine halbe Stunde lang eifrig. Als er den Brief beendet hatte, frankierte er ihn und bat den Liftführer, ihn zur Post zu tragen. Dann kehrte er in seine Wohnung zurück, nahm Kragen und Krawatte ab und legte sich nieder, um zu schlafen. Und er brauchte wirklich Schlaf, denn er hatte die letzten sechsunddreißig Stunden kein Auge geschlossen.

Kapitel 8

Lois Reddle konnte sich später nicht mehr an die Vorgänge dieses Morgens erinnern. Wie im Traum tat sie mechanisch ihre Arbeit, und daß sie nicht Fehler über Fehler machte, war ihrer natürlichen Ordnungsliebe zuzuschreiben. Sie ging mit Lizzy zum Mittagessen in ein benachbartes Restaurant. Wie gewöhnlich war das die Hauptmahlzeit des Tages, aber sie konnte nichts essen, und ihre Freundin war sehr besorgt um sie.

»Was fehlt dir denn?« fragte Lizzy ängstlich.

Lois gab sich die größte Mühe, nicht mehr daran zu denken.

»Worüber hast du dich denn so aufgeregt? Ist es die Auseinandersetzung, die du mit ihm hattest?«

Zuerst verstand Lois nicht, wovon Lizzy sprach.

»Ach, du meinst Mr. Dorn – nein, das hat mich nicht im mindesten aufgeregt, es war wirklich eine sehr ruhige Aussprache.«

»Hast du ihm auch gesagt, was das für eine Frechheit von ihm war,«

»Das schien er alles selbst zu wissen«, sagte Lois lächelnd.

»Ich wette, daß er ganz verstört war und um Entschuldigung gebeten hat. Ist er vor dir auf die Knie gefallen?« Sie wollte alles ganz genau wissen, aber Lois schüttelte den Kopf.

»Es ist nichts Aufsehenerregendes passiert. Er hat es ein wenig bereut, aber nur ein wenig. Ich bin erschrocken.«

»Erschrocken?« fragte Lizzy entrüstet. »Weshalb denn? Jetzt werde ich aber einmal hingehen und ihm den Kopf waschen.«

»Nein, das wirst du nicht tun – er wird uns nicht wieder beunruhigen«, sagte Lois schnell.

»Aber was ist denn passiert? Hast du ihn nicht um Aufklärung gebeten?«

»Ja, so etwas Ähnliches habe ich wohl getan.« Lois hätte das Thema gern gewechselt, aber Lizzy blieb hartnäckig dabei.

»Wenn ihr richtig verlobt wärt und du krank wärst und wenn ihr euch außerdem gezankt hättet, dann würde ich ja nichts dabei finden, daß er gekommen ist«, begann Lizzy.

»Wir sind aber nicht verlobt, weder öffentlich noch heimlich, ich bin gesund und habe mich auch nicht mit ihm gezankt – also war es nicht richtig. Aber er wird uns nicht mehr belästigen, Lizzy.«

»Ich versuchte schon den ganzen Morgen, ein Wort mit dir zu sprechen, aber du bist ja ganz verstört und geistesabwesend herumgegangen. Da mußte ich doch annehmen, daß du ihm die Hölle heiß gemacht hast – entschuldige den Ausdruck – und daß es eine fürchterliche Szene gegeben hat. Aber ich dachte, du würdest mir wenigstens alles berichten, wenn wir zum Essen gingen.«

Aber Lois war hart wie Stein, und die Mittagspause ging vorüber, ohne daß Lizzy etwas Genaueres über die Pläne ihrer Freundin erfahren hätte.

Das einzige angenehme Resultat ihrer morgendlichen Unterredung mit Dorn war, daß sie weder an diesem noch am nächsten Tag etwas von ihm oder seinem langen, schwarzen Auto sah. Aber als die Tage vorübergingen, war ihr diese Erleichterung nicht so angenehm, wie sie gedacht hatte, und am Sonnabendnachmittag wünschte sie sogar, daß sie eine Entschuldigung hätte, um ihn wieder zu treffen.

Was wußte er über ihre Mutter? Kannte er die Zusammenhänge schon lange und interessierte er sich deshalb so sehr für sie? Es schien unmöglich, daß er selbst auch nur entfernt an dem Fall beteiligt war. Ihrer Schätzung nach war er ungefähr dreißig Jahre alt, vielleicht auch jünger; er mußte ein Kind gewesen sein, als Mary Pinder vor Gericht stand.

Lois kam plötzlich der Gedanke, daß sie eigentlich auch Pinder heißen müßte, aber das berührte sie kaum.

Am Montagmorgen packte sie ihre beiden Koffer und brachte sie mit Lizzys Hilfe auf die Straße zu dem wartenden Auto. Ihre Freundin war dem Weinen nahe. Der alte Mackenzie hielt sich ängstlich im Hintergrund. Er verließ das Haus nur selten, seit Jahren lebte er hier in freiwilliger Gefangenschaft.

»Warum steckt er seine Nase schon wieder heraus?« fragte Lizzy boshaft. »Wenn du fortgehst, spielt er sicher ›Martha, Martha, du entschwandest‹.«

Aber ihre Prophezeiung erfüllte sich nicht, und Lois kam in das Palais am Chester Square, ohne irgendeinen der Unfälle erlebt zu haben, die Lizzy ihr düster vorausgesagt hatte.

Ein livrierter Portier öffnete ihr die Tür. Man erwartete sie anscheinend, denn er führte sie die breite, mit dicken Läufern belegte Treppe hinauf in einen großen, luftigen Raum. Von hier aus hatte man eine schöne Aussicht auf den Platz.

Lady Moron saß an ihrem kleinen Schreibtisch, als Lois gemeldet wurde. Sie erhob sich in ihrer imponierenden Größe, um sie zu begrüßen. Keine andere Frau hätte das leuchtendgrüne Samtkleid tragen dürfen, das ihre Gestalt so vorteilhaft erscheinen ließ. Auf ihrer vollen Brust glänzte und sprühte ein großer Diamant, der an einer Perlenkette um ihren Hals hing. Ihr Gesicht war weiß gepudert, und ihre schwarzen, hochgeschwungenen Brauen hoben sich scharf davon ab. Lois hatte jetzt Zeit und Gelegenheit, ihre neue Herrin zu betrachten, und sah, daß ihr schwarzes Haar echt war; dagegen waren Augenbrauen und Lider stark nachgezogen.

»Das Mädchen wird Ihnen Ihr Zimmer zeigen, Miss Reddle«, sagte die Gräfin in ihrer ruhigen Art. »Ich hoffe, Sie werden sich bei uns wohl fühlen. Wir leben anspruchslos, und Sie haben keine Pflichten, die eine Dame nicht erfüllen könnte.«

Lois verneigte sich leicht bei diesem Versprechen, und ein paar Minuten später betrachtete sie überrascht ihr neues Schlafzimmer. Es war ein großer Raum im Obergeschoß, der ebenfalls nach dem Platz zu lag. Alle Bequemlichkeiten waren vorhanden, und ohne daß es ihr zum Bewußtsein kam, verglich sie die Möbel Mike Dorns mit diesen. Sie waren ebenso luxuriös.

Sie kleidete sich um und ging dann zum Salon zurück, der gleichzeitig auch Lady Morons ›Arbeitszimmer‹ war. Sie öffnete die Tür und zögerte, denn es waren jetzt noch zwei Herren in dem Raum. Den einen erkannte sie als den jungen, schmächtigen Grafen, der zweite hatte eine gedrungene, untersetzte Gestalt. Sein rotes, volles Gesicht zeugte von seiner Vorliebe für gutes Leben. Wenn er lächelte, was er häufig tat, blitzten seine weißen Zähne auf, die Lois irgendwie an das Gebiß eines Tigers erinnerten, obwohl sicherlich nichts Raubtierartiges an diesem Mann mit dem plumpen Körper und den gelockerten, rötlichen Haaren war. Das einzige Interessante war seine hohe Stirn.

»Mr. Chesney Praye«, stellte ihn die Gräfin vor.

Lois' Finger wurden von einer dicken, großen Hand umschlossen.

»Ich freue mich sehr, Sie kennenzulernen, Miss Reddle.« Seine Stimme klang angenehm, obwohl er etwas heiser sprach. Mit unverhohlener Bewunderung lag sein zudringlicher Blick auf ihr.

»Lord Moron ist Ihnen ja schon bekannt.«

Der junge Graf nickte und murmelte etwas Unverständliches.

»Miss Reddle ist meine neue Sekretärin«, erklärte die Gräfin. Sie sprach die vier Silben des letzten Wortes aus, als ob sie getrennt wären. »Sie werden sie häufig bei mir sehen, Chesney – Mr. Praye ist nämlich mein Berater in finanziellen Angelegenheiten.«

Chesney Praye machte durchaus nicht den Eindruck, als ob er zu dieser Stellung irgendwie befähigt wäre. Er hätte eher einen Rat über den korrekten Schnitt eines Anzugs oder den richtigen Sitz einer Krawatte geben können. Er war tadellos gekleidet. Lois hatte die Redensart ›geschniegelt und gestriegelt‹ oft gelesen, aber jetzt erlebte sie zum erstenmal, was das bedeutete.

»Sie haben hier eine hübsche Stellung, Miss Reddle«, sagte Praye. »Sicher werden Sie mit der Gräfin gut auskommen. Waren Sie schon einmal bei der Bühne?«

»Nein«, sagte sie mit einem schwachen Lächeln, als sie sich an die Warnung des alten Mackenzie erinnerte.

»Schade. Sie müßten sich prächtig auf der Bühne ausnehmen«, plauderte er weiter. »Sie haben die Haltung, die Gestalt, die Stimme und alles, was man sonst noch braucht. Ich bin ein paar Jahre an einem Lustspieltheater gewesen – es ist ein Hundeleben für einen Mann und nicht viel besser für eine Frau.«

Er lachte laut, als ob irgendein Witz in seinen Worten stecke. Lois war erstaunt, daß die Gräfin sein freies und vorlautes Wesen nicht rügte, da es kaum mit seiner Stellung vereinbar schien.

»Ich würde gern zur Bühne gehen.«

Der schweigsame Lord Moron hatte das gesagt, und seine Stimme hatte einen mürrischen Unterton. Es war, als ob ein kleiner Junge nach etwas fragte, das ihm schon versagt worden war.

Die Gräfin wandte ihre dunklen, unfreundlichen Augen ihrem Sohn zu. »Du wirst niemals zur Bühne gehen, Selwyn«, sagte sie bestimmt. »Bitte, schlage dir diesen Unsinn aus dem Kopf.«

Lord Moron spielte mit seiner Uhrkette und bewegte die Füße ungehaglich hin und her. Lois schätzte ihn auf fünfundzwanzig bis dreißig Jahre und vermutete, daß er nicht verheiratet war. Sie hatte den Verdacht, daß er vielleicht an Geistesschwäche litt. Später erfuhr sie, daß er nur ein Mensch mit wenig Energie war, der ganz unter der Herrschaft seiner Mutter stand. Er hatte einen ruhigen, harmlosen und einfachen Charakter.

»Das ist nichts für dich, Junge«, sagte Mr. Chesney Praye und klopfte ihm so stark auf die Schulter, daß Lord Moron stöhnte. »Es gibt eine ganze Menge anderer Beschäftigungen für dich, nicht wahr, Gräfin?«

Sie antwortete ihm nicht. Sie stand an dem großen Schiebefenster und schaute auf den Platz hinunter. Jetzt wandte sie sich um, nahm ihre Lorgnette und hob sie an die Augen. »Wer ist dieser Herr?« fragte sie.

Chesney Praye blickte hinunter, und Lois bemerkte, daß sein Mund zuckte und sein Gesicht blaß wurde.

»Verdammt!« sagte er leise. Die Gräfin wandte sich langsam um und sah ihn forschend an.

»Wer ist es?« fragte sie noch einmal.

»Das ist der geschickteste Mann in London – ich meine Detektiv. Ich würde tausend Pfund geben, wenn ich an seiner Beerdigung teilnehmen könnte. Er hat eine Abneigung gegen mich –«

Er hielt ein, als ob er zuviel gesagt hätte. Lois sah über seine Schulter hinab zu dem Mann, der langsam die Straße entlangging.

Es war Michael Dorn!

Kapitel 9

»Ein Detektiv?« fragte Lady Moron. »Ich wüßte wirklich nicht, warum Sie sich über Detektive zu ärgern brauchten, Chesney. Sie sind hoffentlich kein Verbrecher?«

»Natürlich bin ich das nicht«, erwiderte er schroff, fast grob, »aber ich hasse diesen Burschen. Er heißt Dorn – Michael Dorn. Er ist der einzige Privatdetektiv in England, der etwas taugt. Sie ziehen ihn sogar in Scotland Yard zu Beratungen hinzu, sie halten dort sehr viel von ihm. Er war der Mann, der die Razzia im Limbo-Klub organisierte, und er versuchte mich, als einen der Besitzer, für schuldig zu erklären. Aber da hatte er sich getäuscht.«

Michael Dorn war jetzt außer Sehweite gekommen, und das Mädchen war dankbar, daß sich das Interesse dieser Menschen so auf ihn konzentrierte, daß man sie nicht beachtete, sonst hätte sie ihre Bekanntschaft mit ihm verraten.

Ein Detektiv!

»Dieser Kerl ist frech wie der Teufel«, fuhr Chesney Praye fort und wiederholte dabei unbewußt Lizzys Worte. »Er ist skrupellos und würde seine eigene Tante einbuchten, um sie zu überführen. Er war Polizeikommissar in Indien, gab aber diesen Posten auf und nahm sich eines afrikanischen Millionärs an, der einige Dokumente verloren hatte und ihm für die Wiederbeschaffung ein Vermögen bezahlte – das ist wenigstens das, was ich über ihn weiß.«

Was für ein Mann war Chesney Praye, daß er eine solche Sprache in Gegenwart der vornehmen Gräfin führen durfte? Lois hatte von Männern und Frauen gehört, die eine so gefestigte Stellung im Haushalt des hohen Adels einnahmen, daß sie familiär mit den Leuten sprechen durften, die sie bezahlten. Sie nahm an, daß dies ein solcher Fall war.

Aber Lord Moron protestierte.

»Ich liebe das Wort ›einbuchten‹ nicht«, sagte er aufgeregt. »So gemeine Ausdrücke gebraucht man in Gegenwart einer Dame nicht! Haben Sie verstanden?«

Wieder schüchterten ihn die drohenden Augen seiner Mutter ein.

»Es verletzt mich nicht, Selwyn, und du hast auch keinen Grund, anzunehmen, daß sich meine Sekretärin beleidigt fühlen könnte.«

Er senkte den Blick, murmelte etwas Zusammenhangloses und schlich sich schuldbewußt aus dem Raum. Lois wäre ihm gern gefolgt, aber sie fand keine Entschuldigung. Gleich darauf verabschiedete die Gräfin Chesney Praye.

»Sie müssen jetzt gehen, Chesney. Ich möchte mit Miss Reddle ein wenig sprechen.«

Chesney verneigte sich mit seinem stets bereiten Lächeln formvollendet vor ihr. Er beugte sich nieder, um ihre große, weiße Hand zu küssen, die mit so vielen Juwelen geschmückt war, daß Lois neugierig war, ob er sich nicht die Lippen daran schneiden würde.

»Ich hoffe, Sie bald wiederzusehen, gnädiges Fräulein«, sagte er lebhaft, als er Lois' Hand mit unnötigem Druck schüttelte und seinen strahlenden Blick nicht von ihr wandte. Ich darf ihr London ein wenig zeigen, nicht wahr, Gräfin? Ist sie vom Lande?«

»Miss Reddle lebt schon einige Jahre in der Stadt«, sagte Lady Moron, und ihr tadelnder Ton würde die meisten Menschen entmutigt haben weiterzusprechen. Aber Mr. Chesney gehörte nicht zu ihnen.

»Wahrscheinlich hat sie aber noch nicht die interessanten Dinge gesehen, die ich ihr zeigen werde. Vielleicht erlaubt Mylady, daß Sie einmal abends ausgehen und im Klub speisen. Tanzen Sie?«

»Wenn es mir gestattet ist, mir meine Partner selbst zu wählen, tanze ich sehr gern«, sagte Lois.

»Sie werden mich wählen«, erwiderte er, »ich bin ein ausgezeichneter Tänzer!« Und damit empfahl er sich.

Erst einige Zeit nachdem sie allein waren, sprach Lady Moron. Sie stand noch am Fenster und hatte die Hände auf dem Rücken verschränkt.

Sie blickte auf den Platz hinunter, und Lois dachte, sie hätte ihre Angelegenheiten vergessen.

»Es ist heute nichts für Sie zu tun«, sagte die Gräfin, ohne den Kopf zu wenden. »Ich habe alle meine Briefe schon beantwortet. Wir speisen um halb zwei, und Sie nehmen die Mahlzeiten natürlich mit uns zusammen ein. Um acht Uhr wird zu Abend gegessen. Es ist Ihnen gestattet, jeweils am Nachmittag zwischen fünf und zehn Uhr auszugehen, und die Weekends, die ich auf dem Lande verbringe, gehören Ihnen. Das ist zunächst alles. Ich danke Ihnen,

Miss Reddle.«

Nach dieser Verabschiedung ging Lois in ihr Zimmer. Sie wußte aber nicht, was sie während der kurzen Zeit bis zum Essen noch beginnen sollte.

Als Chesney Praye das Haus am Chester Square verließ, sah er sich nach rechts und links um und entdeckte sofort den Gesuchten. Nachlässig stand er an der Ecke der Straße und wandte ihm den Rücken zu. Chesney zögerte einen Augenblick, dann ging er entschlossen auf den scheinbar nichtsahnenden Michael Dorn zu.

»Sehen Sie mal an, Dorn!«

Der Detektiv wandte sich langsam um

»Guten Morgen«, sagte er und hob die Augenbrauen, als ob Praye der letzte gewesen wäre, den er zu dieser Zeit hier erwartet hätte.

»Warum sind Sie hinter mir her?«

»Hinter Ihnen her? Ach, Sie meinen, daß ich Ihnen folge?«

»Was wollen Sie von mir?« fragte der andere grob.

Dorn schaute ihn nachdenklich an.

»Haben Sie den Eindruck, daß ich hinter Ihnen her bin?«

»Ich habe nicht den Eindruck – ich weiß es!« Chesneys Gesicht färbte sich dunkler. »Ich sah Sie heute morgen ganz genau, als ich aus meiner Wohnung in der St. James' Street kam, und dachte, Sie seien zufällig dort. Einer Ihrer Spürhunde war im Limbo-Klub und hat die Kellner ausgehorcht. Was wollen Sie von mir?«

»Ich bin neugierig«, murmelte Michael, »ich bin nur neugierig. Ich bin dabei, ein Buch über ungewöhnliche Verbrechen zu schreiben, und darin sind natürlich ein paar Seiten für Sie reserviert.«

Chesney Prayes Augen waren nur noch Schlitze, als er Michael an der Weste faßte.

»Ich will Ihnen einen guten Rat geben, Dorn«, sagte er. »Lassen Sie die Finger davon – oder Sie werden sich verbrennen!«

»Ein guter Rat ist des andern wert«, entgegnete der Detektiv. »Nehmen Sie Ihre Hand von meiner Weste, oder Sie bekommen einen Fußtritt!«

Er sagte das in der höflichsten Art, aber der aufgeregte Mann wußte, daß jedes Wort so gemeint war, wie es gesagt wurde, und zog seine Hand zurück. Bevor er sich wieder in der Gewalt hatte, sprach Dorn weiter.

»Sie haben einen guten Posten, Praye – verlieren Sie ihn nicht. Ich weiß, daß Sie eine sehr vornehme Dame in finanziellen Angelegenheiten beraten. Wenn ich zufällig höre, daß Sie ihr raten, Geld in Ihren wilden Unternehmungen anzulegen oder einen der kleinen Spielklubs zu finanzieren, mit denen Sie in der letzten Zeit so einträgliche Geschäfte machen, werde ich Sie von der Polizei verhaften lassen.«

»Sie verdammter Schnüffler!» fuhr der andere heftig auf.

»Ich habe Sie gewarnt«, sagte Dorn.

»Sie sind hier nicht in Indien –« begann Chesney wieder. Zu spät erkannte er seinen Fehler.

»Das stimmt – ich bin nicht in Indien, Sie aber auch nicht.« Michaels Stimme war sanft, fast weich. »Vor sieben Jahren war ich dort – in Delhi –, da gab es auch einen smarten jungen Regierungsbeamten, Finanzberater einiger indischer Fürsten, dessen Abrechnungen recht sonderbar waren. Bei der Nachprüfung fehlten zwanzigtausend Pfund. Man wußte nicht, wo das Geld geblieben war. Allgemein nahm man an, daß der Beamte schwachsinnig sei und keine Straftat vorliege. Er wurde aus dem Staatsdienst entlassen, aber man erhob keine Anklage gegen ihn.«

Chesney Praye wurde unruhig.

»Ich gab damals den Rat, die Anklage und den Prozeß gegen ihn streng durchzuführen«, fuhr Dorn fort. »Denn ich wußte, daß das fehlende Geld in Wirklichkeit bei der Bank in Bombay auf den Namen einer Freundin deponiert war. Die hohen Beamten in Simla fürchteten aber einen Skandal, und so kam es, daß der Dieb« – er machte eine Pause und sah, daß Chesney zusammenzuckte – »sein auf unredliche Weise erworbenes Geld nach Europa verschieben konnte. Jetzt begegne ich demselben Mann hier, und zwar wieder in der Rolle eines Finanzberaters!«

Chesney räusperte sich, er fand seine Stimme wieder.

»Es gibt in England ein Gesetz gegen Beleidigungen –«

»Es gibt auch verschiedene andere Gesetze, vor allem die vorzüglichen Strafgesetze. Und die Bestimmung der Bewährungsfrist erstreckt sich nicht auf schwere Verbrechen. Ein einziger scharfer Artikel in einer unabhängigen Zeitung, und man muß Sie packen, ob die Regierung will oder nicht.«

Chesney Praye sah erst nach der einen, dann nach der anderen Seite, raffte sich dann zusammen und schaute dem Detektiv gerade in die Augen. Sein Gesicht war bleich.

»Ich habe Sie nicht mit diesem Geschäft belästigt«, sagte er. »Ich wußte, daß ich irgendwo im Hintergrund einen Feind hatte. Das waren Sie, nicht wahr?«

Dorn nickte.

»Das war ich. Übrigens – wo ist Ihr liederlicher Freund geblieben, dieser Dr. Tappatt? Ich dachte, er hätte sich zu Tode getrunken, aber wie ich hörte, ist er in London. Vor einem Jahr machten Sie ihn mit der Gräfin bekannt. Haben Sie ihr von seinem merkwürdigen Ruf erzählt? Er ist wahrscheinlich ihr medizinischer Berater geworden? Oder unterhält er vielleicht jetzt eins der berüchtigten nichtangemeldeten Irrenhäuser? Früher oder später kommt dieser Mann an den Galgen.«

Praye gab keine Antwort. Sein Gesicht zuckte nervös. Einen Augenblick lang hatte er den wahnwitzigen Wunsch, auf seinen Quäler loszuschlagen, aber er beherrschte sich.

»Ich sehe nicht ein, warum wir uns über die Vergangenheit streiten«, sagte er ruhig. »Sie irren, wenn Sie glauben, daß ich aus diesem Delhigeschäft Geld gezogen hätte. Tappatt habe ich schon seit Monaten nicht mehr gesehen. Aber ich weiß, daß ich Sie nicht überzeugen kann. Wir wollen das Kriegsbeil begraben.«

Michael Dorn übersah die Hand, die ihm Praye hinhielt.

»Wenn ich das Kriegsbeil mit Ihnen begrabe, Praye, mache ich mir nur die Unkosten, ein neues kaufen zu müssen. Gehen Sie Ihren Weg und machen Sie keine Seitensprünge. Wenn Sie aber mit mir zusammenstoßen, werde ich Sie treffen, und zwar schwer.«

Er sah den flammenden Haß in den Augen des anderen, aber sein Blick blieb fest. Plötzlich drehte sich Praye um und ging fort.

Der Detektiv wartete, bis er außer Sehweite war, dann schlenderte er durch eine Seitenstraße, ging an der Rückseite der Hintergebäude von Chester Square 307 entlang und untersuchte sie sorgfältig. Die Ställe und Garagen auf der anderen Seite der engen Gasse interessierten ihn sehr, und es dauerte einige Zeit, bis er sich dort umgesehen hatte. Er traf dort den schweigsamen Mann, den er auf Erkundigungen geschickt hatte.

»Wills, hier in dieser Gasse ist eine Garage zu vermieten. Ich glaube, daß sie der Gräfin gehört, ihre eigenen Wagen stehen in der Belgrave-Garage. Gehen Sie zu den Agenten und sagen Sie ihnen, daß Sie sie mieten möchten. Bringen Sie den Schlüssel, wenn möglich noch heute abend, aber bestimmt morgen früh.«

Er händigte Wills eine Notiz mit der Adresse der Agenten aus, und der schweigsame Mann entfernte sich ohne ein Wort. Er fragte niemals etwas, und das war in Michael Dorns Augen sein größter Vorzug.

Michael kam von der entgegengesetzten Seite zum Chester Square zurück. Lady Morons großer Rolls Royce stand vor der Einfahrt, und gleich darauf sah er die Gräfin mit ihrem Sohn einsteigen und fortfahren. Sie würde wohl Einkäufe machen und zum Essen zurückkommen, dachte er und schlenderte den Gehsteig entlang. Er verlangsamte seinen Schritt, als er dem Haus gegenüber war. Von Lois war nichts zu sehen, aber Michael Dorn blieb trotzdem in der Nähe. Denn es war nicht Lois, die er zu sehen wünschte. Der Mann, auf den er wartete, kam zehn Minuten nach der Abfahrt der Gräfin aus dem Haus. Er war groß und breitschultrig und hatte ein etwas unangenehmes Gesicht. Michael erkannte den Butler der Lady Moron und folgte ihm in einiger Entfernung, und dies brachte ihm mancherlei Vorteil und Aufklärung.

Kapitel 10

Die Gräfin von Moron hatte, wie Lois entdeckte, eine sonderbare Lieblingsbeschäfigung. Sie liebte Zusammensetzspiele, die besonders für sie hergestellt wurden – Bilder in Grau und Blau mit merkwürdigen Schattierungen, die einen gewöhnlichen Spieler zur Verzweiflung gebracht hätten. Sie konnte Stunden vor dem großen Tisch in der Bibliothek damit zubringen. Das erzählte sie beim Essen, und Lois bemerkte zum erstenmal eine menschliche Seite an ihrer Herrin. Die Unterhaltung wurde hauptsächlich von den beiden Frauen bestritten. Lord Moron war zwar auch zugegen, aber er schien kaum dazuzugehören. Wenn er gelegentlich sprach, ignorierte ihn seine Mutter, oder sie antwortete ihm nur kurz. Anscheinend war er an diese Behandlung gewöhnt und lehnte sich nicht dagegen auf. Der einzige Bedienstete, der während des Essens erschien, war Braime, gegen den Lois sofort einen Widerwillen faßte. Er war ein schweigsamer Mann mit wenig einnehmendem Gesicht, und obwohl er sehr höflich war, flößte ihr irgend etwas an seiner großen, mächtigen Gestalt Unbehagen ein.

»Sie haben den Butler nicht gern, Miss Reddle?« fragte die Gräfin, als der Mann einen Augenblick das Zimmer verlassen hatte.

Lois war erstaunt über das feine Gefühl der Gräfin.

»Ich weiß noch nicht«, antwortete sie lachend, »ob er mir gefällt.«

»Man kann sehr zufrieden mit ihm sein«, erwiderte die Gräfin in ihrer majestätischen Art. »Ich liebe große Diener, und daß sein Gesicht nicht gerade anziehend ist, scheint mir ein Vorteil zu sein. Keiner meiner Gäste wird ihn mir zu nehmen versuchen. Man findet es in unseren Kreisen häufig, daß einem die besten Diener von anderen Leuten wegengagiert werden.«

Und dann erzählte sie von ihrer Vorliebe für Zusammensetzspiele.

»Braime ist sehr hilfreich und ganz geschickt in diesen Dingen – ich habe ihn schon oft zu Hilfe rufen müssen.«

»Ist er schon lange bei Ihnen?«

»Ungefähr sechs Monate. Er wurde mir von jemand empfohlen, der sich um die Besserung von Verbrechern bemüht«, war die verwunderliche Antwort.

Lois sprang beinahe vom Stuhl auf.

»Wollen Sie damit sagen, daß er früher im Gefängnis war?« fragte sie bestürzt.

Lady Moron nickte.

»Ja, ich glaube, er wurde wegen irgendeiner dummen Sache verurteilt – soweit ich mich entsinne, hatte er Silber gestohlen. Ich habe ihm eine neue Exitenzmöglichkeit gegeben – und der Mann ist dankbar.«

Als der Butler zurückkam, betrachtete Lois ihn sorgfältiger und kritischer. Trotz seiner mächtigen Gestalt bewegte er sich mit leisen, fast katzenhaften Schritten, und seine plumpen Hände handhabten das zerbrechliche Chinaporzellan mit erstaunlicher Geschicklichkeit.

Lois war angenehm überrascht, daß ihr ein eigenes Mädchen zugeteilt war – ein frisches, gesundes Landkind, das aus dem Dorf der Gräfin in Berkshire stammte. Die Earls von Moron waren wohlhabende Landbesitzer, und Moron House nahe Newbury war einer der hervorragendsten Herrensitze der Grafschaft.

Das Mädchen besaß die ganze Beredsamkeit ihres Schlages, und Lois war noch nicht lange in ihrem Zimmer, als sie schon erfuhr, daß ihr Mißtrauen gegen den Butler von allen Dienstboten geteilt wurde.

»Er steckt überall seine Nase hinein und spioniert herum«, sagte das Mädchen. »Wie eine große Katze schleicht er daher. Sie können ihn nicht hören, bis er hinter Ihnen steht. Wir anderen sind ihm nicht gut genug – immer hält er sich im Vorzimmer zum Speisesaal auf, und wenn ein neues Mädchen seine Stelle angetreten hat, bewacht er es, als ob es eine Maus wäre. Ich weiß nicht, warum die Gräfin so einem häßlichen, übelgelaunten Mann die Verwaltung ihres Haushalts anvertraut.«

»Ist er übelgelaunt?« fragte Lois.

»Nun ja«, gab das Mädchen zögernd zu, »ich kann es nicht genau sagen. Aber es sieht immer so aus«, sagte sie dann eifrig. »Und man kann einen Menschen immer nach seinem Blick beurteilen. Die Gräfin hat sich aber viel Mühe mit Ihnen gegeben.«

»Mit mir?« fragte Lois erstaunt.

»Sie hat diese Stühle für Sie hereinstellen lassen und hat selbst Ihr Bett ausgewählt und – hallo, was ist das? Gehört das Ihnen?«

Sie hatte eine leere Schublade einer Kommode aufgezogen und hielt jetzt eine große Fotografie in der Hand. Lois nahm sie – es war das Bild eines jungen Mannes, der am Anfang der Zwanzig stehen mochte. Er sah gut aus, und irgend etwas in dem Gesicht kam ihr sonderbar bekannt vor.

»Ich weiß nicht, wie das hierherkommt. Ich habe gestern selbst die Schubladen ausgeräumt. Die Gräfin muß es hierhergelegt haben.«

Obwohl es nur ein Brustbild war, sah Lois, daß der junge Mann die Uniform eines Hochlandregiments trug, und versuchte die Nummer zu erkennen; als Kind hatte sie sich sehr für militärische Abzeichen interessiert.

»Er sieht fesch aus, nicht wahr, Fräulein?«

»Sehr vorteilhaft«, sagte Lois. »Ich bin neugierig, wer das ist.«

»Es gibt eine Menge Fotografien im Haus, und niemand weiß, wen sie darstellen. Die Gräfin sammelt sie«, sagte das Mädchen.

»Ich will sie Lady Moron bringen«, meinte Lois und ging mit dem Bild hinunter. Sie fand die Gräfin vor einem halbvollendeten Legespiel, den Kopf in die Hände gestützt.

»Wo war das? In Ihrem Zimmer?«

Lady Moron nahm die Fotografie aus ihrer Hand, betrachtete sie gleichgültig und ließ sie in die Tischschublade gleiten.

»Es ist ein junger Mann, den ich vor vielen Jahren kannte«, sagte sie und nahm sich nicht die Mühe, Aufklärung darüber zu verlangen, wie die Fotografie in die Kommode gekommen war.

Lois ging in ihr Zimmer zurück. Es war ein sonniger Nachmittag, und die Luft war sehr warm. Die großen Fenster waren geöffnet, eines führte zu einem der vielen Steinbalkone, die die Front des Hauses schmückten. Unterhalb der Fensteröffnung war jedoch ein leichtes Holzgitter, das den Zugang zu dem einladenden Platz versperrte.

»Es ist uns nicht erlaubt, tagsüber auf die Balkone zu gehen«, sagte das Mädchen. »Die Gräfin ist besonders streng in diesem Punkt.«

»Betrifft das auch mich?«

»O ja, Fräulein. Die Gräfin selbst geht auch nur abends hinaus. Niemand darf sie tagsüber betreten.«

Lois war neugierig, welchen Grund die Gräfin haben mochte, diesen angenehmen Erholungsplatz während des Tages zu verbieten.

Die Nachmittagspost brachte eine Anzahl Briefe, die nach der Gewohnheit Lady Morons am selben Tag beantwortet wurden. Lois war bis eine Stunde vor dem Abendessen beschäftigt. Dann machte ihr die Gräfin einen Vorschlag, für den sie sehr dankbar war.

»Wenn Sie eine Freundin haben, die Sie gern zum Tee einladen, können Sie das jeden Nachmittag tun, den ich fort bin. Morgen haben Sie einen freien Abend. Ich werde auswärts speisen.«

An diesem Abend schrieb Lois noch einen langen Brief an Lizzy Smith und brachte ihn selbst zur Post, bevor sie sich in ihr herrliches Bett legte. Die Antwort kam prompt. Das war charakteristisch für die energische Lizzy, die alles gleich erledigte. Als Lois am nächsten Morgen allein frühstückte, meldete ihr ein Bedienter, daß sie am Telefon verlangt werde.

Lizzy rief an.

»Bist du es, Liebling? Ich werde natürlich heute abend zu dir kommen. Schickst du den Wagen, oder nehme ich die alte Nr. 14? Zieh dich nicht extra für mich um, ich bin ein einfaches Mädchen.«

»Sei nicht albern, Lizzy. Ich bin allein und erwarte dich.«

»Was ist es denn für eine Krippe?« fragte Lizzy.

»Es ist wirklich sehr schön«, sagte Lois, jedoch ohne Begeisterung. »Ich habe nur nicht genügend zu tun.«

»›Nur‹ darfst du nicht sagen, sondern ›und‹«, gab Lizzy zurück. – »Was hast du, Lois? Finde eine Stelle für mich ohne Arbeit – hier ist der alte Rattlebones!« Das letzte sagte sie ganz leise, und Lois wußte, daß Lizzy vom Büro aus telefonierte und der erste Clerk angekommen war. Dann hörte sie, wie drüben eingehängt wurde.

Lady Moron und ihr Sohn speisten am Abend auswärts und gingen dann ins Theater. Lois war allein, als Lizzy kam.

»Es ist sehr geräumig hier«, sagte sie langsam, als sie sich in dem herrlichen Speisezimmer umsah. »Ist der lange, große Kerl dort der Butler? Ich kann nicht sagen, daß mir sein Gesicht gefällt, aber er kann nichts dafür. Wieviele Gänge gibt es denn?« fragte sie nach dem dritten. »Mein Arzt sagte mir, ich würde nicht mehr als sechs vertragen.«

Nach dem Essen gingen die Mädchen in Lois' Zimmer, und Lizzy setzte sich staunend nieder, um alles zu bewundern.

»Ich dachte immer, solche Stellungen gäbe es nur in schönen Romanen. Ich meine solche Bücher, wie man sie als Preise in der Sonntagsschule erhält.«

»Es ist zu schön, um wahr zu sein!« lachte Lois.

»Hast du ihn nicht gesehen?«

»Meinst du Mr. Dorn? Doch, den habe ich heute morgen wieder gesehen. Er ging vor dem Haus auf und ab. Er ist ein Detektiv, Lizzy.«

Lizzy schaute erstaunt auf.

»Ein richtiger Detektiv?« fragte sie ehrfurchtsvoll. »Ich dachte, er wäre einer von der anderen Sorte – einer, den die Detektive fangen. Was sagte er denn?«

»Ich sprach ihn nicht, ich sah ihn nur durch das Fenster, Lizzy, ich bin so verwirrt und bedrückt von allem – und er ist ein so sonderbarer Mann! Was hätte er mir alles sagen können, als ich mit seinem Wagen zusammenstieß!«

»Ich weiß nicht, worüber du dich aufregst«, sagte die philosophische Lizzy. »Auch solche Menschen sind verliebt. Es gibt sehr achtbare Leute unter ihnen.« Sie schaute plötzlich auf.

»Was hast du?« fragte Lois.

»Ich dachte, ich hätte draußen Schritte gehört.«

Lois ging zur Tür und stieß sie auf, aber der Gang war leer.

»Glaubtest du, es wäre jemand da?«

Lizzy schüttelte den Kopf.

»Ich weiß nicht«, sagte sie unsicher, »aber ich habe scharfe Ohren, und sicher habe ich eben auf dem Teppich Schritte gehört.«

Lois schloß die Tür wieder und setzte sich auf das Bett.

»Lizzy, ich will dir etwas sagen.«

Das Interesse von Miss Elizabeth Smith erwachte.

»Ach«, sagte sie und holte tief Atem. »Ich wußte, daß du es mir früher oder später gestehen würdest. Ich dachte es mir ja. Er ist einer der nettesten Menschen, denen ich je begegnet –«

»Wovon in aller Welt sprichst du denn?« fragte Lois erschrokken. »Denkst du schon wieder an diesen unglückseligen Mr. Dorn?«

»An wen sollte ich sonst denken?« fragte Lizzy entrüstet.

Lois brach trotz der ernsten Lage, in der sie sich befand, in ein fröhliches Lachen aus.

»Liebe Lizzy, es wird mir schwer, es dir jetzt zu sagen«, begann Lois nach einer Weile. »Du kleine Heiratsvermittlerin! Mr. Dorn ist wahrscheinlich verheiratet und hat eine große Familie. Wir wollen nicht mehr über ihn sprechen.« Plötzlich kam ihr ein anderer Gedanke. »Willst du nicht einmal diese große Stadt bei Nacht sehen, mit all ihren Lichtern? Ich will sie dir zeigen.« Sie ging zu den Schiebefenstern und öffnete sie. »Bei Tag ist es verboten, auf den Balkon zu gehen, aber jetzt ist es wundervoll!«

Sie trat auf den Balkon hinaus und ging zu dem Geländer, legte ihre Hand darauf und schaute auf die Straße hinunter, die wie ein langes Band vorbeilief. Dann fühlte sie plötzlich, wie sich der Balkon langsam unter ihr senkte.

Entsetzt wandte sie sich um und sprang zum Fenster zurück; aber in diesem Augenblick ertönte ein lauter Krach, und der Steinboden unter ihr fiel in die Tiefe.

Kapitel 11

Beim Fallen griff Lois wild nach einem Halt, und ihre Finger faßten einen vorspringenden Stein in der Mauer; der Ruck riß ihr beinahe die Arme aus den Schultergelenken, aber für einen Augenblick hatte sie Halt.

Sie hörte den Schreckensschrei Lizzys.

»Wo bist du? Ach, um Gottes willen, halte dich fest, Lois! Ich hole Hilfe!«

Lois blickte nach oben und sah, wie Lizzy ins Zimmer stürzte. Furchtbare Sekunden vergingen. Sie fühlte einen Schmerz in den Schultern, und in ihrem Kopf begann sich alles zu drehen.

Sie konnte sich nicht länger halten. Kam denn niemand, um sie zu retten? Ihre Sinne wollten schwinden, ihre Finger krampften sich um den Stein, aber er bröckelte ab. Sie verlor den Halt und stürzte ab, aber gerade in dem Augenblick, als ihre Finger losließen, packte sie eine große, feste Faust am Handgelenk – sie fühlte, wie sie hinaufgzogen wurde, eine andere Hand ergriff sie und zog sie ganz ins Zimmer. Sie sah in das abstoßende Gesicht des Butlers.

Er legte sie auf das Bett, ging dann zu dem Fenster, kniete nieder und schaute hinaus. Das abstürzende Mauerwerk hatte eine kleine Menschenmenge angelockt, wie sie sich bei jeder Gelegenheit tags und nachts in London sammelt. Braime sah einen Polizisten kommen, erhob sich, staubte seine Knie sorgfältig ab und schloß das Fenster. Er sagte kein Wort zu dem Mädchen und verließ schweigend das Zimmer.

Lois war dem Zusammenbruch nahe, ihr Gesicht war totenbleich. Aber ihre Angst war nichts gegen das Entsetzen Lizzys, die wie gelähmt von all diesen Ereignissen war, bis das Stöhnen ihrer Freundin sie wieder zu sich brachte.

Lois kam aus halber Bewußtlosigkeit wieder zu sich. Sie hatte das Gefühl, als ob sie ertränkt worden sei, dann sah sie wie durch einen

Nebel die blasse Lizzy mit einem Glas Wasser in der Hand vor sich stehen.

»Du hast Glück gehabt, beinahe –«, stieß sie hervor.

Diese Worte erinnerten Lois an etwas – sie hatte sie schon früher gehört. Dann besann sie sich plötzlich auf das Auto, das sie beinahe überfahren hätte, und an die Worte Mike Dorns. Sie richtete sich auf und fand, daß ihre Vorstellung vom Ertrinken nicht ganz illusorisch war, denn Lizzy war sehr verschwenderisch im Verbrauch von Wasser gewesen.

Sie stand kaum auf ihren Füßen, als es an der Tür klopfte und der Butler mit einem Polizisten hereinkam.

»Der Beamte möchte den Balkon sehen«, sagte Braime und öffnete das Fenster zur Besichtigung.

Mit Hilfe seiner Lampe nahm der Polizist eine kurze Untersuchung vor und kam ins Zimmer zurück. Er sah Lois sonderbar an.

»Sie sind einer großen Gefahr entronnen, Fräulein«, sagte er. »In der Platte, auf die Sie traten, war ein alter Riß. Ich möchte auch die anderen Balkone sehen«, wandte er sich an den Butler und verschwand mit ihm.

Das war das zweite merkwürdige Ereignis in wenigen Tagen – ein Schauder packte Lois. Unter welchen bösen Einflüssen stand sie? Zum erstenmal wünschte sie, daß sie wieder zu ihrem behaglichen kleinen Heim in der Charlotte Street zurückkehren könne, und verabschiedete sich mit aufrichtigem Bedauern von Lizzy. Bald darauf kam die Gräfin nach Hause und ging sofort in Lois' Zimmer, als sie von dem Unfall hörte. Das Mädchen war gerade dabei, sich auszukleiden.

»Ich wußte, daß der Balkon schadhaft war, und sagte dem Butler, daß stets das Schutzgitter festgemacht bleiben solle. Wo ist denn das Gitter?«

»Es war diesen Nachmittag noch da. Als ich zum Essen hinunterging, sah ich es nicht mehr«, antwortete Lois. »Ich dachte, es wäre fortgenommen worden, damit die Fenster geschlossen werden können.«

Die Gräfin sah nachdenklich aus.

»Da steckt mehr dahinter, als ich im Moment zu denken wage. Ich hoffe, Sie können schlafen, Miss Reddle. Ich kann Ihnen nicht sagen, wie leid mir das tut. Wie wurden Sie denn gerettet?«

Lois erzählte es ihr, und Lady Moron nickte.

»Braime? Was hatte er denn um diese Zeit im dritten Stock zu tun?«

Sie blickte das Mädchen forschend an und ging dann in ihre eigenen Räume, ohne noch ein Wort zu sagen.

Erst um zwei Uhr morgens konnte Lois einschlafen; ihre Nervenkraft war zu Ende, und sie schreckte bei dem geringsten Geräusch auf. Etwas hielt sie wach – sie versuchte sich an etwas zu erinnern. Ein Gedanke arbeitete unaufhörlich in ihrem Unterbewußtsein, wollte an die Oberfläche dringen und ließ sie immer wacher werden. Schon zweimal hatte sie sich Wasser vom Waschtisch geholt, als sie jetzt zu ihrem Bett zurückkam, wußte sie es plötzlich.

»Sie müssen Ihre Tür geschlossen halten – selbst in dem Palais der Gräfin von Moron!«

Michael Dorns Warnung! Sie ging zu der Tür und suchte nach dem Schlüssel, aber sie fand keinen. Ebensowenig war ein Riegel vorhanden. Schnell drehte sie das Licht an, nahm einen der kleinen Stühle, trug ihn an die Tür und stellte ihn mit der Lehne gegen den Griff. Dann legte sie sich wieder nieder und schlief in wenigen Sekunden ein.

Als sie am nächsten Morgen erwachte, schien die Sonne in ihr Zimmer. Sie hörte ein leises Klopfen an der Tür, sprang aus dem Bett und zog den Stuhl fort.

»Guten Morgen, Fräulein«, sagte das Mädchen liebenswürdig. Sie hätte gar zu gern den Vorfall der letzten Nacht mit ihr besprochen, aber Lois war nicht dazu aufgelegt.

»Die Gräfin ist sehr aufgeregt und hat die ganze Nacht nicht geschlafen. Sie fragte mich, ob ich Sie wegen des Balkons nicht gewarnt hätte. Ich sagte natürlich, daß ich das getan hätte, aber nur für tagsüber – ich wußte nicht, daß er schadhaft war. Ich bin erst vierzehn Tage hier. Die Gräfin war so lange auf dem Land.«

Sie zog die Vorhänge zurück. Lois ging zum Fenster und schaute hinunter. Die ausgezackte Ecke des zerbrochenen Balkons erinnerte sie wieder daran, wie nahe sie dem Tode gewesen war. Sie schauderte zusammen, als sie sich auf die entsetzlichen Augenblicke besann, in denen sie in der Luft gehangen hatte.

»Es war der Fehler des Butlers«, sagte das Mädchen. »Ich wäre nicht überrascht, wenn er entlassen wird.«

»Wenn er nicht gewesen wäre, Fräulein, wären Sie überhaupt nicht in Gefahr gekommen! Die Gräfin sagte mir, daß ich Sie heute in das Zimmer des jungen Herrn auf dem unteren Flur umquartieren soll.«

»Aber Lord Moron muß doch nicht meinetwegen ausziehen?« fragte Lois erschrocken.

Anscheinend brachten die Bediensteten dem jungen Herrn dieselbe Geringschätzung entgegen, mit der ihn seine Mutter behandelte.

»Ach, der!« sagte das Mädchen mit einem Achselzucken. »Es ist ganz gleich, wo der schläft, der müßte auch mit der Dachstube zufrieden sein. Er will doch nur Schauspieler werden und mit den verrückten elektrischen Apparaten spielen! Ich bin gespannt, ob die Gräfin ihm erlaubt, so kindisch weiterzuleben.«

So war der sonderbare Wunsch des jungen Grafen allgemein bekannt. Abgesehen von der Bestürzung, daß er ihretwegen aus seinem Zimmer ausziehen mußte, war Lois nicht traurig über ihre Umquartierung. Ihre Freude war nach dem Gespräch mit der Gräfin noch größer.

Lady Moron hatte eine Vorliebe für leuchtende Farben. An diesem Morgen trug sie ein hellrotes Kleid. Lois dachte, daß es sie alt mache. Sie erwähnte den Zwischenfall nicht, und während der ersten Stunde nach dem Frühstück waren sie mit Briefeschreiben beschäftigt. Lady Moron hatte viel eigene Korrespondenz, außerdem kamen stets noch die üblichen Bettelbriefe hinzu, die auch erledigt werden mußten. Als Lois ihre Arbeit beendet hatte und der Gräfin den letzten Brief zur Unterschrift brachte, sah sie auf.

»Spüren Sie irgendwelche bösen Folgen nach diesem schrecklichen Unglücksfall?«

»Nein«, lächelte Lois.

»Ich habe dem Mädchen gesagt, daß Sie von jetzt ab das Zimmer meines Sohnes bekommen. Selwyn benützt es fast nie, er hält sich lieber in einem kleinen Studierzimmer oben auf und schläft auch fast immer dort. Sind Sie sehr erschrocken?«

Lois schüttelte den Kopf.

»Oder nervös?«

Das Mädchen zögerte.

»Letzte Nacht war ich etwas nervös.«

»Ich dachte es mir, und ich überlegte, wie ich Sie am besten überreden könnte, doch zu bleiben, Sie gefallen mir, und ich brauche eine Frau im Haus, mit der ich mich einmal vertrauensvoll aussprechen kann.« Sie bewegte sich in ihrem Drehstuhl und sah in Lois' Gesicht. »Ich bin nicht gern allein. Ich fürchte mich, allein zu sein.«

»Sie fürchten sich, Lady Moron?«

Die Gräfin nickte. Aber ihre Stimme verriet nichts von Furcht.

»Ich kann Ihnen nicht erklären, warum ich Angst habe, aber ich habe sie – vor gewissen Leuten. Wenn Sie bei mir bleiben wollen, will ich Ihr Gehalt erhöhen, und ich bin auch einverstanden, wenn Ihre Freundin hier im Haus schläft.«

»Meine Freundin?« fragte Lois überrascht. »Meinen Sie Miss Smith?«

Wieder nickte die Gräfin und wandte ihre dunklen Augen nicht von dem Gesicht des Mädchens.

Lois zögerte. »Das würde doch sehr – lästig für Sie sein –«

Die Gräfin machte eine rasche Handbewegung.

»Ich habe die Sache von allen Seiten überlegt, und wenn es Ihnen und Ihrer Freundin recht ist, werde ich noch ein Bett in Ihr Zimmer stellen lassen. Vielleicht möchten Sie Miss Smith besuchen und ihre Meinung darüber hören? Der Wagen wird in einer Viertelstunde für Sie bereitstehen.«

Lizzy Smith sah über die Spitze des Drahtgitters vor dem Fenster die vornehme Limousine ankommen und vor der Tür halten. Entgegen allen Regeln der Geschäftsordnung rannte sie aus dem Büro und traf auf halber Treppe mit ihrer Freundin zusammen.

In wenigen Minuten erzählte ihr Lois von dem Vorschlag der Gräfin.

»Lieber Gott!« sagte Lizzy verblüfft. »Das ist doch nicht dein Ernst?«

Sie ergriff Lois am Arm und zog sie die Treppe herauf. »Komm schnell ans Telefon und sag Ihrer Königlichen Hoheit, daß ich um sechs erscheinen werde!«

Kapitel 12

Lois betrat das Büro nicht, sondern verließ ihre Freundin an der Schwelle und fuhr zu einer wichtigen Unterredung, die sie sich vorgenommen hatte. Sie ließ das Auto in der Parliament Street warten und ging zu Fuß zum Justizministerium. Sie füllte ein vorgedrucktes Formular aus und wurde in das Wartezimmer geführt.

Sie hatte wenig Hoffnung, daß der mächtige Unterstaatssekretär ihre Bitte um eine Unterredung erfüllen würde, obwohl sie ihrer Anmeldung ein dringendes Schreiben beigelegt hatte. Die Unmöglichkeit wurde ihr immer klarer, und sie schaute verzweifelt schon zum zehntenmal nach der Uhr, als plötzlich ein Diener in der Tür erschien.

»Miss Reddle? Bitte folgen Sie mir.«

Ihr Herz schlug schneller, als sie an der hohen, imposanten Tür klopfte. Dann trat sie ein und nannte ihren Namen. Ein älterer Herr, der am anderen Ende des Zimmers mit dem Rücken nach dem Kamin saß, erhob sich halb von seinem Stuhl. Vor ihm stand ein großer, prachtvoller Schreibtisch.

»Nehmen Sie bitte Platz«, sagte er geschäftsmäßig. »Ich habe Ihren Brief gelesen, und es tut mir leid, daß ich Sie warten lassen mußte, aber ich hatte eben eine wichtige Konferenz.« Dann fuhr er ohne weitere Einleitung fort: »Sie haben mir da geschrieben, daß Mrs. Pinder Ihre Mutter ist?«

»Ja, dessen bin ich ganz sicher.«

Er öffnete das große Aktenstück, das vor ihm lag.

»Ich kenne den Fall persönlich«, sagte der Unterstaatssekretär. »Ich war damals als junger Richter tätig, hatte allerdings selbst nicht direkt mit dem Prozeß zu tun. Ich weiß nicht, was ich für Sie tun kann. Die Strafzeit ist beinahe abgelaufen, und wenn ich an Ihrer Stelle wäre, würde ich warten, bis sie herauskommt, und keine anderen Schritte mehr unternehmen. Auch andere Leute sind an dem Fall stark interessiert, wie Sie vielleicht wissen – ich habe ihnen denselben Rat gegeben.«

»Aber meine Mutter war unschuldig«, sagte Lois.

Er antwortete nur mit einem fast unmerklichen Achselzucken.

»Schuld und Schuldlosigkeit haben das miteinander gemein, daß es nach zwanzig Jahren sehr schwer sein dürfte, das eine oder das andere zu beweisen. Ich habe damals den Fall mit großem Interesse verfolgt. Meiner Meinung nach gab es zwei wesentliche Punkte bei diesem Fall. Der eine bewies eigentlich ihre Schuld über jeden Zweifel hinaus und der andere ihre Unschuld. Aber sie wurden beide bei der Verhandlung nicht erwähnt.«

»Was war das denn?« fragte Lois schnell.

»Erstens war es der Schlüssel zu dem Kasten, in dem die Juwelen und das Zyankali entdeckt wurden. Hätte man diesen Schlüssel im Besitz Ihrer Mutter gefunden, so wäre der Fall restlos aufgeklärt gewesen. Das war auch die Meinung des Richters, der damals den Fall bearbeitete. Der andere Punkt betrifft den Brief, den die ermordete Frau oder die Frau, die man tot auffand, unweigerlich geschrieben hätte, wenn es sich um einen Selbstmord gehandelt hätte. Sie wissen wahrscheinlich auch, daß man einen Federhalter, Tinte und einen Block Schreibpapier, aber keinen Brief auf dem Tisch fand. Der Papierblock war ganz neu, die tote Frau hatte ihn an demselben Morgen gekauft, und es wurde festgestellt, daß ein Blatt abgerissen war. Der Verteidiger nahm den Standpunkt ein, daß die Frau sich auf ihren Selbstmord vorbereitete und einen Brief schrieb, wie die Leute es in solchen Fällen zu tun pflegen. Aber man hat dieses Schreiben nicht gefunden, obwohl man das ganze Haus sorgfältig durchsuchte.«

Dann begann er sie plötzlich über ihr Leben und ihre Persönlichkeit auszufragen. Als sie ihm mitteilte, warum sie glaubte, die Tochter der Mrs. Pinder zu sein, gab er ihr recht.

»Sicherlich stimmt Ihre Annahme«, sagte er.

»Sogar Mr. Dorn glaubt, daß ich recht habe.«

»Dorn?« fragte er schnell. »Sie meinen doch nicht etwa den früheren indischen Polizeioffizier? Kennen Sie ihn?«

»Nicht gerade gut«, gab sie zur Antwort.

Konnte er auch zu den anderen Leuten gehören, die an dem Fall interessiert waren? Aber sie sah sofort die Unmöglichkeit ihrer Vermutung ein. Er schaute sie scharf an.

»Unter welchen Umständen haben Sie Dorn kennengelernt?« fragte er. Lois erzählte ihm ihre Erlebnisse ganz offen.

»Hm – das sieht Dorn ganz ähnlich. Ich meine, er würde nicht hinter einer jungen Dame her sein, wenn nicht noch irgend etwas anderes dabei im Spiel wäre. Er ist ein Mann von größter Ehrenhaftigkeit und Unbescholtenheit«, sagte er sehr bestimmt, und aus irgendeinem Grund war es ihr sehr angenehm, dieses anerkennende Urteil über den Mann zu hören, über den sie sich schon oft geärgert hatte.

Als sich der Unterstaatssekretär erhob und damit das Ende der Unterredung andeutete, drückte er ihr die Hand und sagte noch: »Wenn Ihre Mutter aus dem Gefängnis kommt, wird sie Ihnen sicher noch viel mehr mitteilen können als irgend jemand von uns. Zum Beispiel ist noch eine Frage offen, wer Ihr Vater war, der ein oder zwei Wochen vor dem Verbrechen verschwand und nie wieder gesehen wurde. Was ist ihm zugestoßen? Ich entsinne mich sogar, daß die Staatsanwaltschaft damals überlegte, ob man nicht Ihre Mutter für sein Verschwinden verantwortlich machen solle.«

»Wie schrecklich!« rief Lois empört.

»Ja – es muß schrecklich gewesen sein.«

Aus dem Ton seiner Worte schien Lois herauszuhören, daß er die ganze Angelegenheit nicht nur vom offiziellen Standpunkt aus beurteilte.

»Bei Verbrechen, mein liebes Fräulein, muß die Staatsanwaltschaft die schrecklichsten Dinge annehmen, und leider hat sie gewöhnlich damit recht.«

Lois war durch diese Unterhaltung nicht viel weiter gekommen, aber sie hatte wenigstens die Genugtuung, einen Anfang gemacht zu haben. Merkwürdigerweise hatte sie sich noch nie eingehend mit der Frage nach ihrem Vater oder mit seinem Verschwinden beschäftigt. Das schien ihr so unwesentlich im Vergleich zu den furchtbaren Qualen ihrer Mutter.

Der Brief und der Schlüssel! Das waren die beiden neuen Punkte, von denen sie vorher nichts gewußt hatte. Sie kehrte mit einer gewissen Befriedigung zum Chester Square zurück und kam gerade zurecht, um einen der seltsamsten Vorfälle mitzuerleben, der sich jemals abgespielt hat.

Als sie die Tür zum Wohnzimmer öffnete, hörte sie die schrille, kreischende und ärgerliche Stimme des jungen Grafen und wollte sich zurückziehen. Aber die Gräfin, die sie in der Tür gesehen hatte, rief sie in den Raum.

Selwyn war außer sich vor Wut, sein Gesicht war kreidebleich.

»Das tue ich nicht – das tue ich unter gar keinen Umständen!« brüllte er. »Ich rufe die junge Dame als Zeugin an. Sagen Sie bitte, Fräulein, ist es recht, daß ein Mann in meiner Stellung tun muß, was irgendein verrückter, betrunkener Doktor ihm vorschreibt? Glaube nicht, daß ich mich vor diesem gräßlichen Kerl fürchte – bestimmt nicht! Auch ich kenne das Gesetz, bei Gott!«

»Braime hat nur seine Instruktionen ausgeführt«, sagte die Gräfin mit ihrer dröhnenden Stimme.

Sie stand an ihrem Schreibtisch, spitzte langsam einen Bleistift mit einem kleinen Federmesser und sah von ihrer Beschäftigung nicht auf.

»Es macht mir nichts aus, mein Zimmer einer jungen Dame abzutreten – jeder Gentleman würde das tun. Nebenbei ist auch mein Studierzimmer sehr nett und wohnlich. Aber wenn ich allein ausgehen will, dann will ich allein ausgehen, aber ich will nicht, daß irgendein schrecklicher Verbrecher von einem Butler mich begleitet, selbst wenn alle gräßlichen Ärzte der Welt es vorschreiben. Ich habe schon genug ausgehalten, Mutter!«

Er drohte der Frau mit vor Aufregung zitterndem Finger. Aber sie blieb anscheinend ganz ruhig und spitzte ihren Bleistift weiter.

»Ich habe genug ausgehalten – du magst meinethalben diesen niederträchtigen Chesney Praye heiraten, diesen fürchterlichen, teuflischen Lumpen! Da staunst du – ich weiß das alles, und ich weiß noch viel mehr Dinge, von denen du im Traum nicht ahnst, daß ich sie erfahren habe! Du kannst mein Geld ausgeben, wie es dir gerade paßt, du kannst ihm auch Geld leihen –«

Lois sah, wie Lady Morons Hand sich erhob und liebkosend über das Gesicht ihres Sohnes strich.

»Du bist ein unnützer Junge«, sagte sie lächelnd.

Plötzlich schrie er vor Schmerz auf, taumelte zurück und hielt die Hand auf seine heftig blutende Wange.

Lois wollte ihren Augen nicht trauen, aber sie sah nur allzu deutlich einen langen, geraden Schnitt in seinem Gesicht. Das kleine Messer, mit dem die Gräfin ihren Bleistift gespitzt hatte, war rot von Blut.

Kapitel

13

»Du bist wirklich ein ganz unnützer Junge«, sagte Lady Moron noch einmal, wischte das Messer mit ihrem Taschentuch ab und beschäftigte sich wieder damit, den Bleistift anzuspitzen. »Geh in dein Zimmer und spiel mit deinen elektrischen Batterien.«

Der junge Mann keuchte vor Furcht, drehte sich plötzlich um und rannte aus dem Zimmer. Sein Gesicht war mit Blut besudelt.

Ein tödliches Schweigen folgte, dann schaute die Gräfin auf.

»Sie denken vermutlich, daß ich eben etwas Entsetzliches getan habe, aber Selwyn macht manchmal furchtbare Schwierigkeiten und ist so eigensinnig und trotzig, daß ich ihm gegenüber meinen Willen durchsetzen muß – es ist nur zu seinem eigenen Besten. Er ist nicht mehr verletzt, als wenn er sich mit seinem Rasiermesser gründlich geschnitten hätte.«

Die Kaltblütigkeit, mit der sie dies alles sagte, versetzte Lois in atemlosen Schrecken. Sie konnte kaum glauben, daß dies alles nicht nur ein fürchterlicher Traum war. »Es war sehr – ungewöhnlich«, erwiderte sie nach einer Pause. Das Sprechen fiel ihr schwer.

Wieder trafen sie die dunklen Augen der Gräfin.

»Ungewöhnlich? Ja. Dr. Tappatt wünscht, daß ich ihm gegenüber so ungewöhnlich auftrete und noch härter mit ihm verfahre. – Haben Sie Ihre Freundin gesprochen?«

»Ja«, sagte Lois, die froh war, daß nicht mehr von der Sache gesprochen wurde.

»Wird sie kommen? Wie nett von ihr. Wie ich Ihnen schon heute morgen sagte, Miss Reddle, fürchte ich mich. Ich vermute, daß Sie den Grund nicht ahnen, selbst nachdem Sie Zeugin dieses belustigenden, kindischen Benehmens des jungen Grafen waren.«

Lois hatte wirklich keine Ahnung, was es sein mochte, und schwieg vorsichtig. Die Gräfin erwähnte die Szene auch nicht weiter, und als Lord Moron später zum Mittagessen mit einem großen Verband um sein Gesicht erschien, nahm seine Mutter keine Notiz von ihm und sagte nur am Schluß der Mahlzeit: »Komm doch bitte nicht in solchem Aufzug zum Essen, Selwyn, man könnte sich sonst einbilden, du hättest ein Erdbeben mitgemacht.«

»Jawohl Mutter«, antwortete er bescheiden.

Der Umzug war vorgenommen, und Lois bewohnte nun ein prachtvolles Zimmer, das ein Staatsraum eines königlichen Palastes hätte sein können. Auch das zweite Bett war aufgestellt. Als die Stunde von Lizzys Ankunft herankam, fühlte sich Lois sehr erleichtert, und die bösen Gedanken, die sie bedrückt hatten, verschwanden. Die Gräfin speiste wieder außerhalb, hatte aber strikte Anweisung gegeben, daß ihr Sohn beim Abendessen zugegen sein solle. Bevor sie fortfuhr, ließ sie Lois zu sich rufen.

»Wenn Sie Selwyn unterhalten können, so tun Sie es bitte. Er ist ein ganz guter Gesellschafter, wenn man versteht, sich seiner kindlichen Auffassung anzupassen. Möglicherweise wird es Ihrer Freundin leichter fallen als Ihnen.«

Lois erschrak beinahe über diese Worte.

Lizzy kam pünktlich um sechs und brachte eine vollgepackte schwarze Handtasche mit, die auch ihr ›Hof- und Krönungskleid‹ enthielt, wie sie es nannte. Aber Lois jagte ihr keinen geringen Schrecken ein. »Weißt du auch, daß du heute abend mit Lord Moron speisen wirst?« fragte sie.

Lizzy sank vollständig aufgelöst in einen Stuhl.

»Das kann ich nicht – das will ich nicht!« rief sie energisch. »Ich wußte schon, daß irgend etwas im Hintergrund lauerte!«

Lois beschwichtigte ihre Aufregung und Furcht, und obwohl sie nicht dem Beispiel der Dienstboten folgen und schlecht von dem Grafen sprechen wollte, beruhigte sie ihre Freundin doch so weit, daß sie weder in Ohnmacht fiel noch davonlief, als ihr der junge Graf vorgestellt wurde.

Er stand im Wohnzimmer mit dem Rücken gegen den Kamin und hatte eine Zigarette im Mund, als die beiden Mädchen in das Zimmer traten. Lois zog ihre Freundin mit sich. Selwyn gab ihr leicht die Hand.

»Es freut mich außerordentlich, Sie kennenzulernen. Sehr schönes Wetter heute«, sagte er. Dann wandte er sich liebenswürdig an Lois: »Ist die Gräfin fort? Dieser schreckliche Vagabund Praye hat sie vorhin angerufen.«

Lois erinnerte sich an die Szene, die sie gegen ihren Willen miterlebt hatte. Sie dachte auch an das Verhalten Mr. Chesney Prayes der Gräfin gegenüber, das ihr bis dahin noch unerklärlich erschienen war, das sie jetzt aber verstand. Er war der Gräfin also viel mehr als nur ein Ratgeber in finanziellen Dingen. Offensichtlich hatte er sie auch in Herzensangelegenheiten unterwiesen, obwohl Lois sich nur schwer vorstellen konnte, daß diese herrschsüchtige Frau auch zärtlich sein konnte.

»Ein fürchterlicher Kerl«, sagte der junge Graf energisch. Lois erkannte, daß sein Widerstand noch lange nicht gebrochen war. »Dieser ekelhafte, betrunkene Doktor ist entsetzlich, aber Chesney Praye ist noch viel schlimmer. Ich nenne ihn nur einen Raubvogel – ist das nicht ein ganz guter Witz? Denken Sie, Chesney ist ein Raubvogel!«

Er lachte leise und kam offensichtlich unter dem Einfluß seines eigenen Humors in Stimmung.

Zum zweitenmal wurde dieser merkwürdige Doktor erwähnt. Lois war gespannt, ob sie ihn auch kennenlernen würde.

»Ich bin froh, daß sie mit ihrem Raubvogel fort ist. Wir wollen jetzt ins Speisezimmer gehen und essen.«

Lizzy machte ein erstauntes Gesicht, als sie diese wenig vornehme und auch ihr vertraute Sprache hörte. In diesem Augenblick begann sie, sich für den höheren Adel zu interessieren, und dieser Umstand sollte ihr Leben noch schicksalhaft beeinflussen.

Die Stimmung bei Tisch wurde sehr fröhlich, und Lois erinnerte sich nicht, jemals in so lustiger Gesellschaft gewesen zu sein. Auch für den jungen Grafen war es sicher ein sehr vergnügter Abend, denn er brachte seinen Witz von dem Raubvogel mindestens ein halb dutzendmal an und freute sich jedesmal mehr darüber.

»Zuerst habe ich den Witz gar nicht verstanden«, sagte Lizzy, die Tränen lachte.

»Die Sache ist doch sehr einfach«, erklärte er eifrig. »Er heißt doch Praye, und prey bedeutet doch Raub. Deswegen nenne ich ihn Raubvogel; das ist doch ein guter Witz – finden Sie nicht? Wir wollen Dame spielen – ich bin ein Meister darin.«

Lois ließ sich diese gute Gelegenheit nicht entgehen, ihn besser kennenzulernen, und war klug genug, sich allerhand Informationen von ihm geben zu lassen. Sie erfuhr, daß er zwei Jahre lang die berühmte Public School von Harrow besucht hatte – dann hatte ihn seine Mutter herausgenommen. Er hatte den Aufenthalt in der Schule nicht ertragen können, es war ihm dort zu roh. Und seit der Zeit war er tatsächlich nicht von seiner Mutter fortgekommen. Er war auch Mitglied irgendeines Klubs, aber er wußte nicht, welcher Klub das war, auch war er niemals dort gewesen.

»Sind Sie verheiratet?« fragte Lois kühn.

Die Frage verursachte ihm unheimliches Vergnügen.

»Ich verheiratet? Großer Gott, nein! Wer würde denn so einen alten, verrückten Kerl wie mich heiraten wollen? Nein, meine Liebe – allerdings gab es mal eine junge Dame, die mich heiraten wollte, aber meine Mutter gab unter keinen Umständen ihre Zustimmung.«

Er hatte niemals irgendeine verantwortliche Stellung eingenommen. Seine Mutter verwaltete seine großen Güter mit Hilfe hoher Beamter und Rechtsanwälte. Von Zeit zu Zeit wurden ihm Dokumente vorgelegt, die er unterschreiben mußte. Dann war er auch einmal im Oberhaus gewesen, um den ihm angestammten und ererbten Sitz einzunehmen.

»Aber nie wieder gehe ich dahin – es ist zu verrückt!« sagte er. »Man muß einen roten Samtmantel anlegen und so eine Art Krone aufsetzen!«

Später entdeckte Lois zu ihrem großen Erstaunen, daß er eine Liebhaberei hatte, und plötzlich wurden ihr auch die Sticheleien seiner Mutter über seine elektrischen Batterien verständlich. Er hatte eine Leidenschaft für elektrische Maschinen und Apparate. In seinem Arbeitszimmer standen Modelle von Dynamos, elektrischen Eisenbahnen, Batterien und so weiter.

»Ich habe eine sehr nette Arbeit für die Gräfin in der Bibliothek geleistet – fragen Sie sie nur, sie wird es Ihnen zeigen.« Er machte ein ernstes Gesicht. »Aber besser, Sie fragen nicht«, sagte er dann schnell.

Die Beschäftigung mit elektrischen Dingen war jedoch nicht nur ein Vergnügen und eine Spielerei für ihn. Stolz erzählte er, daß er die Klingelleitung im ganzen Haus selbst angelegt habe. Lois konnte sich später überzeugen, daß seine Angaben stimmten. Lizzy, die zuerst vor seinem hohen Adelstitel in Ehrfurcht erstarb, war bald mit ihm vertraut.

»Ich habe mich noch nie so gut amüsiert, wie heute abend«, sagte der junge Graf. Vorher hatte er schon verschiedene Male nervös nach der Uhr gesehen. »Jetzt werde ich aber losziehen, bevor die Gräfin nach Hause kommt.«

Er verschwand schnell, und die beiden Mädchen gingen in die Halle. Braime stand vor der Haustür und schaute durch die Glasscheiben auf die Straße.

»Gute Nacht, gnädiges Fräulein«, sagte er respektvoll. Dann schaute er wieder aufmerksam nach draußen.

»Ich mag den Mann nicht«, sagte Lizzy, als sie in ihrem Zimmer waren.

»Braime? Ich konnte ihn zuerst auch nicht leiden, aber ich verdanke ihm so viel. Wenn er mir letzte Nacht nicht geholfen hätte –«

»Wie ist er aber dorthin gekommen – das ist die Frage«, meinte Lizzy. »Er muß schon im Zimmer gewesen sein, als der Balkon einstürzte, denn ich fühlte sofort, daß mich jemand beiseite zog.«

»Was hältst du eigentlich von Lord Moron?« fragte Lois, die das Gespräch gern auf einen angenehmeren Gegenstand bringen wollte.

»Oh, er ist sehr nett«, sagte Lizzy verträumt. »Als du mir zuerst von ihm erzähltest, dachte ich, er sei ein wenig dumm. Aber der junge Mann hat doch Verstand!«

Plötzlich klopfte es an die Tür.

Lois lag schon im Bett, und Lizzy, die zu sehr mit ihren Gedanken beschäftigt war, um sich schnell auszuziehen, war gerade so tief im Negligé, daß sie sich nicht zeigen konnte.

»Wer ist da?« fragte Lois.

»Ich bin es, meine Damen. Kann ich hereinkommen?«

Sie erkannten die Stimme des jungen Lord Moron.

Kapitel 14

»Das ist leider unmöglich – wünschen Sie irgend etwas?«

»Ja, ich habe etwas vergessen«, sagte er aufgeregt.

»Kann ich es Ihnen nicht herausreichen?« fragte Lois, die an die Tür gegangen war.

»Nein, ich fürchte, das geht nicht. Es ist – ja, es ist –« Seine Stimme erstarb in einem undeutlichen Murmeln. Dann sprach er wieder: »Also, es tut mir leid, ich vermute nicht – ich wollte nur sagen, lassen Sie sich nicht durch irgend etwas erschrecken. Ich – ich meine, sagen Sie der Gräfin nichts, wenn Ihnen etwas verwunderlich erscheinen sollte –«

Lois schüttelte verständnislos den Kopf.

»Ich verstehe nicht, was Sie meinen. Wenn ich Ihnen irgend etwas herausreichen kann, tue ich es gern.«

Aber es kam keine Antwort mehr, er war anscheinend schon gegangen. Lizzy, die immer praktisch und robust war, meinte, er hätte seine falschen Zähne vergessen. »Und er ist so schüchtern und wohlerzogen, daß er das einer Dame nicht zu sagen wagt.«

Aber Lois war mit dieser Erklärung nicht einverstanden.

Lizzy ließ sich durch die Pracht und den Prunk nicht im mindesten beeinflussen und schlief sofort ein. Aber Lois blieb vollkommen wach. Sie hörte die Uhren im Haus jede Viertelstunde schlagen. Sie änderte ihre Lage und drehte sich auf die andere Seite, sie zählte von eins bis tausend und versuchte alle bekannten Mittel, um einzuschlafen, aber um halb zwei war sie noch immer munter. Ein Auto hielt draußen vor dem Tor – sicher kam Lady Moron jetzt nach Hause.

Lois lag in einem Himmelbett, und vielleicht war es dieser ungewöhnliche Umstand, der sie nicht einschlafen ließ. Sie starrte auf den kaum sichtbaren seidenen Thronhimmel über ihr und überlegte sich, daß sie vielleicht besser schlafen würde, wenn sie sich auf das große Sofa legte, das quer vor dem Bett stand. Das tiefe Atmen Lizzys störte sie auch. Sie richtete sich eben auf, um ihr Kissen zu nehmen, als sie plötzlich jemand sprechen hörte.

»Hat sie die Fotografie erkannt?«

Es war die Stimme Chesney Prayes, und sie kam aus der Seidendraperie des Baldachins! Es klang, als ob sich jemand oben versteckt hätte und von dort aus spräche. Die Worte waren sehr deutlich und klar.

»Nein«, hörte sie plötzlich die tiefe Stimme der Gräfin. »Ich legte sie in die Schublade, bevor sie kam.«

Es entstand eine Pause.

»Das war eigentlich etwas riskant.«

Lady Moron lachte laut.

»Ich habe heute abend sicher mehr riskiert, Chesney.«

»Aber, liebe Leonora, du kannst mir vertrauen.« Die Antwort klang gedrückt.

»Ja, das muß ich wohl«, kam die vorsichtige Stimme der Gräfin von oben her. »Und ich denke, du wirst verständig genug sein, keinen Unsinn zu machen. Selwyn quält mich.«

»Ach was, Selwyn!« sagte er verächtlich.

»Selwyn weiß mehr, als ich für möglich hielt. Woher mag er wohl erfahren haben, daß wir heiraten wollen? In seiner Wut sagte er es heute. Und woher weiß er, daß ich dir Geld geliehen habe?«

»Komm in den Speisesaal.«

Eine Türklinke wurde niedergedrückt, und Lois hörte Braimes Stimme in weiter Entfernung.

»Es ist serviert, Mylady.«

Dann war alles still.

»Was war das? Hat jemand gesprochen?« Lizzy war aufgewacht. »Hast du etwas gesagt, Lois? Ich hörte etwas vom Geldleihen.«

Lois war aufgestanden und hatte die kleine Taschenlampe angedreht, die neben ihrem Bett stand. Erschrocken schaute sie nach dem Thronhimmel, der wie alle solche Draperien einen schweren, vornehmen Eindruck machte. Lois kam plötzlich der Gedanke, daß die Tür aufgestanden habe. Aber es gab nur eine einzige, die auf den Korridor führte, und die war bestimmt zugeschlossen.

Lizzy warf schnell ihren Morgenrock über.

»Sag doch, Lois, was war das?«

»Ich weiß nicht, ich hörte jemand sprechen. Es muß hier im Raum gewesen sein.«

»Ich hörte, daß die Stimme von deinem Bett herkam«, sagte Lizzy. »Großer Gott, das ist ein merkwürdiges Haus. Ich liebe so was nicht, Lois. Da ist mir der alte Mackenzie mit seiner Fiedel noch lieber!«

Lois Reddle hob die Lampe und stieg in ihr Bett. Als sie die Falten der Draperie genauer untersuchte, stieß sie plötzlich einen Ruf des Erstaunens aus. Oben in einer Ecke sah sie ein schwarzes Stück Ebenholz, das die Form einer Glocke hatte und von zwei Drähten gehalten wurde. Zuerst glaubte sie, es sei der Schalltrichter eines Telefons, aber dahinter war ein flacher, runder Kasten mit Drähten in dem Thronhimmel befestigt.

»Von dort kamen die Worte – es ist ein Lautsprecher!«

Als sie weitersuchte, fand sie auch den Draht, der sorgfältig in den Falten verborgen und an einem der Bettpfosten heruntergeleitet war. Dann entdeckte sie an der Wand hinter dem Bett einen Schalter. Das Geheimnis war also aufgeklärt. Jetzt verstand sie die Aufregung Lord Morons und sah, daß seine elektrotechnischen Kenntnisse ernst zu nehmen waren. Auf diese Weise belauschte er wahrscheinlich seine Mutter. Irgendwo im Haus, wahrscheinlich im Salon, hatte er versteckt ein Mikrophon angebracht, und nun war ihm zu spät eingefallen, daß der Apparat nicht abgestellt war. Lady Moron war verwundert, woher ihr Sohn ihre Geheimnisse wissen konnte. Lois hätte sie jetzt aufklären können.

»Was für ein schlauer Kerl!«, sagte Lizzy bewundernd. »Das hat er nun alles selbst angelegt! Ich sagte dir ja schon, der junge Mann hat Verstand. Was hast du denn gehört, Lois?«

Aber Lois war nicht dazu aufgelegt, ihrer Freundin ihre Erlebnisse mitzuteilen. Sie stellte den Apparat ab, ließ Lizzy wieder zu Bett gehen und folgte dann ihrem Beispiel.

Wessen Fotografie mochte man in ihr Zimmer gelegt haben? Was hatte Lady Moron riskiert? Sie erinnerte sich an das Bild des hübschen jungen Offiziers, der für die Gräfin ein junger Mann war, den sie früher einmal gekannt hatte.

Ihre Neugierde war erwacht, und sie wollte mehr hören. Sie stand auf und schaltete den Apparat wieder ein. Es war ihr bewußt, daß sie etwas Ungehöriges tat, aber es war so viel geschehen, das lebenswichtiges Interesse für sie hatte, daß sie sich über diese Anstandsregeln hinwegsetzte. Sie hörte im Augenblick nichts mehr, aber es war ja möglich, daß sie nach dem Essen noch einmal in den Raum zurückkehrten. Vielleicht würde das langweilige Warten ihr den Schlaf bringen, der sie bis jetzt geflohen hatte.

Es schlug drei Uhr, halb vier und schließlich halb fünf. Die erste leichte Dämmerung zeigte sich schon durch die Fenster, und Lois war beinahe eingeschlafen, als sie plötzlich einen schwachen Laut vernahm und sofort aus ihrem Kissen wieder in die Höhe fuhr.

Klick! Klick!

Es war ein Geräusch, als ob jemand das Licht im Salon andrehte. Sie wartete gespannt, ob sie wieder etwas hören würde. Zuerst kam ein unbestimmtes Flüstern, und dann tönten die klaren Worte an ihr Ohr: »Lois Reddle schwebt in großer Gefahr!«

Sie kannte die Stimme und konnte sich auch den Sprecher gut vorstellen. Es war Michael Dorn!

Kapitel 15

Sie hatte ihren Schreck bald überwunden und sprang aus dem Bett. Besser der Gefahr offen ins Auge sehen, als in Ungewißheit schweben. Alle Furcht war von ihr gewichen – sie wollte Dorn gegenübertreten und von ihm die Wahrheit erfahren. Schnell hatte sie sich angezogen, lief zur Tür, drehte den Schlüssel geräuschlos um und eilte die dunkle Treppe hinab.

Als sie auf dem Treppenabsatz stand, lag ihr die Tür des Salons gegenüber. Sie zögerte nicht und öffnete. Das Zimmer lag im Dunkeln. Sie faßte nach dem Schalter und drehte das Licht an. Aber der Raum war leer, nichts rührte sich, nur das musikalische Ticken der französischen Uhr auf dem Kamin unterbrach die Stille. Von Michael Dorn oder seinem unbekannten Begleiter konnte sie keine Spur entdecken. Sie starrte erschrocken um sich, dann hörte sie plötzlich ein Geräusch hinter sich und fuhr herum.

»Was gibt es hier?«

Es war die Stimme der Gräfin, die in demselben Stockwerk wie Lois schlief.

»Drehen Sie doch das Licht an der Treppe an«, sagte sie ruhig.

Lois tat es und erblickte die Gräfin oben an der Treppe, die in einen weiten Hermelinmantel eingehüllt war. Sie schien nicht im mindesten erstaunt zu sein.

»Ich glaubte, unten Stimmen zu hören und ging herunter.«

»Aber es ist niemand hier – Sie müssen sich geirrt haben. Ich fürchte, Sie sind nervös geworden. Ich wachte auf, als Sie Ihre Tür aufmachten. Was für ein Geräuch haben Sie denn gehört? Fenster und Fensterläden sind doch fest verschlossen, und alle Tische und Stühle stehen genauso da wie vorher.«

»Ich hörte jemand sprechen«, sagte Lois.

»Es ist besser, daß Sie jetzt zu Bett gehen, mein Kind.«

Sie klopfte Lois mit ihrer großen Hand beruhigend auf die Schulter, und das Mädchen folgte ihr, ging die Treppe wieder hinauf und verschwand in ihrem Zimmer.

Als sie am nächsten Morgen zum Frühstück herunterging, fühlte sie sich sehr elend. Lizzy war durch ihre Freundin gewarnt und erwähnte bei Tisch nichts von ihrem nächtlichen Erlebnis. Lois geleitete sie zur Haustür und kam in den Speisesaal zurück. Ein Diener räumte eben unter Braimes Aufsicht den Tisch ab.

»Die Gräfin sagte mir, daß Sie in der Nacht jemand sprechen hörten«, erklärte der Butler, als der Diener das Zimmer verlassen hatte.

»Ja – es ist aber auch möglich, daß ich geträumt habe oder mir nur einbildete, die Stimme der Gräfin im Salon gehört zu haben.«

»Lady Moron war vorige Nacht nicht im Salon«, antwortete er zu ihrer größten Überraschung.

Sie starrte ihn groß an.

»Die Gräfin ging zur Bibliothek, also können Sie es von Ihrem Zimmer aus nicht gehört haben.«

Die Bibliothek! Also war das Mikrophon dort angebracht. Während sie auf dem Treppenabsatz mit Lady Moron sprach, war Michael Dorn mit seinem Gehilfen in der Bibliothek gewesen, die im Erdgeschoß auf der Rückseite des Hauses lag. Sie war jetzt dankbar, daß sie ihn nicht getroffen hatte, während diese wachsame Frau im Hause umherging.

»Ich glaubte, Sie zu hören, als Sie Ihre Türe öffneten«, fuhr Braime fort. »Ich wollte gerade nach unten kommen, als ich bemerkte, daß die Gräfin aufstand. Übrigens wird sie nicht vor ein Uhr herunterkommen. Sie hat zwei Freunde zum Mittagessen eingeladen. Lady Moron wünscht, daß Sie die Briefe allein beantworten, die nicht den Vermerk ›Persönlich‹ tragen.«

Lois war mitten in dieser Beschäftigung, als der junge Lord Moron in den Salon kam. Er war sehr nervös und aufgeregt.

»Guten Morgen, Miss Reddle«, sagte er und sah sie scharf an. »Nun, fühlen Sie sich wohl?«

»Nicht besonders«, lächelte Lois.

»Das ist ein merkwürdiges Haus«, murmelte er dann. »Man hört alle möglichen Geräusche – in all diesen alten Häusern spukt es ein bißchen. Sind Sie nicht gestört worden – hat niemand laut auf der Straße gesprochen?«

»Nein, ich bin nicht gestört worden«, sagte sie, und er atmete erleichtert auf.

»Da bin ich sehr froh – Sie haben doch nichts dagegen, wenn ich in Ihr Zimmer gehe und alles mitnehme, was ich noch brauche?

Aber bitte erwähnen Sie es der Gräfin gegenüber nicht, sonst denkt sie wieder, ich sei ein vergeßlicher Mensch, und macht mir eine große Szene deswegen!«

Lois versprach es, und er eilte aus dem Raum. Als sie nach oben ging, um sich für das Mittagessen umzuziehen, schaute sie zu dem Thronhimmel hinauf und sah, daß der Lautsprecher und die Drähte entfernt waren; sie hatte es auch nicht anders erwartet. Sie hätte sich sogar darüber amüsiert, wenn ihr nicht klar gewesen wäre, daß eine schreckliche Gefahr über ihr schwebte. Sie war sich bewußt, daß die Drohung irgendwie mit der Gräfin und ihrem Freund zusammenhing.

»Lois Reddle schwebt in großer Gefahr!« Sie zitterte, als sie sich an diese Worte erinnerte. Zweimal war sie in der letzten Woche mit knapper Not dem Tod entgangen. Die Unglücksfälle hatten sich nicht zufällig ereignet, das stand jetzt fest. Aber wer konnte ihr nur nach dem Leben trachten? Und was hatte die Fotografie des jungen Offiziers mit ihr zu tun?

In einem Punkt war sie schon zu einem Entschluß gekommen und hatte das auch Lizzy am Morgen mitgeteilt, während sie sich ankleideten. Sie wollte dieses Haus verlassen und lieber eine Weile ohne Stellung sein.

Lady Moron erschien kurz vor dem Mittagessen im Salon, sah die Briefe durch und gab ihre Unterschrift, wo es notwendig war.

Dann teilte ihr Lois ihre Absicht mit. Zu ihrer Überraschung war die große Frau nicht im mindesten erstaunt oder empört darüber.

»Als ich Sie heute morgen sah, fürchtete ich schon, daß das kommen würde. Und ich kann es Ihnen auch nicht übelnehmen, Miss Reddle. Sie haben hier Schreckliches erlebt, obgleich ich annehme, daß die Störung, die Sie letzte Nacht hatten, nur in Ihrer Einbildung bestand.«

Lois sagte nichts.

»Wann wollen Sie gehen? Ich nehme an, so bald wie möglich? Nun gut, ich nehme es Ihnen nicht übel. Ich fühle, daß ich zum Teil dafür verantwortlich bin. Ich werde Ihnen ein Monatsgehalt auszahlen, und Sie können mich morgen verlassen.«

Die beiden Gäste waren Chesney Praye und ein anderer Mann, den Lois noch nicht gesehen, von dem sie aber durch den jungen Grafen schon viel gehört hatte. Nach diesem Zusammentreffen fühlte sie den dringenden Wunsch, ihn nicht mehr treffen zu müssen. Er war ein Mann von fünfzig Jahren, hatte einen kahlen Kopf, ein rotes, aufgedunsenes Gesicht, eine blaurote, unförmige Nase und einen immer offenen Mund. Wenn sie ihm auf der Straße und nicht in dieser vornehmen Umgebung begegnet wäre, hätte sie ihn für einen typischen Trinker gehalten. Diese Bezeichnung war auch in jeder Weise gerechtfertigt. Sein Anzug war alt und an den Nähten aufgeschlissen, und die Fingernägel hatte er nur oberflächlich gereinigt.

»Ich möchte Ihnen Dr. Tappatt vorstellen!«

Das war also der berühmte Doktor! Er machte aber wenig Eindruck auf sie.

»Ich freue mich sehr, Sie kennenzulernen, mein liebes Fräulein, ich freue mich wirklich sehr«, sagte er mit erheuchelter Herzlichkeit. Ein schwacher Duft von Whisky und Knoblauch strömte von ihm aus, wenn er sprach. »Sie sind doch die junge Dame, von der Mylady gesprochen hat? Sie hören Stimmen – das ist ein schlechtes Zeichen.« Er lachte. »Wirklich ein sehr schlechtes Zeichen, mein liebes Fräulein. Da haben wir's ja schon, nicht wahr, Chesney?«

Lois sah, wie der Butler das Glas dieses merkwürdigen Menschen mit Wein füllte, und als sie wieder hinsah, war es leer. Offenbar war Braime, wenn er nicht bereits diese Eigenheiten des Gastes kannte, sorgsam darauf eingedrillt, denn er versorgte ihn, ohne zu fragen.

Der junge Lord Moron erschien auch bei Tisch, aber er war in gedrückter Stimmung und schwieg. Sein Gesicht hatte er so wenig wie möglich verbunden.

»Wie, Sie hatten einen Unfall? Waren Sie bei einer Eisenbahnkatastrophe dabei?« fragte der Doktor. »Eure Lordschaft sollten sich etwas mehr in acht nehmen!«

»Ich war bei keinem Eisenbahnunglück!« sagte Selwyn trotzig. Offenbar kannte er den Doktor gut. Lois hatte das Gefühl, daß er sich vor ihm fürchte. Sie sah ihn ein paarmal verstohlen zu dem unsauberen Mann hinüberblicken.

»Da ist ja noch jemand, der Stimmen hört, nicht wahr? Sind Eure Lordschaft nicht von einem Hund verfolgt worden, einem kleinen, netten, schwarzen Hund, der mit dem Schwanz wedelte?«

»Nein«, sagte Lord Moron entschieden. Er wurde erst rot, dann weiß. »So etwas habe ich niemals gesagt. Ich bin vollkommen sicher – ich weiß genau, was ich tue. Lassen Sie mich jetzt in Ruhe, Dr. Tappatt!«

Für Lois Reddle war es eine in jeder Beziehung sehr unangenehme Mahlzeit. Der düstere Widerwille des jungen Moron, die ruhige Gleichgültigkeit seiner Mutter, die rohen Späße Chesney Prayes und die Gegenwart des Arztes, der, wenn er nicht trank, sich mit seinen wunderbaren Kuren rühmte, die er in Indien ausgeführt hatte – dies alles erweckte in ihr den Eindruck des Gespenstischen und Unwirklichen. Dr. Tappatt sprach sie nur noch einmal an.

»Ich habe gehört, Sie hätten versucht, sich vom Balkon herunterzustürzen. Mein liebes Fräulein, das ist schlimm – das –« Unsicher wandte er ihr sein tierisches Gesicht zu und sah sie mit blutunterlaufenen Augen böse an.

»Reden Sie keinen Unsinn«, sagte Lady Moron. »Der Balkon stürzte unter Miss Reddle ein – es hat doch niemand gesagt, daß sie selbst den Versuch machte, sich auf die Straße zu stürzen.«

»Das war doch auch nur ein Witz«, lachte der Doktor. Er ließ sich durch die Gräfin nicht im mindesten einschüchtern und schob dem aufmerksamen Braime wieder sein Glas hin. »Das ist ein guter Wein, Mylady, ein feiner, voller, kräftiger Wein mit einem großen Bouquet. Vermutlich Romani-Conti?«

»Clos de Vougeot«, verbesserte ihn Lady Moron.

»Der Unterschied zwischen den Weinen von Vougeot und Vosne ist nur gering«, sagte der Weinkenner. »Für gewöhnlich ziehe ich Conti vor, aber Mylady haben mich bekehrt.«

Das Essen dauerte ziemlich lange, und Lois wünschte sehnlichst, daß es vorüber wäre. Endlich erhob sich die Gräfin und trat zu ihrem Sohn.

»Wenn du heute abend zum Essen kommst, dann sei so gut und nimm den letzten Rest dieses lächerlichen Pflasters vom Gesicht. Ich möchte, daß du wie ein Gentleman aussiehst und nicht wie ein Preisboxer.« Sie überlegte sich jedes Wort. »Sonst bin ich vielleicht gezwungen, Dr. Tappatt um Rat zu fragen.«

Lord Moron zuckte bei den letzten Worten zusammen und murmelte eine Entgegnung, die Lois aber nicht verstehen konnte. Sie war froh, als die Gräfin sie aufforderte, in der Bibliothek zu arbeiten. Sie hatte vorher nur einen kurzen Blick in diesen Raum werfen können und war begierig, das Zimmer näher kennenzulernen, in dem die Gräfin so viele Stunden mit ihren Legespielen zubrachte. Aber vor allem wollte sie das versteckte Mikrophon entdecken, das Lord Moron dort angebracht hatte.

Es war ein schöner Raum, nicht allzu hoch, aber langgestreckt. Er reichte von der Wand des Empfangszimmers vorn im Haus bis zu einem kleinen Abstellraum, der den häßlichen Hof auf der Rückseite des Gebäudes verdeckte. Alle Wände waren mit Bücherschränken verstellt, außerdem befand sich noch ungefähr ein Dutzend Aktenschränkchen hier, in denen die Gräfin alle Andenken aufhob, die sie im Laufe ihres langen Lebens gesammelt hatte: Theaterprogramme, Zeitungsausschnitte und Briefe. Die meisten Menschen hätten keinen Wert darauf gelegt, solche Papiere aufzuheben, aber Lady Moron war eine methodische Frau und scheute davor zurück, irgend etwas zu vernichten. Das erzählte sie auch Lois, als sie ihr den Raum zeigte.

Als Lois wieder allein war, untersuchte sie die ganze Bibliothek sorgfältig, ohne jedoch das verborgene Mikrophon oder die Drahtleitung zu entdecken. Sie fand, daß eine Abteilung eines Bücherschranks durch eine mit feinem Drahtgewebe überzogene Sicherheitstür verschlossen war. Sie konnte aber deutlich die Titel der Bücher sehen und war überrascht über diese Vorsichtsmaßregeln, die die Lektüre dieser Bücher verhindern sollten. Die Bücher waren von der unschuldigsten Art, und sie nahm an, daß es vielleicht früher anders gewesen war.

Als sie ihre Arbeit beendet hatte, ging sie an den Schränken entlang, betrachtete die Bücher, nahm eins nach dem anderen heraus und durchblätterte es, um sich zu unterrichten.

Plötzlich kam Braime herein, und sie sah sofort, daß irgend etwas Besonderes vorgefallen war. Sein Gesicht zuckte. Offenbar war er furchtbar erregt, aber es gelang ihm, sich zu fassen.

»Würden Sie bitte in den Speisesaal gehen, Fräulein? Dort ist ein Herr, der Sie sprechen möchte.«

»Ein Herr? Wer ist es denn?«

»Ich kenne seinen Namen nicht. Aber wenn er noch nicht dort sein sollte, so warten Sie bitte auf ihn.«

»Aber wer ist es denn, Braime? Hat er Ihnen seinen Namen nicht genannt?«

»Nein, gnädiges Fräulein.« Seine Hände zitterten, und in seinen Augen lag ein ganz fremder Ausdruck.

»Im Speisesaal?« fragte sie noch einmal, als sie hinausging.

»Jawohl, Fräulein.«

Sie schaute sich noch einmal um und war erstaunt, daß er ihr nicht folgte. Der Speisesaal war leer, sie fand dort nur ihre Zofe. Das Mädchen staubte ab und wunderte sich, daß Lois hereinkam.

»Braime sagte, daß mich ein Herr sprechen wolle.«

Das Mädchen schüttelte den Kopf.

»Ich weiß nichts von einem Herrn, Fräulein. Aber ich weiß etwas anderes«, sagte sie böse. »Braime ist kein anständiger Mensch. Ich habe ihn gerade dabei ertappt, wie er aus dem Schlafzimmer der Gräfin kam, und ich will es ihr nachher sagen. Er ist ein hinterlistiger Schnüffler –«

»Bitte, sehen Sie nach, wer mich sprechen möchte. Vielleicht wartet der Herr in der Halle.«

Die Zofe ging hinaus und kam bald wieder zurück.

»Es ist niemand da, Fräulein. Der Diener sagte, daß kein Besuch gekommen ist, seit Dr. Tappatt fortging. Mr. Praye ist mit der Gräfin im Salon.«

Was sollte das bedeuten? Lois runzelte die Stirn: Braime hatte sie nur aus dem Raum entfernen wollen! Sie eilte zur Bibliothek zurück und öffnete die geschlossene Tür.

»Braime –«, begann sie und hielt plötzlich entsetzt ein.

Der Butler lag still und bewegungslos in der Mitte des Fußbodens auf dem Rücken. Sein kreidebleiches Gesicht war verzerrt und seine Lippen verkrampft.

Kapitel 16

Zuerst wollte sie fortrennen, aber dann siegte das Mitleid in ihr. Sie kniete an Braimes Seite nieder und löste seinen Kragen. War er tot? Sie bemerkte kein Lebenszeichen an ihm, er atmete nicht. Seine Hände waren erhoben, als ob er einen unsichtbaren Feind fassen wollte, aber sie waren steif und bewegungslos.

Lois lief zur Tür hinaus und rief das Mädchen.

»Telefonieren Sie sofort nach einem Arzt! Braime ist schwer krank«, sagte sie atemlos und eilte die Treppe hinauf.

Lady Moron war mitten in der Unterhaltung mit ihrem Besuch begriffen, aber als sie das Mädchen sah, kam sie eilig durch das Zimmer.

»Was ist geschehen?« fragte sie mit leiser Stimme.

»Braime«, sagte Lois atemlos. »Ich fürchte, er ist tot.«

Die Gräfin folgte ihr schnell die Treppe hinunter. Einen Augenblick stand sie in der Tür und sah den Butler ausgestreckt daliegen.

»Das ist kein Anblick für Sie«, sagte sie dann liebenswürdig, schob das Mädchen auf den Gang zurück und schloß die Tür.

Gleich darauf kam sie wieder heraus.

»Ich glaube auch, daß er tot ist. Erzählen Sie mir doch, was sich zutrug. Aber besser läuten Sie erst Dr. Tappatt im Limbo-Klub an.«

Lois sagte, daß sie schon Auftrag gegeben habe, einen Arzt zu rufen. Die Zofe hatte das Virgina-Krankenhaus angeläutet, das nur hundert Meter vom Chester Square entfernt lag, und als sie sich noch im Gang unterhielten, fuhr schon ein Krankenauto vor. Der Diener eilte hinaus und öffnete. Ein junger Arzt untersuchte kurz die ausgestreckte Gestalt und war anscheinend sehr verwundert.

»Hat dieser Mann schon öfter Anfälle gehabt?« fragte er.

»Ich habe nichts davon bemerkt. Solange er in meinen Diensten stand, war er vollständig gesund.«

Lois war wieder in die Bibliothek mitgekommen und schaute ängstlich auf die reglose Gestalt.

»Ich kann keine Wunde an ihm entdecken«, sagte der Arzt. »Ich werde die Krankenwärter rufen, daß sie ihn ins Krankenhaus bringen.«

Er ging zur Eingangshalle zurück und gab den Leuten ein Zeichen. Eine Tragbahre wurde aus dem Krankenwagen gehoben und in die Bibliothek gebracht. Als sie Braime gerade aufheben wollten, hörte man plötzlich eilige Schritte in der Eingangshalle. Ein Mann bahnte sich rasch einen Weg in die Bibliothek. Er war erhitzt und ohne Hut, stand schwer atmend im Türeingang und schaute von einem zum anderen, bis sein Blick auf Lois fiel.

»Gott sei Dank«, sagte er leise.

Dann war er mit zwei großen Schritten an der Seite Braimes, der noch immer steif auf dem Boden lag.

»Sind Sie Arzt?« begann Lady Moron.

»Mein Name ist Michael Dorn – vielleicht haben Mylady meinen Namen noch nicht gehört«, sagte er schroff. Seine scharfen Augen suchten den Raum ab. Er ergriff eine chinesische Porzellanvase, in der Rosen standen, riß den Blumenstrauß heraus, warf ihn auf den Boden und schüttete das Wasser in das Gesicht des Butlers. Dann kniete er an seiner Seite nieder, zog die steifen Arme des Mannes hoch und drückte sie wieder gegen den Körper. Lois beobachtete ihn bestürzt. Er wandte die Wiederbelebungsmethoden an, mit denen man Ertrunkene ins Leben zurückzurufen sucht.

»Sind Sie Arzt?« fragte der junge Mediziner ein wenig gereizt.

»Nein«, sagte Michael, ohne sich stören zu lassen.

»Darf ich Sie dann fragen, warum Sie so mit diesem Mann umgehen?«

»Ich rette ihm das Leben«, erwiderte er kurz.

Lady Moron drehte sich in diesem Augenblick um. Sie hatte die Stimme ihres Sohnes in der Eingangshalle gehört und eilte aus dem Raum, um ihn draußen aufzuhalten.

»Was willst du, Selwyn?« fragte sie kalt.

»Es ist etwas in der Bibliothek geschehen; sie sagten, der alte Braime hätte einen Anfall bekommen oder so etwas – ich dachte, ich könnte helfen.«

»Geh bitte in dein Arbeitszimmer zurück, ich wünsche nicht, daß du dich über solche Sachen aufregst.«

»Verdammt noch einmal«, begann der Graf. Aber ein Blick seiner Mutter brachte ihn zum Schweigen, und er entfernte sich wieder.

Die Gräfin wartete, bis er außer Sicht war, und ging dann zu der kleinen Gruppe zurück, die Michael Dorn und seine anscheinend nutzlosen Bemühungen beobachtete. Nach einigen Minuten sagte der Arzt: »Dieser Mann muß ins Krankenhaus gebracht werden – Mr. Dorn.«

Lady Morons Besuch war nun auch herbeigekommen. Chesney Praye hatte gesehen, daß der Detektiv im Haus war, aber in Gegenwart der Gräfin hatte er Mut.

»Sie werden den Mann wahrscheinlich töten, Dorn. Lassen Sie ihn doch ins Krankenhaus bringen, wo man sich seiner richtig annehmen kann.«

Michael antwortete nicht. Der Schweiß lief ihm von der Stirn. Er hielt einen Augenblick inne, zog eilig sein Jackett aus und nahm die Arbeit wieder auf.

»Ich will nur hoffen, daß Sie ein besserer Arzt als Detektiv sind«, sagte Chesney ärgerlich.

»Im Augenblick bin ich ein ebenso guter Arzt wie Sie ein Gauner«, sagte Dorn, ohne sich nach ihm umzudrehen. »Und auf jeden Fall bin ich ein besserer Detektiv, als Sie ein Verbrecher sind. Er kommt wieder zu sich.«

Zu Lois' größtem Erstaunen bewegten sich Braimes Augenlider. Sie sah, wie sich seine Brust hob und senkte, ohne daß Dorn half.

»Ich hoffe, daß er sich wieder erholt«, sagte Dorn, stand auf und wischte sich die Stirn.

»Sind Sie Detektiv?« fragte der junge Arzt.

»So etwas Ähnliches«, sagte Michael lächelnd. »Es ist gut, wenn Sie ihn jetzt so schnell wie möglich ins Krankenhaus bringen. Verzeihen Sie mir, daß ich Ihnen vorgegriffen habe, aber ich habe früher schon einmal einen solchen Fall erlebt.«

»Was ist es denn?« fragte der erstaunte Arzt, als der Butler auf die Bahre gehoben und aus der Bibliothek getragen wurde. »Ich dachte, er hätte einen Schlag bekommen.«

»Ja, es war ein Schlag, aber ein sehr böser«, entgegnete Michael grimmig.

Er folgte den Krankenträgern nicht, sondern zog sein Jackett an, ging in dem Raum umher und schaute sich überall um. Er betrachtete die Decke, den Fußboden und ließ seine Blicke über den Bibliothekstisch schweifen.

»Er fiel etwa zwei Meter vom Tisch entfernt hin«, sagte er. Dabei zeigte er auf einen Wasserflecken im Teppich. »Soll ich Ihnen einmal sagen, wo seine Füße lagen? Man hatte ihn nämlich schon von dort weggeholt, als ich kam.«

»Lady Moron wird es vorziehen, die Sache mit der Polizei zu besprechen, wenn die Beamten kommen«, sagte Chesney Praye gehässig. »Sie haben kein Recht, sich hier aufzuhalten – das wissen Sie doch, Dorn?«

»Will mir nicht jemand sagen, wo seine Füße lagen?«

Lois zeigte es ihm.

»Er lag quer im Raum.«

»Ja, das stimmt.« Dorn strich sich verwundert über das Kinn. »Sie waren doch nicht hier, als es passierte, Miss Reddle?«

»Ich verbiete Ihnen, irgendwelche Fragen zu beantworten«, sagte die Gräfin zu ihrer Sekretärin. »Ich stimme Mr. Praye vollständig bei, daß diese Angelegenheit Außenstehende nichts angeht. Meinen Sie, daß man einen Angriff auf den Mann machte?«

»Ich habe nichts Derartiges gesagt«, entgegnete Dorn, und seine Blicke suchten wieder Lois' Augen. »Sie haben ja eine Menge Unglücksfälle hier erlebt, Miss Reddle?« fragte er höflich. »Wenn ich an Ihrer Stelle wäre, würde ich in die Charlotte Street zurückgehen, dort wohnen Sie sicherer. Als ich sah, wie der Krankenwagen vor der Tür hielt, hätte ich beinahe einen Herzschlag bekommen, denn ich dachte, Sie wären das Opfer.«

Die Gräfin ging zur Tür und öffnete sie etwas weiter.

»Wollen Sie jetzt bitte gehen, Mr. Dorn – Ihre Gegenwart ist nicht erwünscht, und Ihre Andeutung, daß eine Person in meinem Haus sich in der geringsten Gefahr befindet, beleidigt mich –« Sie schaute Mr. Praye an. »Und auch meinen Freund.«

»Dann wäre es besser, wenn Mylady sich einen anderen Freund aussuchten«, sagte Dorn in guter Laune. »Und damit Sie nicht denken, daß ich den feinfühligen Mr. Chesney Praye durch meine Vermutungen verletze, will ich Ihr Gemüt erleichtern. Es gibt nämlich zwei Dinge, die Chesney übelnimmt – erstens möchte er nicht gern Geld verlieren, und zweitens möchte er nicht daran gehindert werden, sich Geld anzueignen, das ihm nicht gehört. Kann ich Sie einmal allein sprechen, Miss Reddle?«

»Ich verbiete –«, begann die Gräfin.

»Kann ich Sie sprechen?«

Lois zögerte, nickte dann und ging vor ihm aus dem Raum. In der Halle sagte er ihr seine Ansicht.

»Ich erwartete nicht, daß die Unglücksfälle so dicht aufeinanderfolgen würden, seitdem Sie in dieses Haus gekommen sind«, sagte er. »Ich habe nur meine Einwilligung gegeben, daß Sie hierherkamen, weil ich dachte, daß –«

»Sie haben Ihre Einwilligung gegeben?« Sie machte große Augen und wurde plötzlich rot vor Ärger. »Bilden Sie sich etwa ein, Mr. Dorn, daß ich Ihre Zustimmung brauche?«

»Es tut mir leid«, sagte er bescheiden. »Ich habe mich falsch ausgedrückt. Aber meine Nerven sind etwas in Unordnung geraten. Aber nachdem Sie diese vergiftete Schokolade zugesandt erhielten, mußte ich Ihnen sagen –«

»Sie wurde blaß.

»Vergiftet?« flüsterte sie.

Er nickte.

»Ja – sie war mit Blausäure vergiftet. Ich bin nur deshalb nachts in ihr Zimmer gekommen, um sie wegzunehmen. Als ich vor ein paar Minuten hier ankam, war ich starr vor Schrecken, denn ich erwartete, Sie tot aufzufinden.«

»Warum interessieren Sie sich für mich?« fragte sie.

Er wich ihrer Frage aus.

»Wollen Sie nicht dieses Haus sofort verlassen und in die Charlotte Street zurückkehren?«

»Ich kann nicht vor morgen weggehen – ich habe Lady Moron versprochen, daß ich bei ihr bleiben werde, und ich bin sicher, Mr. Dorn, daß Sie sich irren. Wer hätte mir denn vergiftete Schokolade schicken sollen?«

»Wer hätte versuchen sollen, Sie mit einem Auto zu überfahren?« fragte er dagegen. »Sehen Sie dies –« Er nahm einen kleinen Stoffstreifen aus seiner Westentasche. »Erkennen Sie das wieder?«

Sie war sehr erstaunt.

»Das wurde aus meinem Kleid gerissen, als das Auto –«

»Ja, ich fand es noch an dem Wagen hängen. Die Leute, die ihn einstellten, waren in solcher Eile, daß sie nicht einmal den Versuch machten, ihren Wagen zu betrachten oder ihn zu reinigen.«

»Aber wer – wer ist denn mein Feind?« fragte sie leise.

»Eines Tages werde ich Ihnen seinen Namen nennen – ich fürchte, ich habe Ihnen schon zuviel erzählt und habe mich selbst schon etwas verdächtig gemacht. Ich kann nur hoffen, daß Sie sich in acht nehmen, wenn Sie wissen, daß ich auf dem Posten bin. Am besten verlassen Sie dieses Haus sofort, spätestens heute abend.«

»Nein, das ist unmöglich.«

Er nickte.

»Nun gut.« Er schaute sich um und betrachtete Lady Moron, die in der Tür der Bibliothek stand und sich lebhaft mit Chesney Praye unterhielt. Plötzlich sah er, wie der Mann mit dem roten Gesicht ihn anschaute. »Ich wünsche Sie zu sprechen, Praye.«

Dorn ging aus dem Haus und wartete auf dem Gehsteig auf ihn.

»Sehen Sie einmal –«, begann der andere mit lauter Stimme.

»Wollen Sie wohl leiser sprechen – ich bin nicht taub. Es ist jetzt überhaupt nicht an Ihnen, zu reden. Haben Sie mich verstanden? Heute morgen war ich im Indian Office und habe den Staatssekretär gesprochen. Es wird keine Schwierigkeiten machen, wegen der Delhi-Affäre einen Haftbefehl gegen Sie auszufertigen, wenn ich den Antrag stelle. Also merken sie sich erstens diese Tatsache. Zweitens: Wenn Lois Reddle nur das geringste Leid geschieht und ich entdecke, daß Sie Ihre Hand im Spiel gehabt haben, dann verfolge ich Sie, und sollte es durch neun Höllen sein – und ich kriege Sie! Überlegen Sie sich das!«

Er nickte kurz, drehte sich um und ging fort. Chesney Praye blieb sprachlos vor Wut und Furcht stehen.

Kapitel 17

Lois empfand es als eine Liebenswürdigkeit der Gräfin, daß sie ihr den Nachmittag und den Abend freigab.

»Meine Liebe, ich werde froh sein, wenn ich Sie los bin«, sagte Lady Moron ganz offen. »Dieser niederträchtige Dorn hat mich wirklich aufgeregt. Aber ich will meine Empörung nicht auf Sie übertragen. Gehen Sie aus und vergessen Sie, daß es dieses Haus gibt. Wenn Sie heute abend gerne noch ins Theater gehen wollen, dann tun Sie es ruhig; ich werde dem Bediensteten, der Nachtdienst hat, den Auftrag geben, auf Sie zu warten. Ich habe eben vom Krankenhaus gehört, daß Braime das Bewußtsein wiedererlangt hat – vielleicht wird uns sein Bericht den sonderbaren Vorfall aufklären. Ich habe die Bibliothek durchsuchen lassen, aber man fand nicht das geringste, was in Zusammenhang mit dem Unglücksfall stehen könnte. Ich bezweifle, daß selbst der kluge Mr. Dorn erfolgreicher gewesen wäre«, sagte sie, und ihre Worte hatten einen spöttischen Unterton.

Lois freute sich, daß sie gehen konnte, und ihr erster Gedanke war, ihre Freundin aufzusuchen und ihr all ihre Erlebnisse mitzuteilen. Sie machte sich auf den Weg zum Büro in der Bedford Row, und als sie den ihr so vertrauten Hauseingang erreichte, sah sie den alten Fordwagen vor der Tür. Daneben stand Mr. Shaddles, der sich eben die Handschuhe anzog und fortfahren wollte.

Er wohnte in Hampstead und benützte jeden Tag als erster und als letzter den ausgedienten Wagen. Er schaute sie unfreundlich an, als sie die Treppe hochkam.

»Nun?« fragte er. »Kommen Sie zu uns zurück? Sind Sie mit Ihrer Stellung nicht mehr zufrieden? Ich dachte mir schon, daß Sie sich zur Privatsekretärin nicht recht eignen würden.«

»Ich bin nicht unzufrieden mit meiner Beschäftigung, aber ich gehe trotzdem wieder fort«, sagte sie lächelnd.

»Junge Leute müssen immer Veränderung haben«, erwiderte Mr. Shaddles vorwurfsvoll. »Das ist nun einmal die unruhige Jugend. Wie lange waren Sie bei mir?«

»Ein paar Jahre, Mr. Shaddles.«

»Zwei Jahre, neun Monate und sieben Tage«, entgegnete er schnell. »Das scheint Ihnen vermutlich wie eine Ewigkeit, mein kleines Fräulein? Für mich ist es aber«, er schnippte mit den Fingern, »als ob Sie gestern zu mir gekommen wären. Ich habe Sie von Leith geholt – einer meiner Klienten erzählte mir von Ihnen –, und ich gab Ihnen die Möglichkeit, vorwärtszukommen. Wie?«

»Das ist richtig«, sagte sie und wunderte sich, warum er sich plötzlich an all das erinnerte.

»Ach ja!« Er schaute zum Himmel, als ob er irgendwelche Inspiration oder Zustimmung von dort erwartete. »Also Sie möchten gern wieder Ihre alte Stellung bei mir haben?« Ohne auf ihre Antwort zu warten, fuhr er fort: »Nun gut, Sie können wieder kommen. Ich werde Ihnen drei Pfund wöchentlich geben. Morgen früh um halb neun fangen Sie wieder an.«

Er legte auf die letzten Worte besonderen Nachdruck.

»Aber Mr. Shaddles«, sagte das verwirrte Mädchen, »es ist sehr liebenswürdig von Ihnen – äußerst liebenswürdig –, ich würde ja gar zu gern wieder bei Ihnen eintreten, aber morgen früh geht es noch nicht.«

»Um halb neun Uhr morgen früh sind Sie hier. Halten Sie mich jetzt nicht auf, ich habe es eilig.«

Er stieg in den Wagen, und sie sah ihm nach, bis er in dem starken

Verkehr der Theobald Street verschwand.

Sie war von der Großzügigkeit ihres Chefs so verblüfft, daß sie Lizzy zuerst das erzählte.

»In den beiden letzten Tagen benimmt er sich ganz merkwürdig«, erwiderte Lizzy. »Wenn er nur nicht an Gehirnerweichung leidet. Hat er nicht auch etwas davon gesagt, daß er mein Gehalt erhöhen will? Aber ich würde mich an deiner Stelle nicht soviel darum kümmern. Morgen hat er wahrscheinlich die ganze Sache vergessen. Drei Pfund wöchentlich – der Mann ist ja verrückt. Ich wette, morgen kommt er im Pyjama ins Büro, spielt Trompete und hält sich für Julius Cäsar.«

Die männlichen Angestellten waren gegangen, nur Lizzy war noch im Büro. Sie war zurückgeblieben, um einen unendlich langen Vertragsentwurf zu schreiben. Aber nachdem sie Lois' Erzählung gehört hatte, schrieb sie ihn an diesem Tage nicht mehr fertig.

»Ich denke, Mike hat recht«, sagte sie und bekräftigte ihre Worte mit einem energischen Kopfnicken. »Das ganze Haus steckt voller Tricks. Ich kann mich an den Gedanken, Selwyn zu verlassen, nicht gewöhnen –«

»Meinst du Lord Moron?«

»Für mich ist er nur Selwyn«, erwiderte Lizzy ruhig. »Ich gehe morgen abend mit ihm ins Kino. Er ist doch ein zu netter Junge. Weißt du, was ihm am meisten fehlt? Die liebende Sorge seiner Mutter. Er hat so etwas nie kennengelernt.«

»Ach so – und du willst seine Mutter sein?« Lois mußte lachen, aber dann sagte sie ernst: »Ich kann nicht gleich fort. Du kannst ja tun, was du willst, aber ich versprach Lady Moron, daß ich noch diese Nacht bleiben würde.«

Lizzy war unangenehm überrascht.

»Ich lasse dich nicht im Stich, aber ich sage dir gerade ins Gesicht, daß ich lieber auf dem Dach einer Leichenhalle in einem Friedhof schlafe, als heute abend am Chester Square. Ich werde mit dir hingehen, aber ich tue es nur deinetwegen – merke es dir genau. Wenn mir jemand anders die Geschichte mit den drei Pfund wöchentlich erzählt hätte, wüßte ich, daß er mich angelogen hätte. Was sagst du dazu, daß wir nun wieder in die Charlotte Street zurückkommen und wieder arme Kirchenmäuse sind?«

Lois war sehr froh, daß sie den Abend wieder in ihrer alten Wohnung verbringen konnte. Nichts hätte sie mehr gefreut. Das alte Zimmer mit den einfachen, ja ärmlichen Möbeln, den verblichenen Kattunbezügen, war ihre Heimat, und selbst das laute Geschrei der auf der Straße spielenden Kinder klang Lois heute angenehm. Früher hatte sie das alles nicht bemerkt. Und dann wurde sie auch noch ganz besonders willkommen geheißen. Der alte Mackenzie sah sie ins Haus gehen und kam sofort heraus, um sie zu begrüßen. Er war ganz empört, als er hörte, daß die Mädchen die Nacht nicht im Haus bleiben wollten. Aber er beruhigte sich wieder, als Lizzy ihm ihre weiteren Pläne auseinandersetzte.

»Wir wollen ihn zum Abendessen einladen«, sagte Lois, als sie auf dem Küchentisch saß und zusah, wie ihre Freundin mit der Bratpfanne hantierte.

Lizzy nickte nur. Sie war mit ihren Gedanken nicht recht bei der Sache.

»Wenn ich es mir nur eher überlegt hätte, dann hätte ich Selwyn eingeladen, der wäre sicher gekommen – er hat eine ganz demokratische Gesinnung, er ist absolut nicht hochmütig. Als du gestern abend hinausgingst, um dir ein Taschentuch zu holen, gestand er mir, daß er sich in meiner Gesellschaft sehr wohl fühle und daß ich das erste Mädchen sei, das ihm gefalle. Da gehört doch was dazu, wenn ein wirklicher Lord so etwas sagt. Und dabei weiß er ganz genau, daß ich ein einfaches Schreibmädel mit fünfunddreißig Shilling wöchentlich bin!«

Ihre Stimme zitterte ein wenig, und Lois betrachtete sie plötzlich mit ganz anderen Augen. Sie kannte Lizzy doch schon seit einigen Jahren, aber sie war bisher noch nie gefühlvoll gewesen.

»Der arme Junge hat noch nie erfahren, wie wohl die Fürsorge einer Mutter tut«, sagte sie wieder bewegt.

Lois erwiderte nichts, obgleich dieser arme Junge mindestens achtundzwanzig Jahre zählte.

»Dieses Weib hat nicht mehr Mitgefühl mit Selwyn als ich mit ihr. Sie muß ein Herz von Stein haben, sie ist –«

»Mr. Mackenzie wird allerdings nur ein schlechter Ersatz für deinen Selwyn sein – aber wollen wir ihn einladen?« fragte Lois wieder.

»Ruf ihn herauf«, war die bündige Antwort.

Mr. Mackenzie war aber doch ein viel unterhaltsamerer Gast, als

Lizzy jemals erwartet hätte. Er lauschte gespannt ihrem Bericht über das Haus der Gräfin Moron und das Leben, das sich dort abspielte. Lizzy erzählte alles aus eigener Erfahrung, nur manchmal mußte Lois ihre Worte bestätigen.

»Seidene Vorhänge – wirklich?« fragte der alte Mann.

»Und Portieren aus Atlas! Überall Silberbeschläge! In den Badezimmern sind die Wände aus rotem Marmor – ist es nicht so, Lois? Und ein silbernes Gitter steht vor dem Kamin in dem Salon.«

Mr. Mackenzie seufzte.

»Es muß ein großartiges Leben sein in solcher Umgebung. Aber ich will niemand beneiden. Ist die Gräfin eine liebenswürdige Dame?«

»So würde ich sie nicht nennen«, meinte Lizzy. »Sie ist soweit ganz nett bis auf – sie ist nämlich eine schlechte Mutter, aber eine gute Aufpasserin und Spionin. Verstehen Sie, was ich damit sagen will?«

»Hat sie kleine Kinder?« fragte Mackenzie interessiert.

»Ihr Sohn ist nicht gerade ganz jung«, erklärte ihm Lizzy eingehend, »aber man könnte sagen, daß er in der ersten Jugend steht. Nein, er geht nicht mehr zur Schule«, antwortete sie fast beleidigt auf seine Frage. »Ein ganz wundervoller Mensch! Selwyn möchte zu gern zum Theater gehen, und ich wundere mich, daß seine Mutter es nicht zuläßt.«

»Es ist kein schönes Leben auf der Bühne, das habe ich Ihnen doch schon früher erzählt. Mein Kummer und meine Sorgen kommen nur davon, daß ich früher einmal beim Theater war.« Dann sagte er plötzlich zusammenhanglos: »Sie war ein so schönes Mädchen, und sie hatte ein Gesicht wie eine – wie eine –« »Engel«, schlug Lizzy vor und sah ihn erwartungsvoll mit der aufgerichteten Gabel in der Hand an.

»Ich wollte sagen ›Madonna‹. Für mich ist es immer noch ein großes Wunder, daß sie mich überhaupt angesehen hat. Nehmen Sie doch einmal meine einfache Kleidung. Allerdings lebte ich damals in sehr guten Verhältnissen. Einige meiner Operetten wurden aufgeführt, und ich verfügte über beträchtliche Summen. Glücklicherweise hatte ich mein Geld in Häusern festgelegt. Das war gut, denn sie war ein wenig – extravagant. Aber vielleicht war es auch mein Fehler.«

Ein langes Schweigen trat ein. Er hing seinen Gedanken nach, hatte den Kopf auf die Brust geneigt und seinen Blick auf das Tischtuch gesenkt.

»Ach ja, es ist mein Fehler. Ich sagte es meinem guten Freund Shaddles, als er mir riet, mich scheiden zu lassen.«

Lizzy schaute ihn verwundert an.

»Shaddles ist doch mein Anwalt – so sind Sie doch überhaupt erst meine Mieter geworden. Sie besinnen sich doch sicher darauf, daß Mr. Shaddles Ihnen die Zimmer in meinem Haus empfahl?«

»Shaddles – großer Gott!« sagte Lizzy und schob ihren Teller zurück. »Wenn ich das gewußt hätte, würde ich wahrscheinlich niemals hier in meinem Bett geschlafen haben!«

»Er ist ein guter Mensch und ein treuer Freund«, sagte Mr. Mackenzie.

»Aber auch ein böser, alter Geizhals.« Lizzy übersah die warnenden Blicke Lois'.

»Er ist ein bißchen sparsam«, gab Mr. Mackenzie zu. »Aber das scheint der Beruf mit sich zu bringen. Ich kenne mehrere Anwälte, die diese Eigenschaften haben. Sein Vater war ebenso.«

»Was, Sie kannten auch seinen Vater?« fragte Lizzy. »Hat er denn jemals einen Vater gehabt?«

»Sein Vater und sein Großvater waren auch sparsam. Aber die Shaddles' sind tüchtige Rechtsanwälte und haben große Vermögen verwaltet. Seit Hunderten von Jahren sind sie die Anwälte der Familie Moron.«

»Kennen Sie die Familie Moron?« fragte Lois.

Er zögerte.

»Ich will nicht behaupten, daß ich sie kenne, aber ich weiß einiges von ihr. Den alten Earl von Moron, den Vater des jetzigen Lord Moron, habe ich einmal gesehen – er lebte lange Jahre im Ausland. Ich will nicht gerade sagen, daß er einen schlechten Charakter hatte, aber er führte ein vergnügtes Leben. Er war ein Lebemann, von dem so manche Skandalgeschichte mit Recht oder Unrecht erzählt wurde. Sein Sohn Willy war ein feiner Junge, aber der starb leider. Selwyn, der Sohn seiner zweiten Frau, ist wohl der, von dem Sie mir erzählt haben.«

Selbst auf Lizzy machte seine genaue Kenntnis der Familienverhältnisse der Morons einen gewaltigen Eindruck.

»Es ist für die Familie von großem Wert, daß ein so guter Sohn wie Selwyn da ist. Wenn die Gräfin nur eine Tochter hätte, würde diese den Titel erben, denn die Morons gehören zu den wenigen Familien, bei denen die Tochter den Titel erhält, wenn direkte männliche Erben fehlen.«

Als der Tisch abgeräumt war, holte er seine Violine herauf und spielte ihnen vor. Lizzys Musikverständnis war anscheinend größer geworden, denn sie ertrug sein Spiel mit bewunderungswürdiger Ruhe, ohne etwas zu sagen.

Der Abend ging nur zu schnell vorüber. Um zehn Uhr sah Lois auf ihre Uhr und schaute ihre Freundin an. Lizzy erhob sich mit einem Frösteln.

»Also zurück zu dem Haus des Schicksals«, sagte sie mit Pathos. »Gott sei Dank, es ist die letzte Nacht, die wir dort schlafen!«

Aber weder sie noch Lois Reddle ahnten, daß sie dieses Haus des Schicksals nicht wieder betreten würden.

Kapitel 18

Um fünf Uhr nachmittags drehten sich die Schlüssel in den Schlössern, die Türen dröhnten im Gefängnis von Telsbury, die Stunde der Abendmahlzeit war vorüber, und die Wärterin hatte ihre letzte Runde beendet. Die Waschhäuser, die großen Küchen und die Arbeitssäle waren von den verantwortlichen Beamtinnen verschlossen worden, die fünf großen Hallen, die sternförmig von einem Mittelpunkt ausstrahlten, lagen verlassen da. Nur die Wärterin vom Dienst saß an ihrem Pult und las die Post durch, die den Gefangenen am nächsten Morgen ausgehändigt werden sollte. Sie arbeitete mit der Sicherheit jahrelanger Erfahrung. Während sie damit beschäftigt war, hörte sie plötzlich das Klingeln einer Glocke. Sie schaute sich um und sah, daß eine der vielen Klappen an der Tafel heruntergefallen war. Sie legte ihren Blaustift hin, ging die Halle entlang und machte vor einer Zelle halt. Sie schloß auf und öffnete die Tür.

Die Frau, die sich von ihrem Bett erhob, trug keine Gefangenenkleidung. Sie hatte ein dunkelblaues Kostüm an, auf dem Bett lagen

Hut und Mantel und ein Paar neue Handschuhe. In einer Ecke der Zelle standen eine kleine Handtasche und ein Schirm.

»Es tut mir leid, daß ich Sie belästigt habe«, sagte die Gefangene nervös, »aber ich dachte, man hätte mich vergessen –« Ihre Stimme versagte, und es wurde ihr schwer, weiterzusprechen.

»Sie sind nicht vergessen worden, Mrs. Pinder«, erwiderte die Wärterin ruhig. »Man hätte Ihre Zelle nicht zuschließen sollen.« Sie öffnete die Tür weit. »Wenn Sie sich allein fühlen, kommen Sie nur zu mir heraus.«

»Das ist sehr lieb von Ihnen«, sagte die Frau dankbar, und die Beamtin sah, daß ihr die Tränen nahe waren. »Wissen Sie, es ist nur deswegen – der Direktor sagte mir, daß er meinen Freunden telegrafiert hat. Ist noch keine Antwort gekommen?«

»Es wird auch wahrscheinlich keine Antwort eintreffen«, sagte die Wärterin taktvoll. »Ihre Freunde werden bald hierherkommen. Möglicherweise denken sie auch, daß Sie noch bis morgen warten wollen.« Sie lächelte. »Gewöhnlich werden Gefangene ja auch des Morgens entlassen. Aber das Justizministerium hat dem Direktor die Erlaubnis gegeben, Sie schon heute nacht in Freiheit zu setzen. Ich würde mich nicht aufregen, Mrs. Pinder.«

Sie wartete an der Tür.

»Kommen Sie doch heraus, wenn Sie mögen«, meinte sie gutmütig. »Sie können in der ganzen Halle umhergehen. Die anderen Frauen sehen Sie nicht, es ist schon alles abgeschlossen.«

Mary Pinder ging langsam in die weite Halle und blickte auf die ihr so vertrauten schmalen, schwarzen Türen, als sie an den langen Reihen vorbeikam. Schließlich trat sie an das große Fenster am Ende des Ganges. Das rosige Licht der untergehenden Sonne schien herein. Zum erstenmal seit zwanzig Jahren waren die Beschränkungen für sie gefallen, durfte sie unbeobachtet umhergehen, und bald würde sie durch die schwere, eiserne Gittertür wieder in Gottes freie Welt hinaustreten.

Sie unterdrückte einen traurigen Seufzer, legte die Hände zusammen und stand versunken und nachdenklich da. Ihre Gedanken wanderten. Sie wagte nicht, die Geschichte zu glauben, die man ihr erzählt hatte, und sie durfte noch nicht an das Glück denken, das jenseits der eisernen Tür auf sie wartete.

Die Wärterin war zu ihrem Pult und zu ihrer Beschäftigung zurückgekehrt. Mrs. Pinder betrachtete sie gedankenvoll. Die Frau kam täglich mit der Außenwelt in Berührung – vielleicht war sie verheiratet und hatte Kinder, die außerhalb dieser roten Mauern aufwuchsen. Mary Pinder war vom Leben und der menschlichen Gesellschaft nun schon zwanzig Jahre lang abgeschnitten. Draußen war die Welt ihren alten Gang weitergegangen. Neue Männer waren zur Macht gekommen und wieder von anderen ersetzt worden, nationale Erhebungen waren vorübergerauscht, Kriege hatten sich ausgetobt, aber hier in diesem düsteren Schatten blieb das Leben grau und ohne Trost, und selbst der Schmerz wurde monoton.

Sie ging furchtsam auf die Beamtin zu und setzte sich auf einen Stuhl in ihrer Nähe. Die Wärterin hielt in ihrer Arbeit inne und schaute sie mit einem ermutigenden Lächeln an. Nach einer Weile legte sie ihren blauen Stift wieder hin.

»Hoffentlich vergessen Sie diesen Ort bald ganz, Mrs. Pinder.«

Die schüttelte den Kopf.

»Ich glaube, es ist unmöglich – das zu vergessen. Das war mein Leben – der größte Teil meines Lebens, auf den ich mich besinnen kann. Ich war achtzehn Jahre alt, als ich zuerst hierherkam, und dreiundzwanzig, als man mich in das Gefängnis in Aylesbury brachte, und dreißig, als ich wieder hierher zurückkam. Ich kann mich nicht an viel mehr erinnern«, sagte sie schlicht.

Die Wärterin sah sie interessiert an.

»Sie sind die einzige Gefangene, zu der ich Zutrauen hatte und an die ich in gewisser Weise glaubte, Mrs. Pinder!«

Mary Pinder neigte sich eifrig zu ihr.

»Waren Sie von meiner Unschuld überzeugt?«

Die Wärterin nickte.

»Ich danke Ihnen. Ich – wünschte, ich hätte früher gewußt, daß jemand an mich glaubte.«

»Dann wollte ich, daß ich es Ihnen eher gesagt hätte«, erwiderte die Beamtin kurz. »Hier kommt noch jemand, der auch von Ihrer Unschuld überzeugt ist.« Die Wärterin ging dem Gefängnisdirektor entgegen.

»Haben Sie sich schon angezogen und sind Sie fertig?« fragte er liebenswürdig. »Sie sind eine glückliche Frau! Ich muß hier an diesem schrecklichen Platz aushalten. Auch ich bin eine Art Gefangener, aber ich muß hier auf meinem Posten bleiben, bis ich sterbe!«

Das war eine stehende Redensart von ihm, und Mrs. Pinder lächelte, als er mit ihr die Halle entlangging.

»Ihre Freunde werden nicht vor zehn Uhr kommen – eben traf ein Telegramm ein. Sie glaubten, daß Sie erst nach Einbruch der Dunkelheit das Gefängnis verlassen wollten. Wissen Sie, wo Sie von hier aus hingehen?«

»Ich habe keine Ahnung«, sagte sie. Dann änderte sich ihr Ton. »Es ist wie ein Traum, was Sie mir erzählten über – über –«

»Über das junge Mädchen, das Sie gesehen hat? Es ist doch ein merkwürdiger Zufall. Ich hätte es eigentlich merken müssen, als ich sah, wie die Erwähnung der Brandwunde am Arm sie aufregte.«

»Meine Tochter!« sagte sie atemlos. »Ach Gott, wie wundervoll!«

»Man hat es Ihnen nicht mitgeteilt – Ihre Freunde glaubten, die freudige Überraschung würde zu groß sein. Sie ist ein hübsches Mädchen geworden.«

»Ja, ist sie schön? Weiß sie es schon?«

Er nickte.

»Sie erfuhr es, als sie damals in meinem Zimmer war und als ich ihr den Namen Lois Margeritta nannte. Wenn noch irgendein Zweifel darüber bestehen könnte, so ist der Brief, den ich vom Unterstaatssekretär erhielt, der beste Gegenbeweis. Sie hat ihn aufgesucht, um noch mehr Einzelheiten über die Gerichtsverhandlung und das Verbrechen zu erfahren, dessen man Sie beschuldigt hatte. Mrs. Pinder, wollen Sie mir eine Frage beantworten?« Er ließ ihren Arm los und sah sie an. »Ich bin ein alter Mann und habe nicht mehr lange zu leben. Ich habe fast allen Glauben an die Menschheit verloren – waren Sie unschuldig?« Er machte eine Pause. »Waren Sie unschuldig oder schuldig?«

»Ich war unschuldig.« Sie schaute ihm furchtlos in die Augen. »Ich sage Ihnen die reine Wahrheit. Ich bin damals nur aus dem Haus gegangen, um mir Arbeit zu suchen, und als ich zurückkam, wurde ich verhaftet.«

»Aber wer war denn Ihr Mann, und wo war er?«

»Er war tot«, sagte sie schlicht. »Ich wußte es damals nicht – aber ich habe es inzwischen erfahren. Glauben Sie mir?«

Er nickte schweigend.

»Sie haben mich stets so gut behandelt«, sagte sie. »Ich wünchte, ich könnte Ihnen für Ihre Güte danken.«

»Das können Sie«, erwiderte er in seiner rauhen Art. »Wenn Sie wieder in die Welt kommen und andere Frauen treffen, die Ihnen raten, Ihr Haar rot zu färben – dann tun Sie es bitte nicht!«

Er war froh, daß er sie nicht zum Lachen gebracht hatte.

»Und nun kommen Sie mit und essen Sie mit mir und meiner Frau zu Abend.«

Fünf Minuten nach zehn hielt ein kleines, elegantes Auto vor den Toren des Gefängnisses. Der Chauffeur stieg aus und klingelte. Der Pförtner fragte durch das Schiebefenster nach seinem Wunsch.

»Ich bin hergekommen, um Mrs. Pinder abzuholen«, sagte er.

»Bitte, kommen Sie herein und sprechen Sie selbst mit dem Direktor.«

»Ich bleibe lieber hier.«

Der Chauffeur zündete sich eine Zigarette an und ging auf und ab, um sich die Zeit zu vertreiben, aber er brauchte nicht lange zu warten. Einige Minuten später sprang eine kleine Tür auf, und eine Frau trat heraus.

»Sind Sie Mrs. Pinder?« fragte der Mann leise, fast flüsternd.

»Ja.«

»Geben Sie mir Ihr Gepäck.«

Er öffnete die Tür, stellte den kleinen Koffer hinein und half ihr beim Einsteigen. Dann setzte er sich ans Steuer und fuhr in der Richtung nach London davon. Im Schatten des Gefängnistores beobachtete der Direktor die Abfahrt, dann ging er mit einem Seufzer in sein Büro zurück.

Das Gefängnis hatte in dem Augenblick für ihn an Interesse verloren, als die Frau es verließ, die in allen Zeitungen als die Hereford-Mörderin geschildert worden war.

Kapitel 19

Lois Reddle war nicht gerade froh gestimmt, als sie an die Rückkehr in das Palais am Chester Square dachte. Aber noch weniger wollte sie ihr Wort brechen, das sie der Gräfin gegeben hatte, obwohl sie diese Frau jetzt zu hassen begann. Sie unterhielt sich darüber mit Lizzy, als sie vor ihrer Haustür in der Charlotte Street standen.

»Wir wollen lieber hier bleiben«, drängte Lizzy. »Auf keinen Fall gehen wir jetzt schon zurück. Selwyn bekommen wir doch nicht zu sehen – und dann denke doch an das, was Mike dir sagte.«

»Was Mr. Dorn sagt, ist mir gleichgültig«, erwiderte Lois ruhig. »Wir müssen zurückgehen, Lizzy – ich habe es versprochen.«

Lizzy murrte.

»Ach, du mit deiner Ehrbarkeit und deinem Worthalten – ich bekomme Kopfschmerzen davon! Aber wir wollen doch wenigstens jetzt noch nicht gehen. Die Frau hat dir doch ausdrücklich gesagt, daß du ausbleiben und sogar ins Theater gehen könntest. Warum beeilst du dich denn so?

Lois zögerte.

»Wir gehen jetzt zurück«, sagte sie dann bestimmt.

Sie schaute über die Straße. Ein Müßiggänger stand mit dem Rücken gegen ein Schaufenstergitter gelehnt, aber sie sah sofort, daß es nicht Dorn sein konnte. Sobald sie der Oxford Street zugingen, kam Leben in den Mann. Er folgte den beiden langsam im Schatten der Häuser, und als Lois sich umsah, entdeckte sie, daß er hinter ihnen herkam.

»Wir wollen auf die rechte Seite hinübergehen«, sagte sie. »Ich glaube, wir werden beobachtet.«

»Wir wollen uns lieber an die Hauptstraße halten«, meinte die kluge Lizzy. »Wenn schon jemand hinter uns herkommt, ist es besser, daß wir dort gehen.«

Sie kamen zur Oxford Street und gingen quer über die Straße, aber der Schatten folgte ihnen in gewisser Entfernung.

»Wir versuchen es in der Regent's Street«, schlug Lizzy vor. »Wenn wir ein Stück entlanggegangen sind, kreuzen wir die Straße und gehen wieder auf die andere Seite. Wenn er uns dann noch folgt, wissen wir sicher, daß er es auf uns abgesehen hat.«

Als sie ihren Plan durchgeführt hatten, stand es außer jedem Zweifel, daß man ihnen folgte. Sie stiegen deshalb in einen Autobus, der nach dem Westen fuhr. Lois sah, daß der Mann eine Taxe anrief, die neben dem Autobus herfuhr.

»Wenn ich wüßte, daß es Mike ist, würde ich zurückgehen und

ihm einmal ganz gehörig die Meinung sagen«, grollte Lizzy.

»Er ist es gewiß nicht«, beschwichtigte sie Lois. »Mr. Dorn ist nicht so groß und sieht auch besser aus.«

Sie verließen den Autobus in der Nähe der Victoria Street, und als sie über die Straße eilten, sahen sie, daß auch das Mietauto anhielt und der Mann ausstieg. Er machte nie den Versuch, sie zu überholen, und zeigte auch nicht die leiseste Neigung, sich ihnen zu nähern. Wenn sie langsam gingen, tat er dasselbe, wenn sie sich beeilten, beschleunigte er ebenfalls seine Schritte.

Plötzlich sah Lois Michael Dorn vor sich. Er stand mitten auf dem Gehsteig, und es war unmöglich, an ihm vorüberzugehen.

»Ich muß mit Ihnen sprechen, Miss Reddle. Sie gehen doch nicht zu Lady Moron zurück?«

»Ich bin eben dabei, das zu tun«, sagte Lois ruhig.

»Sie werden es nicht tun«, erwiderte er entschieden. »Miss Reddle, ich habe Ihnen so manchen Dienst erwiesen, ich würde es gern sehen, wenn Sie auch einmal etwas für mich täten.« Er schien um Worte verlegen zu sein. »Ich habe ein persönliches Interesse daran. Ich vermute zwar, daß Sie mich nicht leiden können – aber immerhin, ich habe Sie gern.«

»Danke schön«, entgegnete sie kurz.

»Sie können ruhig sarkastisch sein – ich kümmere mich nicht darum. Ich sage Ihnen einfach die nackte Wahrheit. Ich verehre Sie, wie nur irgendein anständiger Mann ein Mädchen von Ihrem Charakter und Ihrer –«

»Schönheit«, ergänzte Lizzy, die interessiert zuhörte.

»Anmut – das ist das richtige Wort«, sagte Dorn und lächelte schwach.

»Und gerade weil ich mich persönlich so für Sie interessiere und Sie gern habe – ich fühle, daß meine Ausdrücke nicht richtig sind und meine Worte Sie nicht überzeugen, aber ich bin Damen gegenüber immer verlegen –, jedenfalls will ich, daß Sie in die Charlotte Street zurückgehen.«

Lois schüttelte den Kopf.

»Wohin ich gehe, kann Ihnen sehr gleichgültig sein!«

»Ich habe das größte Interesse daran, daß Sie in Ihre Wohnung in die Charlotte Street zurückkehren!«

»Obwohl oder gerade weil Sie es gesagt haben, werde ich diese

Nacht im Haus der Lady Moron bleiben. Morgen werden Miss Smith und ich wieder in die Charlotte Street gehen.«

»Sie gehen heute abend noch zurück!« sagte er fast schroff.

Sie reckte sich empört auf.

»Was wollen Sie damit sagen?« fragte sie kühl.

»Ich meine genau das, was ich eben gesagt habe. Ich will nicht, daß Sie noch eine Nacht in diesem schrecklichen Haus zubringen. Lassen Sie sich doch davon überzeugen, Miss Reddle«, fuhr er sanfter fort. »Sie müssen sich nicht einbilden, daß es eine Laune von mir wäre oder daß ich irgendein ungerechtes Vorurteil gegen Lady Moron oder ihren Sohn hätte. Ich bitte Sie nur, heute abend nicht zum Chester Square zu gehen.«

»Können Sie mir irgendeinen Grund dafür angeben?«

Er schüttelte den Kopf.

»Sie müssen mir vertrauen und glauben, daß ich sehr triftige Gründe habe, wenn ich sie Ihnen im Augenblick auch nicht sagen kann. Sehen Sie denn das nicht selbst ein?«

»Nein«, erwiderte sie. »Es sind mehrere Unglücksfälle vorgekommen – meinen Sie etwa, daß Lady Moron daran schuld ist?«

»Ich meine gar nichts.«

»Dann gute Nacht.« Sie wollte weitergehen, aber er vertrat ihr den Weg. Er mußte der dunklen Gestalt im Hintergrund ein Zeichen gegeben haben, denn plötzlich kam der große Mann auf sie zu.

»Dies ist Sergeant Lighton von der Kriminalpolizei«, sagte er kurz. Dann zeigte er auf das Mädchen. »Dies ist Lois Reddle – ich beschuldige sie des versuchten Mordes an John Braime!«

Das Mädchen hörte die Worte und war wie vom Donner getroffen.

»Wessen beschuldigen Sie mich?« fragte sie erschrocken. »Aber Mr. Dorn –«

Der Detektiv winkte stumm, und der große Mann nahm Lois höflich am Arm. Eine halbe Stunde nachdem sich das Gefängnistor vor Mrs. Pinder geöffnet hatte, schloß sich die Tür einer Polizeizelle hinter ihrer Tochter.

Kapitel
20

»Das wäre also erledigt«, sagte Michael traurig, als er die Polizeistation mit dem Sergeanten wieder verließ. »Ich fasse jetzt einen richtigen Dieb, Lighton, wenn meine Schlußfolgerungen richtig sind. Ich ließ mir einen Brief vom Justizministerium schicken, der heute nachmittag an meine Adresse aufgegeben wurde.«

»Glauben Sie, daß man Ihren Briefkasten beraubt?« fragte Lighton.

Der Detektiv antwortete erst, als sie in einem Auto saßen.

»Wir wollen nicht Briefdiebstahl, sondern Briefverzögerung sagen. Ich kam nämlich dahinter, daß alle Briefe meines Nachrichtenagenten und meines Freundes bei der Regierung stets ohne jeden Grund mit Verspätung ankamen. Ich beschäftigte mich mit der Sache und merkte, daß ich von beiden Stellen Briefe in blauen Umschlägen erhielt.«

»Wie geht es Braime?« fragte der Sergeant.

»Besser«, war die kurze Antwort. »Ich habe ihn heute abend gesprochen – das wird er sein Leben lang nicht vergessen.« Er lachte leise vor sich hin, obwohl sein Herz schmerzte, als er an das bestürzte und empörte Mädchen dachte, das zu dieser Stunde in der großen und luftigen Frauenzelle einer Polizeistation saß.

Der Wagen hielt vor den Hiles Mansions, und der Fahrstuhlführer brachte sie zu Dorns hübscher Wohnung. Zwei oder drei Briefe lagen in seinem Briefkasten. Er nahm sie heraus, prüfte sie, ging dann wieder auf den Treppenflur hinaus und klingelte nach dem Fahrstuhl.

»Haben Sie die Briefe heraufgebracht?« fragte er.

»Ja, Sir!«

»Wann kamen sie an?«

»Um halb zehn.«

»Heute nachmittag um halb vier wurde ein Brief in einem blauen Umschlag an mich abgesandt – er befindet sich nicht unter meiner Post. Wie kommt das?«

Der Fahrstuhlführer schaute beiseite.

»Ich weiß es nicht.« Er vermied Michaels Blick ängstlich. »Ich bringe die Briefe herauf, sobald sie kommen, und werfe sie dann in den Kasten.«

»Sie haben von neun Uhr abends bis neun Uhr morgens Dienst, das stimmt doch?«

»Jawohl, Sir!«

»Sie haben also die Morgen- und Abendpost zu besorgen. Wie kommt es, daß alle Briefe, die blaue Umschläge haben, mich stets vierundzwanzig Stunden später erreichen, als sie es eigentlich sollten?«

»Ich kann es Ihnen nicht sagen.«

»Dann sagen Sie es wenigstens diesem Herrn hier – er ist ein Detektiv von Scotland Yard –, und sagen Sie es ihm schnell und ohne alle Umschweife, sonst werden Sie diese Nacht nicht sehr bequem schlafen.«

Eine Zeitlang wehrte sich der Mann noch und widersprach, aber plötzlich wurde er klein.

»Ich habe eine Frau und vier Kinder«, jammerte er. »Und meine Militärpension werde ich auch verlieren –«

»Sie werden nichts verlieren, wenn Sie jetzt die Wahrheit sagen. Wer hat Ihnen den Auftrag gegeben, meine Briefe aufzuhalten?«

»Ein Herr – ich kenne nicht einmal seinen Namen. Und wenn ich diesen Augenblick sterben soll, kann ich Ihnen den Namen nicht sagen. Er gibt mir zwei Pfund die Woche, damit ich alle Briefe in blauen Umschlägen aufhalte, auch alle amtlichen Schreiben, die an Sie kommen. Ich habe sie niemals gestohlen, ich habe sie immer wieder in Ihren Briefkasten gelegt –«

»Das weiß ich«, unterbrach ihn Dorn kurz. »Sie verschwenden nur Ihre Lunge, wenn Sie mir das alles erzählen. Wer hat Ihnen diesen Auftrag gegeben?«

»Ich schwöre Ihnen, daß ich ihn nicht kenne, Sir. Ich traf ihn eines Abends in einer Wirtschaft. Er beschwatzte mich, bis ich auf die Sache einging. Ich wünschte, ich hätte ihn nie gesehen.«

»Kommt er wegen der Briefe hierher?«

»Ja, er kam auch heute morgen, nachdem die Post hier war. Aber ich habe ihm den blauen Brief nicht gegeben, weil ich ihn noch nicht hatte. Der Postbeamte mußte ihn übersehen haben, er kam eine Viertelstunde später nochmals zurück und gab ihn mir.«

»Den blauen Brief? Welchen blauen Brief?« fragte Michael schnell.

»Er liegt unten«, winselte der unzuverlässige Portier der Hiles Mansions.

»Ich werde jetzt mit Ihnen hinunterfahren und ihn holen.«

In den Eingangsflur war ein kleiner Raum eingebaut, der dem Portier als Büro diente. Unter einer Schreibunterlage zog er zwei blaue Briefe heraus.

Den ersten erkannte Michael als den Brief wieder, den er selbst geschrieben hatte, den zweiten öffnete er schnell und las. Lighton sah, wie sich seine Gesichtszüge veränderten. Er steckte den Brief rasch in seine Tasche und wandte sich zu dem erschrockenen Portier.

»Was ist sonst noch gekommen? Heraus damit, schnell!«

Ohne ein Wort langte der Mann in die Tasche eines Rockes, der an der Wand hing, und nahm ein Telegramm heraus, das allem Anschein nach geöfnet und wieder geschlossen worden war. Michael las es wuterfüllt.

»Zum Teufel mit diesem Kerl«, sagte er, rannte aus der Halle und sprang in die nächste leere Taxe, die er sah.

Zehn Minuten später war er bei seiner Garage, und gleich darauf fuhr ein großer, schwarzer Wagen mit Blitzgeschwindigkeit aus London hinaus.

Es schlug Mitternacht von der Dorfkirche von Telsbury, als das Auto vor dem Gefängnis hielt. Michael Dorn sprang heraus und drückte auf die Klingel.

»Der Direktor schläft schon, Sir.«

»Ich muß ihn sofort sprechen. Es geht um Leben und Tod. Geben sie ihm meine Karte.« Er steckte sie durch das Gitter und wartete ungeduldig, bis er eingelassen und zum Haus des Direktors geführt wurde, der ihn im Pyjama und Schlafrock in seinem kleinen Arbeitszimmer erwartete.

»Mrs. Pinder ist um zehn Uhr fortgefahren. Hatten Sie denn nicht den Wagen geschickt?«

»Nein, ich wußte gar nichts von ihrer Entlassung. Der Brief vom Justizministerium, der mich davon unterrichten sollte, ist aufgehalten worden. Zehn Uhr? Wer holte sie ab?«

»Ich weiß es nicht, ich dachte, Sie wären es. Ich sah den Wagen und kümmerte mich nicht weiter darum.«

»Wissen Sie, welchen Weg er nahm?«

»Sie fuhren in der Richtung nach London. Es war ein kleiner Wagen – ein Buick, denke ich. Ist sie nicht angekommen?«

Michael schüttelte den Kopf. »Nein, sie ist nicht in London.«

Es war keine Zeit zu verlieren. Er stieg wieder in sein Auto und fuhr in höchster Eile die London Road entlang. Am Telsbury-Kreuzweg befand sich eine Tankstelle, und er wußte, daß dort jemand im Rückgebäude schlief. Es dauerte einige Zeit, bis er auf sein Klopfen eine Antwort erhielt, aber dann bekam er eine wertvolle Information.

»Ich sah den Wagen vorbeifahren. Er fuhr nach Süden, auf Letchford zu.«

»Nicht auf der London Road?«

»Nein, er wendete hier um. Kurz bevor ich mich schlafen legte, sah ich das Schlußlicht vor dem Hügel.«

Michael Dorn stieg wieder ein und legte die fünfzehn Meilen von Telsbury nach Letchford in genau fünfzehn Minuten zurück. Hier hatte er wieder Glück. Ein Polizist hatte den Wagen gesehen, der westwärts gefahren war. Aber dann kam er an einen Punkt, an dem sich vier Straßen kreuzten, und er konnte nicht herausfinden, welche Richtung der unbekannte Chauffeur eingeschlagen hatte. Auf keinen Fall waren sie nach London gefahren. Er fuhr erfolglos die eine Straße entlang, nahm dann seinen Weg über das Feld, um die zweite abzuschneiden, aber er traf niemand, der ihm die geringste Auskunft geben konnte.

Um vier Uhr morgens hielt er wieder vor dem Polizeirevier von Chelsea und stieg langsam die Stufen zu dem Dienstzimmer hinauf.

»Hallo, Mr. Dorn!« sagte der Sergeant. »Der Inspektor hat die ganze Nacht nach Ihnen gefragt wegen dieses Falles.«

»Was gibt es denn?« fragte Michael müde.

»Das geht mit dem Teufel zu! Die Gräfin gibt an, das Mädchen sei nicht in dem Zimmer gewesen, als Braime verletzt wurde. Wir haben eine vollständige schriftliche Aussage von ihr, und der Inspektor sagte, daß er Ihnen etwas sagen wird, was Sie nicht so schnell vergessen werden!«

Dorns Lippen zogen sich wütend zusammen.

»Wenn er sich untersteht, irgend etwas Nennenswertes zu sagen, werde ich den Dienst quittieren! Aber immerhin, Sie können sie jetzt freilassen. Ich möchte mich bei ihr entschuldigen.«

»Sie freilassen!« lachte der Sergeant. »Da kommen Sie ein bißchen spät! Sie ist schon um zwei Uhr morgens wieder entlassen worden.«

Der Detektiv fuhr zusammen.

»Um zwei Uhr morgens?« wiederholte er leise. »Ging sie allein weg?«

»Nein, ein Herr holte sie mit einem blauen Buickwagen ab.«

Michael wankte einen Schritt rückwärts, sein Gesicht war erschöpft und verstört, und er schien plötzlich gealtert zu sein.

»Der Mann, der das Mädchen befreite, hat wahrscheinlich Beihilfe an einem Mord geleistet!« sagte er. »Erzählen Sie das dem Inspektor, wenn Sie ihn sehen!«

Dann wandte er sich um und verließ den Raum.

Das Büro des Staatsanwalts wurde erst morgens um zehn Uhr geöffnet, und Michael Dorn wartete dort. Er war verstaubt, unrasiert, und sein Gesicht sah grimmig aus.

»Hallo, Dorn – was ist Ihnen denn passiert?« fragte der Beamte.

In wenigen Worten erklärte der Detektiv die Lage.

Der Staatsanwalt schüttelte den Kopf.

»Wir können nichts tun. Wir haben nicht den Beweis, den wir brauchen, und können infolgedessen keine Anklage erheben. Wir haben Ihnen in Anbetracht der seltsamen Umstände dieses Falles freie Hand gelassen, aber ich kann keinen Haftbefehl ausstellen, bevor Sie mir nicht den positiven und unumstößlichen Beweis beibringen.«

Dorn biß sich auf die Lippen.

»Wenn man in früheren Zeiten einen Mann nicht dazu bringen konnte, die Wahrheit zu sagen – was tat man da, Sir Charles?«

»Nun ja, man goß ein wenig kochendes Öl auf ihn! Damals war die Untersuchung von Verbrechen etwas leichter als heute!«

»Sie war nicht leichter.« Michael schüttelte den Kopf. »Ich werde die Wahrheit erfahren. Ich bringe heraus, wohin sie diese beiden Frauen gebracht haben! Und die Streckfolter und die Daumenschrauben sollen ein Kinderspiel sein im Vergeich zu den Mitteln, die ich gegen sie anwenden werde! Ich erfahre die Wahrheit – und wenn ich Chesney Praye Glied um Glied ausreißen müßte!«

Kapitel 21

Als die Zellentür geöffnet wurde, erwachte Lois aus einem lähmenden Schlaf; sie erhob sich unsicher und wußte kaum, was sie tat, als sie der Wärterin ins Büro folgte. Sie war müde und abgestumpft von der Anklage, die man gegen sie erhoben hatte. Der Sergeant sagte irgend etwas, und sie hörte auch den Namen der Gräfin. Dann gab ihr jemand die Hand – sie dachte, es sei der Sergeant. Ein junger Mann, den sie nur mit halbem Bewußtsein bemerkt hatte, nahm ihren Arm und führte sie langsam auf die dunkle Straße. Er öffnete den Schlag eines Wagens, und bevor sie wußte, was geschah, hatte sich das Auto schon in Bewegung gesetzt. Sie fühlte eine grenzenlose Abgespanntheit – und schlief wieder ein.

Sie erwachte davon, daß ihr Kopf gegen den Führersitz stieß. Die Dämmerung war schon nahe.

»Wo sind wir?« fragte sie.

Es interessierte sie nicht, wer der Chauffeur war, aber als er sich umwandte, erkannte sie das Gesicht Chesney Prayes.

»Es ist schon alles in Ordnung, Miss Reddle«, sagte er mit einem Grinsen, das seine Zähne zeigte. »Ich fahre Sie aufs Land.«

Sie zog die Stirn kraus und versuchte sich über die Ereignisse der letzten Nacht klarzuwerden. Als sie sich an ihre Verhaftung erinnerte, wurde sie plötzlich wieder ganz wach. Aber bevor sie weiterfragen konnte, gab er ihr über die Schulter hinweg schon eine Erklärung.

»Lady Moron dachte, es sei besser, wenn Sie diesem Bluthund einmal ein oder zwei Tage aus dem Gesicht kämen. Er hat eine Abneigung gegen Sie, und er ist ein rachsüchtiger Kerl.«

»Mr. Dorn?« fragte sie. »Warum ließ er mich festnehmen? Ich weiß doch gar nicht, wie Braime verletzt wurde.«

»Natürlich wissen Sie es nicht«, sagte er beruhigend. »Aber er hat sich nun eben auf diese Weise gerächt.«

An wem er sich auf diese Weise gerächt hatte, erklärte Chesney nicht, und selbst Lois schien es in ihrem abgespannten Zustand doch etwas unlogisch, daß Michael Dorn sie hatte festnehmen lassen, um sich an Praye oder an der Gräfin zu rächen.

Der Wagen fuhr einen Hügel hinab. Unten sah sie das glitzernde

Wasser eines Flusses, der sich in vielen Windungen durch die Gegend schlängelte, den grauen Rauch, der von den kleinen Häusern im Tal aufstieg. Die Straße war schmal und uneben, kaum mehr als ein Feldweg. Sie wunderte sich, warum sie hier entlangfuhren, denn sie erblickte nicht weit entfernt eine breite Chaussee, die fast genau mit ihrer Fahrtrichtung parallel lief.

»Wir sind gleich da.«

Sie erreichten den Ausgang eines Tales. Ihr Weg führte unerwartet in eine dichtbestandene Baumpflanzung, wandte sich dann in rechtem Winkel, kreuzte einen gewöhnlichen Feldweg, und fünf Minuten später sah sie eine lange, graue Mauer, die ein breitgelagertes, mit einem niedrigen Dach gedecktes Gebäude umschloß.

An der anderen Seite des Hauses lief eine Straße entlang, und sie wunderte sich aufs neue, daß sie ihr Ziel nicht auf einem besseren Weg erreicht hatten. Offensichtlich erwartete man sie, denn das unansehnliche Tor wurde aufgestoßen, und sie fuhren in einen schmutzigen Bauernhof ein. Ein halbes Dutzend Hühner gackerte durcheinander, und aus einem zerfallenen Stall hörte man das Grunzen eines Schweines.

»Wir sind angekommen«, sagte er, brachte den Wagen zum Stehen und sprang heraus. Das Mädchen schaute sich erstaunt um und sah ein langes, heruntergekommenes Bauernhaus. Von den Fenstern, die man von hier sehen konnte, waren nur zwei gesäubert, die anderen starrten von jahrealtem Schmutz. Links erhob sich eine niedrige, höhlenartige, düstere Scheune, deren Tore halb zerbrochen in den rostigen Angeln hingen und sich wahrscheinlich überhaupt nicht mehr bewegen ließen. Sie war leer, nur ein alter, verrosteter Pflug und das Gestell eines zerbrochenen Bauernwagens ohne Räder standen auf der Tenne. Überall sah man schlimmsten Verfall, und obwohl sie das Gebäude nur oberflächlich betrachtete, bemerkte sie, daß das eine Ende des Daches fast keine Ziegel mehr trug.

»Dies ist doch nicht etwa der Landsitz von Lady Moron?« fragte sie.

»Nein, es ist ein kleines Besitztum, das einem unserer Freunde – ich meine einem ihrer Freunde gehört. Sie haben doch Dr. Tappatt bei ihr getroffen?«

»Dr. Tappatt?« Sie runzelte die Stirn. Das war der merkwürdige, unsaubere Arzt mit der großen Nase, der im Palais am Chester Square am Essen teilgenommen hatte.

»Ist er hier?« fragte sie, unangenehm berührt. Der letzte, mit dem sie einen Tag zusammen verbringen wollte, war dieser Mann.

»Ja – er ist hier. Er ist kein schlechter Mensch – ich kenne ihn von Indien her, und ich glaube, daß er Ihnen auch ganz gut gefallen wird.«

Offensichtlich waren sie von der Rückseite zu dem Gehöft gekommen, denn das einzig sichtbare Tor, das ins Haus führte, war verschlossen und verriegelt.

Er klopfte einige Male, bis eine Frau mit einer häßlichen, harten Stimme fragte, wer da sei. Kurz darauf wurden die verrosteten Riegel zurückgeschoben, und eine große, hagere Frau erschien in der Türöffnung. Sie trug ein verblichenes Kattunkleid, ihr Gesicht war bleich und abstoßend. »Kommen Sie herein, Sir«, sagte sie und trat in den dunklen Korridor.

In dem Haus roch es muffig und schlecht. Der alte Teppich auf dem Boden war so dünn, daß ihre Schritte hohl klangen.

»Der Doktor ist hier.« Die Frau wischte sich die Hände mechanisch an ihrer schwarzen Schürze ab und führte sie in einen Raum, der an den Vorplatz stieß.

Das Zimmer war so schmutzig wie das ganze Haus. Auf einem Sofa schlief zusammengekauert ein Mann, der in einen alten Schlafrock gehüllt war. Ein übler Geruch von Rauch und Whisky lag über dem Raum und schreckte Lois zurück.

Chesney ging hinter ihr her und rüttelte den Schlafenden auf.

»Wach auf!« sagte er barsch. »Es ist jemand gekommen, der dich sprechen will.«

Tappatt fuhr in die Höhe. Wenn er schon am hellen Tag am Chester Square unleidlich war, so war er jetzt unausstehlich.

»Was ist los?« brummte er. Er stand langsam auf und reckte sich. »Ich bin müde; ich sagte dir doch, daß ich schlafen will. Du hast mir versprochen, eher zu kommen. Sie schläft, und ich wette, daß sie diese Nacht ein besseres Bett hatte als in den letzten zwanzig Jahren.«

»Halt den Mund, verdammter Kerl!« sagte Chesney leise zu ihm. »Miss Reddle ist hier.«

Der Doktor blinzelte, dann erkannte er das Mädchen.

»Hallo – freue mich, Sie zu sehen, Fräulein. Schade, daß Sie mich so überraschen, aber ich war schon die ganze Nacht auf – war beschäftigt mit einem Patienten –« Er sprach das letzte Wort besonders laut aus, als ob er ihm durch die Betonung mehr Überzeugungskraft geben könnte.

»Nun hör mal zu, Tappatt. Es ist ein Haftbefehl gegen die Dame erlassen worden, aber es ist uns gelungen, sie aus dem Polizeirevier zu befreien. Sie soll ein paar Tage hierbleiben, bis Lady Moron die Sache in Ordnung bringen kann.«

Lois erschrak.

»Was – ein Haftbefehl gegen mich?« fragte sie entsetzt. »Sie sagten mir doch, daß Dorn kein Recht hatte, mich festzunehmen?«

Er lächelte und gab ihr ein Zeichen, sich ruhig zu verhalten.

»Hat die Frau das Zimmer für Miss Reddle fertiggemacht? Sie ist sehr müde und möchte gern schlafen.«

»Sicher, sicher!« murmelte der Doktor. Er versuchte, aus einer Flasche einzuschenken, aber zu seiner unangenehmen Überraschung war die Flasche fast leer, es kamen nur noch ein paar Tropfen heraus. »Ich muß etwas trinken«, brummte er. »Das Fieber hat mich wieder gepackt.«

»Mr. Praye, mir ist die Lage nicht ganz klar. Warum bin ich hier? Wo liegt dieses Gehöft?« fragte Lois.

»In der Nähe von Nottingham«, antwortete Chesney. »Und um Himmels willen, verlassen Sie das Haus bloß nicht! Das könnte Ihnen teuer zu stehen kommen. Aber es ist ja alles in Ordnung – Sie brauchen nur ein paar Tage hier zu bleiben; ich versichere Ihnen, daß kein Grund zur Beunruhigung vorhanden ist.«

Er sah nach der Uhr und wurde ungeduldig.

»Ist das Zimmer für Miss Reddle fertig?« fragte er jetzt scharf.

Der Doktor ging hinaus, den Gang entlang und stieg eine schmale Treppe empor. Oben auf dem Absatz schloß er eine Tür auf.

»Hier ist das Zimmer.«

»Aber ich bin nicht müde, Mr. Praye – tatsächlich, ich war noch niemals so wach. Ich würde lieber aufbleiben. Könnte ich vielleicht etwas Tee bekommen?«

»Sie können alles bekommen, was Sie wünschen, mein Kind«, sagte der Doktor höflich. »Wo steckt denn bloß diese Frau? He, Sie!« Er brüllte die Treppe hinunter. »Bringen Sie dieser Dame etwas Tee – und zwar schnell, so schnell wie möglich!«

Lois ging in das Schlafzimmer. Es war nur ärmlich, aber sauber möbliert, und sie hatte den Eindruck, daß alle Einrichtungsgegenstände erst in letzter Minute dorthin gekommen waren.

»Dieses Zimmer hatten wir eigentlich für die andere fertiggemacht«, sagte Tappatt, »aber als ich hörte, daß die junge Dame kommen würde –«

Chesney Praye sah ihn scharf an, und er schwieg.

Die andere – schon zweimal hatte er eine Person erwähnt, die bereits hier sein sollte.

»Die andere Tür führt zu einem Badezimmer«, erklärte der Doktor. »Es ist der netteste kleine Landsitz, den Sie finden können.«

Er schloß die Tür hinter ihr und drehte leise den Schlüssel um. Die beiden Männer gingen zusammen die Treppe hinunter. Als sie allein in dem Zimmer des Doktors waren, fragte Chesney Praye: »Wo ist Mrs. Pinder?«

»Die ist gut aufgehoben«, sagte der andere nachlässig.

»Sie ist aber doch nicht hier in der Nähe des Mädchens?«

»Nein, im anderen Flügel – mit der kann man leicht umgehen. Zwanzig Jahre Gefängnisdisziplin brechen den Eigenwillen. Die wird keine großen Schwierigkeiten machen!«

»Was hast du ihr denn gesagt?«

»Die Geschichte, die du mir erzähltest, daß jemand hinter ihr her ist und sie sich hier ein oder zwei Tage aufhalten soll. Meine Haushälterin wird schon nach ihr sehen, sie hat früher eine meiner Anstalten in Indien betreut.«

Chesney sah wieder auf die Uhr.

»Es sind vier Meilen bis zum Whitcomb-Flugplatz – du kannst mich dorthin fahren.«

»Warum nimmst du denn nicht das Auto?«

»Weil ich nicht will, daß der Wagen gesehen wird, du Dummkopf! Beeile dich gefälligst!«

Fünf Minuten später war ein starkknochiges Pony an einen alten Dogcart angeschirrt. Das blaue Auto brachten sie in einen Schuppen und schlossen die Tür zu. Dann fuhren sie die Straße nach Whitcomb entlang, so schnell das alte Tier nur laufen konnte. Eine Viertelstunde vor dem Flugplatz stieg Chesney ab.

»Die beiden Frauen dürfen einander nicht begegnen –«

»Das werden sie auch nicht«, unterbrach ihn der andere.

»Es ist besser, du bleibst im Haus und siehst nach dem Rechten.«

»Wie steht es denn mit Geld?« fragte der Doktor.

Chesney nahm ein paar Banknoten aus der Tasche und gab ihm zwei davon.

»Versuche, wenigstens die nächste Woche nicht zu trinken – du hast Aussicht, viel zu verdienen, Tappatt. Aber es ist auch möglich, daß du gefaßt wirst. Wenn Dorn auch nur entfernt auf unsere Spur kommt, kannst du sicher sein, daß er dich faßt, bevor du es ahnst.«

Tappatt grinste.

»Weshalb soll man etwas gegen mich haben?« fragte er. »Sie kamen doch beide freiwillig zu mir – ich behaupte ja gar nicht, daß man schon ein Gutachten über sie abgegeben hat.«

»Aber es könnte doch sein, daß die beiden auch freiwillig wieder gehen wollten«, sagte Praye bedeutungsvoll.

Dann ging er schnell durch die großen Tore des Flugplatzes und eilte quer über den Rasen zu einem zweisitzigen Sportflugzeug, bei dem drei Leute standen.

»Guten Morgen – ich bin Mr. Stone«, sagte er. »Ist das mein Flugzeug?«

»Ja, Sir. Sie haben einen selten klaren Morgen für Ihre Reise.«

Praye schaute zweifelnd auf die leichte, zerbrechliche Maschine.

»Können Sie mit dem Ding ohne Zwischenlandung nach Paris fliegen?«

Der Kommandant des Flugplatzes nickte.

»Sie sind in zwei Stunden fünfzig Minuten dort – vielleicht auch schneller, Sie haben Rückenwind.«

Er half dem Passagier in einen schweren Lederrock. Der Pilot hatte seinen Platz schon eingenommen. Praye legte noch warme Handschuhe an, und man gab ihm letzte Instruktionen. Der Propeller surrte, das Flugzeug rollte leicht über den Rasen, erhob sich dann in den blauen Himmel und verschwand als kleiner weißer Punkt über dem östlichen Horizont.

Kapitel

22

Als Michael Dorn die Polizeistation verließ, eilte er in seinem Wagen nach der Charlotte Street. Um diese frühe Morgenstunde war die Straße völlig leer. Er war auf ein langes Warten gefaßt, aber wenn er die Gewohnheiten des alten Mackenzie gekannt hätte, wäre er nicht erstaunt gewesen, daß er ihm sofort öffnete.

Der alte Mann war im Schlafrock und hatte sich erst vor einer halben Stunde zur Ruhe gelegt. Er schaute den Besucher ein wenig argwöhnisch an, und sein Verdacht verstärkte sich noch, als er erfuhr, weshalb er kam.

»Ja, Sir. Miss Smith ist zu Hause – kommen sie von der Polizei?«

»Ja«, erwiderte Dorn, ohne damit die Wahrheit zu verletzen, »kann ich Miss Smith sprechen?«

»Sie ist erst sehr spät nach Hause gekommen und war sehr aufgeregt. Soviel ich weiß, hat die gute Gräfin versprochen, alles zu tun, was in ihrer Macht steht, um Miss Reddle wieder zu befreien. Es ist wirklich schrecklich, was da passiert ist. Wollen Sie bitte eintreten, Sir.«

Michael folgte ihm die Treppe hinauf zu seinem kleinen Zimmer und setzte sich nieder, während der alte Mann die Treppe hinaufstieg, um Lizzy zu wecken. Sie hatte aber das Klopfen an der Haustür auch gehört und wartete an der offenen Tür ihres Zimmers, als Mackenzie heraufkam.

»Ist Dorn unten?« fragte sie böse. »Dann komme ich gleich hinunter und rede einmal einen Ton mit ihm. Er wird ganz klein sein, wenn ich zu Ende bin!« Sie kam wutentbrannt herunter.

»Na, das ist aber eine Dreistigkeit, noch hierher zu kommen, nachdem Sie die arme Lois so heimtückisch verraten haben –«

»Ist sie nicht hier?« unterbrach er sie barsch.

»Hier? Natürlich ist sie nicht hier! Sie ist doch auf dem Polizeirevier. Wie konnten Sie bloß –«

»Sie ist nicht mehr auf dem Polizeirevier – sie ist freigelassen worden, und ich muß den Mann finden, der ihre Entlassung durchgesetzt hat.«

Sein Auftreten und seine Stimme schüchterten Lizzy vollständig ein.

»Ist sie denn nicht bei Lady Moron?«

»Ich fahre jetzt sofort zum Chester Square – aber ich erwarte nicht, Miss Reddle dort zu finden. Ich habe sie einsperren lassen, um ihr Leben zu retten – hoffentlich begreifen Sie das nun endlich! Man hat schon drei Versuche gemacht, sie zu töten, und nach meinen Ermittlungen war ein vierter Anschlag geplant, der mehr Erfolg versprach. Ich wußte, daß ihre Mutter jetzt aus dem Gefängnis entlassen werden sollte, und sie ist auch tatsächlich gestern abend herausgekommen – es ist jetzt dringend notwendig, daß ich Lois Reddle unter meiner Aufsicht habe.«

Lizzy sank in einen Stuhl.

»Ihre Mutter ist aus dem Gefängnis entlassen? Was sagen Sie da? Ihre Mutter ist doch tot! Man versucht, Lois umzubringen – wer will denn Lois ermorden? Das Unglück mit dem Balkon war doch ein Zufall.«

»Es war kein Zufall«, erwiderte Michael ruhig. »Der Balkon war schon seit Jahresfrist baufällig, und die Baupolizei hatte angeordnet, daß er repariert werden sollte. Bis Miss Reddle das Zimmer dort oben am Chester Square bezog, wurden die großen Fenster, die auf den Balkon führten, auch stets geschlossen gehalten.«

Lizzy atmete schwer. »Aber die Dienstboten –«

»Die Dienstboten waren alle neu engagiert. Keiner war länger als vierzehn Tage im Haus. Sergeant Braime kam von Newbury, und selbst er wußte nichts.«

»Sergeant Braime?« wiederholte sie und schaute ihn groß an.

»Braime ist ein Beamter der Staatsanwaltschaft, der seit sechs Monaten im Haushalt der Gräfin angestellt war«, lautete die überraschende Antwort. »Niemand durfte auf den Balkon hinausgehen. Es war auch ein Holzgitter dort angebracht, das die Dienerschaft davon abhalten sollte – aber als Lois an jenem Abend in ihr Zimmer kam, war es vorher entfernt worden.«

»Wer hat das getan?« fragte Lizzy.

Michael zuckte die Achseln.

»Ich weiß es nicht – aber ich werde es noch entdecken.«

»Aber wo ist Lois denn?«

»Das will ich ja gerade herausbringen. Ich fahre jetzt direkt zum Chester Square. Wollen Sie mich begleiten?«

Sie verschwand im Augenblick aus dem Zimmer.

»Aber, Mr. Dorn, es ist doch fürchterlich, daß sich alle Leute gegen dieses unschuldige Mädchen verschwören«, sagte der alte Mackenzie, von Schrecken gepackt. »Sicherlich werden Sie Miss Reddle im Haus der guten Gräfin finden.«

»Ich hoffe es, aber ich bin nicht davon überzeugt«, entgegnete er.

Die Lippen des alten Mannes zitterten.

»Kann ich Ihnen irgendwie behilflich sein? Ich gehe ja niemals aus dem Haus, aber ich würde selbst das tun –«

Michael schüttelte den Kopf.

»Ich fürchte, Sie können nichts helfen, höchstens wenn das Unvorhergesehene eintreten sollte, daß Miss Reddle hierher zurückkommt. Dann sorgen Sie bitte dafür, daß sie nicht wieder weggeht, und daß sie unter keinen Umständen irgendwelchen Besuch empfängt. Aber ich bezweifle stark«, fügte er mit einem schwachen Lächeln hinzu, »daß Ihre Hilfe nötig sein wird.«

Lizzy erschien in Mantel und Hut, und während sie zum Chester Square fuhren, erzählte sie Dorn, was sie inzwischen unternommen hatte, um Lois Reddle zu befreien.

»Ich ging los, um die Gräfin zu suchen, und fand sie in dem Haus eines Freundes. Ich teilte ihr alles mit, was mit Lois geschehen war. Sie war furchtbar aufgeregt – ich hatte früher noch nicht mit ihr gesprochen, aber sie war sehr liebenswürdig zu mir.«

»War sie in Begleitung? Kennen Sie Chesney Praye?«

Lizzy schüttelte den Kopf. »Nein, persönlich nicht. Lois hat mir nur von ihm erzählt. Aber ich habe ihn noch nie zu sehen bekommen.«

Michal beschrieb ihr den Mann genau, aber sie schüttelte wieder den Kopf.

»Nein, das war er nicht.«

»Was tat die Gräfin?«

»Sie telefonierte mit jemand und sagte, sie würde dem Polizeioffizier vom Dienst einen Brief schicken. Dann bat sie mich, wieder in die Charlotte Street zu gehen und ruhig zu warten, bis Lois käme.«

Dorn nickte.

»Da hätten Sie lange warten können – die Gräfin wußte ganz genau, daß Lois nicht in ihr Haus zurückkehren würde«, sagte er grimmig. »Und wenn sie sich nicht am Chester Square eingefunden hätte und Sie hätten sie dort erwartet, dann hätten Sie wissen wollen, wo man sie hingebracht hat.«

Der Wagen fuhr vor dem Haus Nr. 307 vor. Dorn stieg aus und drückte auf die Klingel. Aber es meldete sich niemand. Er läutete noch einmal und klopfte dann – aber es kam immer noch keine Antwort. Als er wieder aus der Vorhalle heraustrat und zu den Fenstern hinaufsah, wurde ein Schiebefenster in die Höhe gezogen, und ein zerzauster Kopf zeigte sich oben. Es war Lord Moron, der anscheinend in dem Geschoß schlief, das sonst dem Dienstpersonal überlassen war.

»Hallo – was gibt es?«

»Wollen Sie herunterkommen?« rief Michael.

Sie warteten lange, bevor sich die Tür öffnete, aber dann war eine weitere Erklärung für die Verzögerung nicht mehr notwendig, denn neben Selwyn stand die Gräfin in der Halle. Sie war in einen Mantel gehüllt, und ihre majestätische Erscheinung bot ein imposantes Bild.

Kapitel 23

»Was soll das bedeuten?« fragte sie.

»Ich komme wegen Miss Reddle«, erwiderte Dorn kurz.

»Sie ist nicht hier, sie ist außerhalb des Bereichs Ihrer Rachsucht.«

»Wo ist sie?«

»Darüber gebe ich Ihnen keine Auskunft, nachdem Sie sich letzte Nacht so nichtswürdig betragen haben und das arme unschuldige Kind festnehmen ließen.«

»Sie können sich Ihre Worte schenken, Lady Moron«, sagte Michael wild. »Niemand weiß besser als Sie, warum sie festgenommen wurde. Wo ist sie?«

»Ich habe sie zu einem Freund geschickt.«

»Die Adresse?«

»Sie sind ein sehr draufgängerischer junger Mann«, sagte die Gräfin beinahe vergnügt. »Wollen Sie in die Bibliothek kommen?

Ich kann in dieser zugigen Halle nicht mit Ihnen sprechen. Sie haben Miss Smith mitgebracht? Sie soll auch hereinkommen.«

»Sie ist draußen in größerer Sicherheit«, sagte er kühl und ging durch die Halle.

Während dieser ganzen Zeit hatte Selwyn nichts gesagt, aber jetzt wandte er sich an seine Mutter.

»Wo ist Miss Reddle? Vielleicht sagst du es mir?«

»Ich werde dir nichts sagen«, antwortete sie eisig. »Du gehst jetzt in dein Zimmer zurück.«

»Ich will mich schlagen lassen, wenn ich jetzt in mein Zimmer zurückgehe«, protestierte Lord Moron. »Hier geht irgend etwas Verdächtiges vor, und ich wünsche zu wissen, was hier gespielt wird.«

Es war eine heldenhafte Rede für Selwyn, und Michael fühlte eine leise Bewunderung für ihn, denn er wußte, wieviel Mut dazu gehörte, dieser Frau zu trotzen. Sogar die Gräfin war bestürzt.

»Selwyn«, sagte sie milder, »in diesem Ton verkehrt man nicht mit seiner Mutter.«

»Das kümmert mich sehr wenig«, gab er trotzig zurück. »Es ist irgend etwas verdächtig hier – ich habe immer gesagt, daß irgend etwas nicht in Ordnung ist. Was ist mit Miss Reddle?«

»Sie ist bei Freunden auf dem Lande«, sagte Lady Moron.

Die Antwort schien seinen Widerstand zu brechen.

»Nun gut«, meinte er freundlicher. Er schaute durch die offene Tür auf Lizzy, lächelte und winkte ihr mit der Hand, sah dann zurück auf seine Mutter, nahm all seinen Mut zusammen und ging in seinem Pyjama und seinem Schlafrock die Treppe hinab, um mit dem Mädchen zu sprechen.

»Sind Sie zufrieden, Mr. Dorn?«

»Ich bin weit davon entfernt, zufrieden zu sein, Lady Moron«, erwiderte Michael, während er ihr in die Bibliothek folgte.

Er bemerkte den Flecken auf dem Teppich, wo das Wasser auf Braime geschüttet worden war, und sah, daß auch ihre Augen an dieser Stelle hafteten.

»Es gibt keinen Grund, warum wir uns streiten sollten, Mr. Dorn«, sagte sie fast liebenswürdig. »Was haben Sie mit Miss Reddle vor? Das arme Mädchen war ganz außer sich in der letzten Nacht. Ich habe sie aus Mitleid aufs Land geschickt.«

»Wer hat sie fortgebracht?«

»Mein Chauffeur.« Sein scharfer Blick ruhte auf ihr, aber sie hielt ihm stand.

»War es nicht Mr. Chesney Praye?«

»Mr. Praye ist seit einigen Tagen in Paris. Sie glaubten etwas Außerordentliches entdeckt zu haben, aber hinter den Unglücksfällen, die sich hier ereignet haben, steckt wirklich kein Geheimnis. Ich habe Miss Reddle doch nur engagiert, weil ich den Wunsch hatte, ein nettes, liebes Mädchen um mich zu haben.« Dann fuhr sie fort: »Geht es Braime besser?«

»Sergeant Braime hat sich gut erholt«, erwiderte Michael und sah, daß er sie mit dieser Bemerkung schwer getroffen hatte. Sie zuckte wie vom Blitz getroffen zusammen, und ihre Stimme verlor alle Selbstsicherheit.

»Sergeant Braime?« stotterte sie. »Ich sprach von meinem Butler.«

»Und ich spreche von Sergeant Braime von der Kriminalpolizei, der sechs Monate lang in Ihren Diensten stand.«

»Aber – er wurde mir doch empfohlen von –«

»Von einer Gesellschaft zur Unterstützung früherer Gefangener. Damit wollte man Sie sicher machen. Er hatte größere Aussicht, von Mylady angestellt zu werden, wenn er schon ein Verbrechen begangen hatte.«

Im nächsten Augenblick war sie wieder gefaßt.

»Warum bringt man einen Detektiv in mein Haus? Das ist eine Beleidigung, ich werde die Sache sofort der Polizei anzeigen.«

Er schaute sich in dem Raum um, und seine Blicke streiften den Bücherschrank, der durch die Sicherheitstür verschlossen war.

»Sie haben dort ein Buch, das ich gern sehen möchte. Ich beabsichtigte schon gestern abend zu kommen, aber ich wurde leider abgehalten.«

»Ein Buch?«

»Ein Buch, das den Titel trägt: ›Das Leben Washingtons‹. Das ist doch ein ganz unschuldiger Titel, nicht?«

Sie ging zu dem Bücherschrank, nahm einen Schlüssel aus der Schublade ihres Pults und öffnete die mit einem starken Drahtnetz gesicherte Tür.

»Bitte – lesen Sie es zu Ihrer Beruhigung.«

Sie ging zur Tür, wandte sich um und beobachtete ihn. Aber er tat etwas Außergewöhnliches. Er nahm einen dicken, roten Handschuh aus seiner Tasche, zog ihn über die rechte Hand und riß dann das Buch aus dem Schrank heraus. Es knackte verdächtig, und ein hell leuchtender, blendender Funke sprang heraus. Weiter ereignete sich nichts. Er legte das Buch auf den Tisch.

»Eine gute Imitation«, sagte er ruhig. »Es ist ein Stahlkasten, und jeder, der ihn herauszunehmen versucht, kommt automatisch mit einem starken elektrischen Strom in Verbindung. Wo ist der Schalter?«

Sie gab keine Antwort. Ihr Gesicht sah plötzlich eingesunken und alt aus. Michael ging zur Tür, suchte einen Augenblick, beugte sich nieder und drehte an einem großen Schalter.

»Haben Sie den Schlüssel zu dem Stahlkasten?«

»Er ist nicht verschlossen«, sagte sie. Sie trat zu ihm und drückte auf eine Feder. Der Deckel sprang auf.

Das ›Buch‹ war, wie er vermutete, innen vollständig leer.

»Gibt es etwa ein Gesetz, das verbietet, sich eine Sparbüchse in Gestalt eines Buches anfertigen zu lassen?« fragte sie sanft. »Kann man in Ungelegenheiten kommen, weil man sein Eigentum vor diebischen Butlern und – Spürhunden von Detektiven schützt?«

»Es gibt ein Gesetz gegen Mord«, erwiderte Dorn kurz. »Wenn ich das Buch ohne Gummihandschuhe angefaßt hätte, wäre ich jetzt tot. Braime ist mit knapper Not davongekommen, weil er eine Konstitution wie ein Riese hat.«

»Ich habe Sie ja gar nicht darum gebeten, das Buch herauszuziehen.«

»Aber Sie haben mich auch nicht gewarnt«, sagte Michael mit grimmigem Lächeln. »Leer ist es auch – natürlich! Sie hatten einen Verdacht auf Braime und ließen ein kleines Notizbuch in Ihrem Schlafzimmer herumliegen, in dem Sie verschiedene Bemerkungen über das ›Leben Washingtons‹ machten. Braime las sie und ging in die Falle. Er wäre ein toter Mann, wenn ich nicht die Erste Hilfe geleistet hätte.«

Es entstand eine lange Pause.

»Ist das alles, was Sie zu sagen haben?« fragte Lady Moron.

»Nein, nicht alles – ich will wissen, wo Miss Reddle ist.«

»Ich fürchte, das kann ich Ihnen nicht sagen. Als sie heute früh entlassen wurde, wollte sie weder hierher noch in ihre Wohnung zurückkehren. Sie erklärte, daß sie einige Tage aufs Land gehen wollte, um sich zu erholen –«

»Drückte auch Mrs. Pinder den Wunsch aus, aufs Land zu gehen?« fragte er und fixierte sie mit eisigem Blick.

»Mrs. Pinder? Ich weiß nicht, wer das ist.«

»Wünschte Mrs. Pinder auch aufs Land zu gehen?« fragte er drohend. »Lady Moron, Sie stürzen sich und die Leute, die Ihnen verbündet sind, in fürchterliche Gefahr.«

Sie zuckte die breiten Schultern.

»Wenn diese Gefahr in nichts anderem als in dem Besuch eines theatralischen Detektivs am frühen Morgen besteht, dann sehe ich allem, was kommt, mit Gleichmut entgegen«, sagte sie und ging in die Halle hinaus. Michael Dorn folgte ihr.

Als sie zur Seite trat, um ihn zur Haustür zu lassen, sah sie Selwyn, der an der Seite des Autos stand und sich über die Tür lehnte. Er schien sich eifrig zu unterhalten – sie schaute ihn mit einem verächtlichen Lächeln an.

»Mein Sohn hat jemanden gefunden, dessen Intelligenz der seinen gleicht«, sagte sie, dann rief sie ihn beim Namen.

Zu Michaels Verwundeung drehte sich der junge Mann nur kurz um und sprach dann mit dem jungen Mädchen weiter.

»Selwyn!« Er nahm sich immer noch Zeit.

»Also leben Sie wohl, liebes Fräulein, und vergessen Sie nicht« – das flüsterte er ihr zu – »Schweinswürstchen, kein Rindfleisch – das mag ich nicht.« Dann winkte er ihr zum Abschied und ging zu seiner Mutter zurück. Ihr Gesicht war von Wut und Zorn entstellt.

»Es klang ja beinahe so, als ob Sie mit dem jungen Mann ein Stelldichein verabredet hätten«, sagte Michael, als sie abfuhren.

»Er kommt zum Abendessen«, erwiderte Lizzy. »Ist Lois dort?«

»Nein, das vermutete ich ja auch nicht.«

Aber selbst die Aussicht auf ein gemeinsames Essen mit einem Mitglied des hohen Adels war kein Ausgleich für die beunruhigende Nachricht.

»Wo mag sie bloß sein, Mr. Dorn?«

»Irgendwo auf dem Land. Ich nehme an, daß ihr in den nächsten beiden Tagen kein Unglück zustößt.«

Lizzy schaute ihn ruhig an.

»Glauben Sie das wirklich?«

»Ja.«

Sie betrachtete ihn immer noch.

»Sie sehen aber totenbleich aus«, sagte sie dann. »Sie haben Lois furchtbar gern, nicht wahr?«

Er war über diese Frage sehr betroffen.

»Lois gern haben? Warum fragen Sie mich? Ja, ich liebe sie.«

Er brachte Lizzy Smith zur Charlotte Street, lehnte aber ihre Einladung ab, mit hinaufzukommen. Dann fuhr er heim, ließ seinen Wagen im Hof der Hiles Mansions stehen und schleppte sich todmüde in seine Wohnung.

Er lag angezogen auf seinem Bett und schlief, als Wills schweigend mit einem Telegramm hereinkam. Dorn fuhr aufgeregt in die Höhe, nahm es, riß es auf und las. Es war um acht Uhr in Paris aufgegeben und lautete:

›Würden Sie mir bitte angeben, wer Distriktskommissar von Karrili war, als Sie im Pandschab weilten? Chesney Praye, Grand Hotel.‹

»Das tat er nur des Alibis wegen«, sagte Michael und gab Wills das Telegramm zurück. »Er will beweisen, daß er in diesem Augenblick in Paris weilt. Telefonieren sie an alle Flugstationen im Umkreis von hundert Meilen, die Flugzeuge an Privatleute vermieten. Suchen Sie herauszubringen, ob heute in den frühen Morgenstunden jemand nach Paris geflogen ist.«

Wills nickte und verließ das Zimmer.

»Solch einen dummen Bluff zu versuchen!« sagte Michael böse, als sich die Tür hinter dem Mann schloß.

Kapitel 24

Es war bereits drei Uhr nachmittags, als Lois Reddle aus tiefem Schlaf erwachte und entsetzlichen Hunger fühlte. Schnell sprang sie aus dem Bett, zog ihre Schuhe an und ging zum Fenster. Die Aussicht, die sie von hier aus hatte, war wirklich wenig reizvoll. Sie schaute auf den Wirtschaftshof hinunter, in den sie heute früh eingefahren waren. In der schlampigen Frau, die die Hühner fütterte, erkannte sie die Pförtnerin wieder, die ihnen das Tor geöffnet hatte. Hinter der grauen Mauer senkte sich ein kahler Abhang, auf dem nicht ein einziger Baum oder Strauch stand. Als sie ihr Gesicht dicht an die Scheibe drückte und seitwärts blickte, konnte sie nichts anderes als eine Talsenkung zwischen den Hügeln erblicken, die von dunklem Gebüsch überragt war.

Nachdem sie sich Gesicht und Hände mit kaltem Wasser gewaschen hatte, fühlte sie sich erfrischt, aber ihr Hunger hatte sich noch gesteigert. Sie ging zur Tür und versuchte sie zu öffnen, aber sie rührte sich nicht. Sie war verschlossen. Auch die Fensterflügel öffneten sich nur ein wenig, wie sie jetzt feststellte. Aber sie konnte wenigstens die Frau auf dem Hof anrufen, und es gelang ihr auch, sie auf sich aufmerksam zu machen. Die Alte winkte aber nur ungeduldig mit der Hand und fütterte die Hühner weiter. Nach ein paar Minuten ging sie seitwärts in den Hof, so daß Lois sie aus dem Gesichtskreis verlor. Es dauerte noch einige Zeit, bis sie ihren schweren Tritt auf der Treppe hörte. Sicherlich war die Tür nicht nur zufällig verschlossen worden, denn als die Frau mit einem Tablett hereinkam, sah sie den Schlüssel an ihrem Gürtel hängen.

»Bitte schließen Sie die Tür nicht wieder ab«, sagte Lois, während sie erfreut auf das einfache Essen sah.

»Essen Sie nur ruhig und kümmern Sie sich nicht um die Tür«, war die unerwartete Antwort.

Lois war sich nicht im Zweifel darüber, daß diese Frau ihr feindlich gesinnt war, und sie besaß Klugheit genug, nicht weiter mit ihr zu streiten. Die Alte entfernte sich und schloß den Raum wieder zu. Lois eilte bestürzt zur Tür und schlug heftig dagegen.

»Schließen Sie die Tür sofort wieder auf«, rief sie. Aber sie erhielt keine Antwort. Nur die harten Tritte der Frau klangen von der Treppe zu ihr herauf. Lois ging langsam zum Tisch zurück, auf dem das Essen noch stand. Sie fand sich vor einem neuen Problem.

Aber der gesunde Hunger der Jugend siegte, und als sie ihre Mahlzeit beendet hatte, kehrte ihr Selbstbewußtsein bis zu einem gewissen Grad zurück. Es war doch unmöglich, daß man sie hier gefangenhielt. Dieser Gedanke schien ihr lächerlich. Wahrscheinlich hatte die Frau die Tür nur in ihrem Übereifer geschlossen, um sie – vor wem? – zu schützen. Sie schüttelte den Kopf. Doch nicht etwa vor Michael Dorn? Was die Gräfin auch immer von ihm denken und so unverzeihlich sein Betragen auch gewesen sein mochte, sie trug ihm nichts nach. Er würde sie nicht verfolgen, um sich zu rächen. Das war ausgeschlossen.

Sie versuchte noch einmal vorsichtig, die Tür zu öffnen. Aber sie war fest verschlossen. Als sie sich zu dem Fenster wandte, entdeckte sie, daß zwei starke Hölzer mit großen Schrauben von außen angebracht waren, so daß man nur ein paar Zentimeter weit öffnen konnte. Das andere Fenster war in ähnlicher Weise gesichert. Da sah sie den Doktor unten im Hof. Er trug einen zerschlissenen Anzug und hatte keinen Kragen an. Eine alte Golfkappe bedeckte seinen Kopf.

Mit unsicheren Schritten ging er zu dem Tor, durch das sie heute morgen gekommen waren. Es stand weit auf, und er hatte Mühe, es zu schließen. Es bedurfte keiner eingehenden Kenntnis menschlicher Schwächen, um an seinem schwankenden Gang zu sehen, daß er mehr getrunken hatte, als er vertragen konnte. Als er sich umwandte und zum Haus zurückging, sah er sie und rief ihr mit schriller Stimme einen Gruß zu.

»Haben Sie gut geschlafen, junge Freundin?« brüllte er hinauf. »Hat Ihnen die alte Hexe auch das Mittagessen gebracht?«

»Doktor –«, sie sprach durch den engen Fensterspalt zu ihm, »kann ich nicht nach unten kommen? Sie hat mich eingeschlossen.«

»Sie eingeschlossen?« Diese Feststellung schien ihm Vergnügen zu bereiten, denn er schüttelte sich vor Lachen. »Sie hat Sie sicherlich zum Spaß eingeschlossen, sie muß Angst vor Ihnen gehabt haben, meine Liebe! Das ist schon alles in Ordnung. Ich werde nach Ihnen sehen. Haben Sie wieder Stimmen gehört? Haben Sie jemand gesehen, der Ihnen folgte, als Sie umhergingen? In ein paar Tagen geht es Ihnen wieder besser.«

Diese Worte beunruhigten sie. Er hatte schon bei ihrer ersten Begegnung von geheimnisvollen Stimmen gesprochen und von Leuten, die ihr folgten. Glaubte er denn, daß sie verrückt sei? Bei diesem Gedanken lief es ihr kalt den Rücken hinunter. Sie ging zur Tür und wartete, daß er die Treppe heraufkommen sollte, aber sie vernahm nur ein weiches Tappen, und gleich darauf schnüffelte etwas an der Tür. Dann hörte sie ein leises, unterdrücktes Knurren und die harte Stimme der Frau.

»Bati, Bati hiserao! Komm herunter, du schwarze Bestie!«

Das Tier rannte die Treppe hinunter, und Lois hörte noch einen Hieb und ein scharfes Bellen. Später sah sie zwei schwarze Hunde auf dem Hof, die viel größer und stärker als Alaskahunde waren, aber viel plumper aussahen. Sie liefen umher und durchwühlten den Stallmist. Eines der Tiere knurrte mit gesträubten Haaren und zeigte ein starkes Gebiß. Sie trat schnell vom Fenster zurück. Dann klopfte sie wieder an die Tür und stampfte auf den Fußboden, aber niemand kümmerte sich um sie, und obwohl sie die Stimme des Doktors hörte und nach ihm rief, meldete er sich nicht. Ihre Lage war gefährlich, und es begann ihr langsam klarzuwerden, warum Dorn jene ungeheuerlich erscheinende Maßnahme ergriffen hatte.

Sie wußte nicht, in welcher Gegend sie sich befand, denn die Landschaft zeigte, soweit sie sehen konnte, keine besonderen Merkmale. Sie konnte nur feststellen, daß ihre Fenster nach Norden gingen, sonst war sie unfähig, die Lage des Gehöftes näher zu bestimmen.

Am Nachmittag brachte ihr die Frau Tee, aber er war schlecht zubereitet. Lizzys Tee war dagegen ein wahrer Göttertrank.

»Ich bestehe darauf, daß Sie die Tür offenlassen«, sagte Lois.

»Die Hunde würden Sie in Stücke reißen, wenn ich das täte«, erwiderte die Frau. »Man kann sie nicht halten, wenn Fremde hier sind. Horchen Sie, wie Bati jetzt bellt!«

Von der Tür kam ein Schnüffeln und Knurren.

»Willst du wohl fort, Juldi!« rief sie mit kreischender Stimme in ihrem komischen Gemisch von Englisch und Hindostani.

Lois sah sie fest an. »Ich fürchte mich nicht vor Hunden«, sagte sie bestimmt und ging zur Tür.

Aber die Frau überholte sie, faßte sie am Arm und riß sie herum.

»Sie bleiben hier und tun das, was man Ihnen sagt, oder es geht Ihnen schlecht«, rief sie drohend.

» Wo ist der Doktor? Ich muß ihn sprechen!«

»Er ist nicht da – er ist ins Dorf gegangen, um seinen Whisky zu trinken.«

Sie stieß den Hund, der durch die halboffene Tür hereinkommen wollte, mit einem Tritt zurück und schloß wieder ab.

Eine halbe Stunde saß Lois vor ihrem Essen, ohne es anzurühren, und versuchte nachzudenken. Es begann bereits zu dunkeln, als sie den zweiten dramatischen Auftritt erlebte. Sie stand am Fenster, schaute in den trostlosen Hof hinunter und dachte an Michael Dorn. Neue Hoffnung regte sich in ihr. Er würde sie finden, er würde ihr überallhin folgen, wo sie auch sein mochte. Woher ihr dieser Gedanke kam, war ihr selbst nicht ganz klar. Es war ein Geheimnis für sich, daß er ihrem Schutz seine ganze Kraft und Zeit widmete. Aber er beschäfigte sich mit ihr und er tat es sicherlich auch jetzt. Dieser Gedanke beruhigte sie, und sie vergaß die Furcht.

Plötzlich tönte vom Hof die schrille Stimme der alten Frau herauf.

»Ich sagte Ihnen doch, daß Sie diese Schüsseln waschen sollten – haben Sie das nicht getan? Wenn ich Ihnen einen Auftrag gebe, dann haben Sie ihn auszuführen! Sie alte Zuchthäuslerin!«

»Warum hält man mich hier fest?« hörte Lois eine sanfte Stimme und zitterte. »Er sagte mir doch, daß –«

»Ganz gleich, was er Ihnen sagte – waschen Sie die Schüsseln, und danach können Sie den Fußboden schrubben; wenn die Arbeit nicht in einer halben Stunde getan ist, sperre ich Sie in den Keller zu den Ratten, oder ich lasse die Hunde auf Sie los – die werden Sie in Stücke reißen. He, Bati, Mali!«

Die Hunde bellten heiser und rasselten mit ihren Ketten.

»Das tue ich nicht – das tue ich nicht!«

Da hörte Lois ein unheimliches Klatschen.

»Wenn Sie mir nicht gehorchen, werde ich Sie bis aufs Blut peitschen!«

Die beiden mußten wohl miteinander ringen. Lois blickte entsetzt hinunter. Sie sah, wie eine schwache Frau schwankte und zu Boden fiel und wie die Alte mit der Peitsche auf sie einschlug.

»Halten Sie ein!« schrie Lois heiser. Im selben Augenblick beugte sich die alte Hexe über die am Boden liegende Frau und zog sie beiseite. Lois Reddle taumelte und fiel ohnmächtig zu Boden.

Kapitel 25

Lois lag mindestens eine halbe Stunde auf dem Boden, bevor sie sich wieder rühren konnte und zu sich kam. Krank, schwach und zitternd schleppte sie sich mühsam zum Bett.

Sie fühlte sich elend und barg ihr Gesicht in den Händen, um den entsetzlichen Anblick der niedersausenden Peitsche zu vergessen und eine vernünftige Erklärung für diese Vorgänge zu finden. Immer wieder kehrten ihre Gedanken zu Michael Dorn zurück. Wer war diese andere Gefangene? Welche Rolle spielte die Gräfin bei dieser ganzen Sache? Waren die Unfälle, die sie erlebt hatte, wirklich wohlüberlegte Versuche, sie zu töten, wie Michael Dorn ihr erzählt hatte?

Als die Frau ihr das Abendessen brachte, war Lois äußerlich wieder ganz ruhig. Sie hatte eingesehen, daß es nutzlos war, die Alte zu fragen. Als sie später abräumte, brachte sie eine kleine Petroleumlampe mit und zündete sie an. Dann zog sie die zerrissenen Vorhänge vor den Fenstern zusammen. An der Tür blieb sie stehen und wünschte ihr gute Nacht.

»Wenn Sie irgend etwas wollen, stampfen Sie auf den Fußboden. Und wenn ich Ihnen einen Rat geben darf, so fragen Sie nicht nach dem Doktor, er ist schwer betrunken. Kümmern Sie sich auch nicht um die Frau da unten – die ist verrückt!«

Das waren keine beruhigenden Mitteilungen. Aber es war jedenfalls sicher, daß man sie in der Nacht nicht mehr stören würde. Sie wollte jetzt den Plan ausführen, den sie sich überlegt hatte.

In ihrer Handtasche befand sich eine kleine Nagelfeile. Die Holzbalken, die die Fenster verschlossen, waren mit Schrauben an den Fensterrahmen befestigt, und Lois vermutete, daß sie das Instrument als Schraubenzieher benutzen könnte, wenn sie die Spitze abbräche. Es fiel ihr leicht, das zu tun; als sie aber die Feile in die Kerbe der ersten Schraube einsetzte, merkte sie, daß weder das kleine Werkzeug noch ihre Kraft ausreichten, die Schraube zu bewegen. Sie versuchte es noch an einer anderen Stelle, hatte aber ebensowenig Erfolg und gab schließlich in größter Verzweiflung ihr Vorhaben auf. Sie hätte das Glas eindrücken können, aber die einzelnen Scheiben waren kaum einen Fuß breit. Und dann sah sie unten die Hunde. Sie waren durch das Geräusch, das sie machte, angelockt worden und knurrten und heulten nun vor dem Fenster.

Sie wußte nicht, was sie anfangen sollte – sie hatte nichts zu lesen bei sich. Ihre Armbanduhr war stehengeblieben, sie konnte die Zeit nur nach dem Himmel schätzen. Sie ging in dem Zimmer auf und ab, um sich nicht von Furcht übermannen zu lassen. Immer wieder wollte sie die Angst packen, und sie war versucht, laut zu schreien. Aber dann dachte sie nach. Was mochte Lizzy jetzt tun? Wo war Michael Dorn?

»Ob ich mich wohl in ihn verliebt habe?« sagte sie laut und lächelte bei dem Gedanken. Sie hätte niemals geglaubt, daß sie sich gerade in ihn verlieben würde. Lizzy nahm natürlich fest an, daß sie ihn schon immer gern gehabt habe.

Er würde sie hier finden, dessen war sie sicher. Aber wenn es ihm doch nicht gelänge? Sie seufzte schwer, schraubte die Lampe herunter, stützte die Ellbogen auf das Fensterbrett und starrte in die Dunkelheit hinaus. Irgendwo auf der anderen Seite des Hauses mußte der Mond aufgegangen sein. Sie sah das weiße, gespenstische Licht, das immer heller wurde und die düsteren Gegenstände mit seinem Silberlicht überstrahlte. Plötzlich hörte sie eilige Schritte in der Halle unten, ging schnell zum Tisch zurück und drehte die Lampe wieder hoch. Es wurde aufgeschlossen, und der Doktor kam herein. Aber er war nicht betrunken, sein Gesicht war eingefallen, und er zitterte.

»Kommen Sie hier heraus«, rief er und zog sie aus dem Zimmer und die Treppe hinunter in die Halle. »Gehen Sie schnell hinauf und machen Sie das Licht aus«, sagte er zu jemand in der Dunkelheit. Die Frau erschien aus irgendeiner Ecke und eilte hinauf.

»Was ist los, Doktor? Ist etwas –«

»Wollen Sie wohl ruhig sein!« zischte er. »Haben Sie das Licht ausgemacht?«

»Ja«, erwiderte eine verdrießliche Stimme von der Treppe her. »Warum sollten wir uns denn fürchten? Sie waren betrunken und haben geträumt.«

»Ich schlage Ihnen den Schädel ein, wenn Sie noch mal so reden«, sagte er ohne Erregung. »Ich sah ein Auto über den Hügel herüberkommen. Es hielt direkt vor dem Haus. Denken Sie denn, ich bin blind? Gehen Sie in mein Zimmer hinauf, da können Sie die Scheinwerfer sehen. Es stieg einer aus und ging die Mauer entlang. Dann konnte ich ihn nicht mehr entdecken.«

Lois' Herz schlug so wild, daß sie beinahe erstickte.

»Wo ist er jetzt?« fragte die Frau.

»Mund halten!«

Es folgte ein schreckliches, langes Schweigen, das nur von dem entfernten Heulen der Hunde unterbrochen wurde.

»Jetzt ist er hinten!«

Der Doktor hielt noch immer Lois' Arm fest und schüttelte sie leicht.

»Wenn Sie brüllen oder sonst etwas tun, schneide ich Ihnen die Kehle durch! Ich tue auch, was ich sage – haben Sie verstanden?«

»Warum haben Sie sie denn nicht oben gelassen?« brummte die Frau.

»Weil ich sie hier bei mir haben will. Holen Sie mein seidenes Taschentuch, es liegt in meinem Studierzimmer. Bringen Sie mir auch die Eisen – ich will sicher sein.«

Die Frau verließ das Zimmer und kam bald wieder zurück. Plötzlich fühlte Lois, wie er ihr einen Knoten des Taschentuchs in den Mund steckte und es hinter ihrem Kopf festband.

»Wehren Sie sich nicht, es geschieht Ihnen nichts – nur wenn Sie schreien. Geben Sie mir die Eisen.«

»Hier sind sie«, sagte die Frau.

Er ergriff ihre Handgelenke und drehte sie auf den Rücken. Im nächsten Augenblick war sie gefesselt.

»Setzen Sie sich hierher!« Er stieß sie auf einen Stuhl. Dann fühlte er, ob der Knebel richtig saß, und brummte zufrieden.

»Hören Sie! Es klopft.«

Tap, tap, tap, tap!

Geräuschlos gingen die beiden auf den dunklen Hof.

»Wer ist da?« rief die Frau.

Dann hörte Lois eine Stimme, die sie auffahren ließ.

»Ich möchte den Hausherrn sprechen«, sagte Michael Dorn.

Kapitel 26

Es war ein unglückliches Zusammentreffen, daß Michael Dorn gleich von zwei privaten Flugstationen in der Nähe Londons die Nachricht erhielt, daß am frühen Morgen Flugzeuge aufgestiegen waren. Noch schlimmer war es aber, daß er zuerst der Mitteilung aus Cambridgeshire nachging. Durch das Telefon konnte er keine ausreichende Aufklärung erhalten. Erst als er in Morland ankam, erfuhr er, daß der Passagier ein Student aus Cambridge war, der telegrafisch nach Hause gerufen worden war, weil seine Schwester schwer krank lag. Er war nach Cornwall geflogen.

»Ich war leider nicht im Büro, als Sie anriefen«, sagte der Kommandant des Flugplatzes. »Sonst hätte ich Ihnen das alles schon vorher gesagt.«

»Schade«, entgegnete Michael, »aber daran läßt sich nichts mehr ändern.«

Er ging zu seinem Wagen zurück und studierte die Karte. Von Whitcomb war er hundertsieben Meilen entfernt, und die Straßen, die er benutzen mußte, waren nicht die besten. Außerdem hatte er während der ersten zwanzig Meilen zwei Defekte an der Bereifung. Bis der Schaden repariert war, hatte er beinahe eine Stunde Tageslicht verloren. Der schlechteste Teil des Weges lag noch vor ihm, und es war durchaus nicht sicher, daß er der Auffindung der Gesuchten auch nur um einen Schritt näher kam, selbst wenn er sein Ziel noch erreichte.

Während er in Market Silby auf den Wechsel des Reifens wartete, studierte er die kleine Zeittafel, die er sich zusammengestellt hatte. Lois war um zwei Uhr morgens aus dem Polizeirevier entführt worden, wie er festgestellt hatte. Um acht Uhr – sechs Stunden später – hatte Chesney Praye von Paris aus telegrafiert. Wenn er mit einem Privatflugzeug in der Nähe Londons aufgestiegen war, so dauerte es mindestens zwei Stunden, bis er die französische Hauptstadt erreichte. Er mußte etwa gegen fünf Uhr abgeflogen sein. Zwischen zwei und fünf Uhr morgens lag also die unbekannte Fahrt. Lois mußte an einen Ort gebracht worden sein, der anderthalb bis zwei Stunden von der Hauptstadt entfernt war. Wenn seine Annahme wegen des Flugzeuges richtig war, wurde sie an einem Platz zurückgehalten, der vom Flugplatz nicht mehr als zwanzig Meilen entfernt lag, wenn Chesney Praye ein Auto benutzt hatte, dagegen sechs oder sieben Meilen, wenn er den Weg in einem Pferdewagen zurückgelegt hatte oder zu Fuß gegangen war.

Der Flugplatz in Cambridge hätte seinen Voraussetzungen am besten entsprochen, aber auch Whitcomb an der Grenze von Somerset war denkbar. Er erreichte den Flugplatz gegen Abend, gerade als der Kommandant nach Hause gehen wollte. Michael Dorn gab sich zu erkennen, und seine Befugnisse hatten doch mehr amtlichen Charakter, als Lady Moron annahm. Dann ging er mit dem Kommandanten in das Büro.

»Der Herr, der heute früh abflog, hieß Stone. Gestern abend spät hat er von London aus angerufen, daß wir eine Maschine für ihn bereithalten sollten, die ihn nach Paris brächte. Heute morgen kam er zeitig hier an.«

Er beschrieb den Reisenden so genau, daß Michael glaubte, Chesney Praye leibhaftig vor sich zu sehen.

»Das wäre die Persönlichkeit«, sagte er. »Wie kam er hierher? Hatte er ein Auto?«

»Nein – er kam in einem kleinen Wagen bis zur Abgrenzung des Platzes und ging den Rest zu Fuß.«

»Kam er in einem Pferdewagen? Wer hat das Gefährt gelenkt?«

»Das kann ich Ihnen nicht sagen. Die Entfernung war zu groß, als daß ich jemand hätte sehen können. Auch kenne ich nur wenig Leute hier in der Umgebung.«

Dorn überlegte einen Augenblick.

»Aber vielleicht können Sie mir die Stelle zeigen, wo er den Wagen verließ.« Plötzlich kam ihm ein Gedanke. »Haben Sie eine Generalstabskarte von dieser Gegend?«

Der Kommandant konnte ihm eine solche Karte zeigen und ihm sogar genau die Stelle angeben, wo der Passagier aus dem Wagen gestiegen war. Michael fuhr den Weg mit dem Finger nach und begann dann nach einem Gehöft zu suchen.

»Das ist der Wohnsitz Lord Kelvers' -- zufälligerweise kenne ich ihn, ich war schon dort. Dies ist das Haus eines Rechtsanwalts.« Michael deutete auf eine andere Stelle. »Hier geht die Straße nach Ilfey Village, da liegt ein Gasthaus, der ›Rote Löwe‹. Von dorther hätte er kommen können.« Aber Michael lehnte die Möglichkeit ab, daß Chesney sich so dicht in der Nähe aufgehalten hätte.

»Was ist hier?« Er zeigte mit dem Finger auf einen Punkt der Karte, aber der Kommandant schüttelte den Kopf. »Ich kann mich auf den Namen nicht besinnen, vielleicht weiß einer von den Mechanikern, wie der Platz heißt.«

Er ging hinaus und kam mit einem Werkmeister zurück, der sich über die Karte beugte.

»Das ist Gallows Farm«, sagte er gleich. »Ein ganz altes Gehöft. Steht schon seit Jahrhunderten dort. Ich kann nicht sagen, wie der Besitzer jetzt heißt, aber es ist kein Landwirt – wenigstens habe ich noch niemals gesehen, daß Vieh ausgetrieben wurde.«

Michael rief das nächste Polizeirevier an, gab sich zu erkennen und fragte nach dem Besitzer von Gallows Farm. Er mußte einige Zeit warten, bis man die nötigen Unterlagen herausfand.

»Das Gehöft wurde vor zwölf Monaten an einen Mr. – verpachtet.« Er hörte einen Namen, den er nicht kannte. »Außer diesem Herrn und seiner Haushälterin wohnt niemand dort.«

Das war gerade keine glänzende Auskunft, aber Michael ließ sich nicht verblüffen. Wieder studierte er die Karte, und nach einiger Überlegung kam er zu dem Schluß, daß Gallows Farm das einzige Anwesen in der Nachbarschaft sein konnte, das irgendwie in Betracht kam. Er aß schnell etwas in dem Restaurant des Flughafens. Es wurde schon dunkel, als er den Platz überquerte und die Straße entlangfuhr, die Chesneys Wagen gekommen war. Als er über die Kuppe des Hügels fuhr, tauchten die Umrisse des Gehöftes undeutlich in dem Licht seiner hellen Scheinwerfer auf, er konnte aber kein Licht oder irgendein Anzeichen von Leben in dem Haus erkennen. Die graue, häßliche Mauer war oben mit Glassplittern bedeckt, und das Tor, das zur Straße lag, war fest verriegelt.

Er ging zu seinem Wagen zurück, holte seine elektrische Taschenlampe und setzte seine Nachforschungen fort. Das Gehöft lag an dem Abhang des Hügels, und er mußte weiter hinuntersteigen, um auf die Rückseite zu kommen. Hier war eine größere und leicht verschlossene Tür zu sehen. Als er zu öffnen versuchte, hörte er drinnen wütendes Bellen und Kettenrasseln. Er horchte gespannt auf. Das Hundegebell kam ihm bekannt vor. Es war nicht das tiefe Bellen von Bulldoggen oder das helle Gekläff eines Terriers, sondern das Geheul, das er in früheren, längst vergangenen Nächten in indischen Dörfern gehört hatte.

»Wenn das keine indischen Paria sind, habe ich nie welche gehört«, sagte er vor sich hin und setzte seinen Weg fort.

Von dem Abhang auf der Rückseite des Hauses konnte er die oberen Fenster des niedrigen Gebäudes sehen. Dann ging er wieder nach vorn und klopfte an das dicke, schwarze Holztor.

Das Heulen der Hunde mußte jemanden aufgeweckt haben, denn gleich darauf hörte er die scharfe Stimme einer Frau: »Wer ist da?«

»Ich möchte den Hausherrn sprechen«, sagte er.

»Sie können ihn jetzt nicht sprechen – er ist schon zu Bett gegangen.«

»Dann will ich Sie sprechen. Öffnen Sie das Tor.«

Ein Schweigen folgte, dann sagte die Frau plötzlich: »Machen Sie, daß sie fortkommen, oder ich rufe die Polizei an.«

Die Pause verriet dem scharfsinnigen Detektiv, daß noch jemand anders zugegen war, der mit der Frau im Flüsterton sprach.

»Wollen Sie bitte Ihrem Herrn sagen, der schon zu Bett liegt, aber vermutlich noch nicht schläft, daß ich über die Mauer klettere, wenn Sie nicht öffnen?«

Diesmal schien die Frau auf keine Anweisung zu warten.

»Wenn Sie sich unterstehen, das zu tun, werde ich die Hunde auf Sie hetzen!« schrie sie.

Sie lief über das holprige Pflaster des Hofes, und gleich darauf ertönte das Geheul der Hunde, die vor ihr herstürmten.

»Werden Sie nun endlich machen, daß Sie fortkommen? Wenn ich das Tor öffne, werden sie Ihnen das Herz aus dem Leibe reißen, ek dum!«

Michael Dorn stieß unwillkürlich einen Ruf aus. Ek dum? Das war ein indischer Ausdruck. Wer konnte ihn gebrauchen?

»Ich denke, es ist besser, daß du mich einläßt, meine Schwester«, sagte er in Hindostani.

Es kam nicht sofort eine Erwiderung, aber Michael hörte deutlich, daß jemand energisch und eindringlich flüsterte.

»Ich weiß nicht, was Sie mit Ihrem fremden Kauderwelsch wollen«, antwortete die Frau dann heiser. »Gehen Sie endlich fort, sonst werden Sie es noch bereuen.«

Michael leuchtete mit seiner Lampe den oberen Rand des Tores ab und sah eine Reihe von rostigen Eisenspitzen. Sollte er es wagen? Aber es konnten ja redliche Leute sein. Es war nichts Außergewöhnliches, daß eine Frau ein paar indische Worte gebrauchte. Ihr Mann mochte ein Soldat gewesen sein, der früher in Indien gedient hatte, und sie hatte einige Redensarten von ihm aufgeschnappt.

»Seien Sie doch nicht so argwöhnisch und lassen Sie mich herein. Ich möchte nur ein paar Fragen an Sie stellen.« Es kam ihm ein guter Gedanke. »Ich komme nämlich von Chesney Praye.«

Es folgte ein langes, tiefes Schweigen, so daß er dachte, die Leute seien fortgegangen. Aber plötzlich sprach die Frau wieder.

»Wir kennen keinen Chesney Praye.«

»Wir? Wer ist denn Ihr Freund?« fragte Michael, aber er erhielt keine Antwort mehr.

Die Haustür wurde laut zugeworfen. Hinter dem Tor heulten und bellten die Hunde, und als er seine Fußspitzen vorsichtig zwischen den Boden und die Tür schob, hörte er das böse Schnappen und lächelte im Dunkeln.

Gleich darauf vernahmen sie drinnen im Haus von dem oberen Fenster aus das Geräusch des abfahrenden Autos. Der helle Schein der beiden Lampen zeigte ihnen, daß er sich in der Richtung nach London entfernte.

Lois Reddle packte Verzweiflung, und sie warf sich schluchzend auf ihr Bett.

Kapitel 27

Zwei Stunden waren nach Michael Dorns Abfahrt vergangen. Dr. Tappatt saß in seinem Wohnzimmer, hatte die Ellbogen auf die Knie gestützt und sein dickes Gesicht in die Hände vergraben. Neben ihm stand ein halbgefülltes Whiskyglas. Er starrte düster ins Feuer, das Sommer und Winter für ihn brannte, seitdem er aus Indien zurückgekommen war. Früher hatte er einen berühmten Namen in der medizinischen Welt besessen, aber ein unglücklicher Vorfall trieb ihn von Edinburgh fort, wo er, obwohl er noch jung war, eine glänzende Praxis gehabt hatte. So war er nach Indien gekommen, aber auch dort hatte er einen schweren Stand. Ihm war nichts als seine sicherlich großen wissenschaftlichen Kenntnisse, seine geringen Ersparnisse und seine Vorliebe für guten Wein geblieben. Eine Zeitlang war er der Leibarzt eines indischen Fürsten, dann gründete er in einem bösen Augenblick ein Sanatorium für geisteskranke, reiche Inder.

Wenn nicht seine immer mehr zunehmende Trunksucht gewesen wäre, hätte er sich nach einigen Jahren angestrengter Tätigkeit mit einem Vermögen zurückziehen können, von dessen Zinsen er für den Rest seines Lebens sorglos hätte leben können. Aber Dr. Tappatt hatte böse Einfälle, die sich leider auch bei der Führung der Anstalt bemerkbar machten. Er mußte die Nordwestprovinzen in größter Eile verlassen und ließ sich in Bengalen nieder, wo er eine neue Anstalt gründete. Aber bald passierten auch hier merkwürdige Geschichten. Die Verwandten der Patienten zeigten ihn bei Gericht an, daß er Angehörige in der Anstalt festhielt oder verschwinden ließ, weil andere Leute daran interessiert waren. Schließlich wurde die Anstalt geschlossen, und er zog nach dem Pandschab.

Sein glänzender Verstand war durch den Konflikt mit den Behörden nur noch schärfer geworden; denn Strategie ist die Kunst, die Absichten seines Feindes genau zu erkennen.

Während er in die Flammen schaute, dachte er über die Charaktereigentümlichkeiten Michael Dorns nach, und er kam zu ganz bestimmten Schlüssen. Die Haushälterin war schon lange zu Bett gegangen und lag in festem Schlaf, als er den Gang entlangschlürfte und an ihre Tür klopfte.

»Kommen Sie heraus, ich will mit Ihnen sprechen.«

Er hörte sie schimpfen und ging zu seinem Studierzimmer zurück. Während er wartete, blickte er aufs Telefon und war versucht, die Hand nach dem Hörer auszustrecken. Aber er wußte, daß er die Person, die er anrufen wollte, nicht gut noch einmal stören durfte. Er hatte bereits seinen Bericht durchgegeben. Sein Plan war gut, und wenn er sich in der Beurteilung Michael Dorns auch täuschen sollte, konnte die Sache doch nicht weiter schlimm werden.

Als die Frau blinzelnd eintrat und ihr Kleid zuknöpfte, ließ er sie in einem Stuhl Platz nehmen und sprach ungefähr eine halbe Stunde mit ihr.

Sie war ärgerlich und machte viele Einwendungen, aber er beachtete sie nicht.

»Ich habe die letzten beiden Nächte kaum geschlafen«, beklagte sie sich, »und ich sehe gar nicht ein, warum –«

»Sollen Sie denn überhaupt etwas einsehen?« fuhr er sie an. »Sie haben zuzuhören – verstanden?«

Fast zwanzig Jahre lang diente sie ihm und fürchtete nur ihn. Nachdem sie vergeblich gemurrt hatte, fing sie an zu weinen. Da schickte er sie unwillig aus dem Zimmer.

Um sieben Uhr morgens hüllte sich Dr. Tappatt in einen dicken, wollenen Mantel, denn er fröstelte in der kühlen Morgenluft. Dann zog er die Jalousien hoch und öffnete die Fenster des Wohnzimmers. Nachdem er auf einem Rundgang das Haus noch einmal inspiziert hatte, legte er Holzklötze aufs Feuer, nahm zwei große Stücke Fleisch und trug sie den Hunden hinaus, die ihn mit heiserem Gebell empfingen. Er ließ sich Zeit und hatte eine teuflische Freude daran, sie möglichst lange warten zu lassen. Als er sich umgesehen hatte, ging er zu der Vordertür des Gehöftes, drehte den Schlüssel um, schob die Riegel zurück und öffnete. Gerade im Eingang ihm gegenüber stand ein Mann. Der Doktor war verblüfft.

»Guten Morgen, Dr. Tappatt«, sagte Michael Dorn. »Ich dachte mir schon, daß ich Sie sehen würde, wenn ich nur früh genug zur Stelle wäre.«

»Großer Gott!« rief Tappatt. »Das ist ja ein unerwartetes Vergnügen, Mr. Dorn!«

»Ich freue mich, daß Sie so denken – hat Miss Reddle gut geschlafen?«

Der Doktor runzelte die Stirn.

»Miss Reddle? Wer ist denn das? Ach so – das war doch die nette, junge Dame, die ich im Haus der Gräfin von Moron traf – was fragen Sie mich da für sonderbares Zeug!«

»Sie haben mich nicht einmal hereingebeten – Sie haben wohl die alte anglo-indische Gastfreundschaft vollständig vergessen?« sagte Michael spöttisch.

Tappatt stand mit vorgebeugtem, rot aufgedunsenem Gesicht in der Tür und hatte die Hände in den Taschen vergraben.

»Ich kann mich nicht besinnen, Dorn, daß wir gerade sehr gute Freunde waren. Wir hatten doch im Gegenteil verschiedene recht unangenehme Auseinandersetzungen!«

»Trotzdem – entweder laden Sie mich ein oder –«

»Oder?« wiederholte der Doktor.

»Oder ich lade mich selbst ein. Ich habe so einen ganz besonderen Wunsch, mich einmal in Ihrem kleinen Haus umzusehen.«

Ein Grinsen ging über das häßliche Gesicht Dr. Tappatts.

»Kommen Sie mit oder ohne Erlaubnisschein von der Polizei, mein Haus zu durchsuchen?« fragte er höflich.

»Im Augenblick habe ich noch keinen, aber Sie und ich sind doch zwei alte Gesetzesübertreter, Tappatt, wir haben uns beide nie viel Sorgen um Formalitäten gemacht.«

Inzwischen war er durch das Tor gegangen, aber merkwürdigerweise schien er sich nicht um die Hunde zu kümmern. Tappatt sah es, und es kam eine plötzliche Bewegung in ihn.

Er hatte früher, als Dorn noch ein höherer Polizeibeamter war, öfter böse Zusammenstöße mit ihm gehabt und dabei fast immer den kürzeren gezogen.

»Ich kann Ihnen nicht widerstehen«, sagte er und öffnete die Haustür. »Treten Sie ein.«

Er brauchte Michael nicht zweimal einzuladen. Sorglos ging er in das Haus und wandte sich gleich dem Studierzimmer zu, als ob er schon früher hier gewesen wäre. Der Doktor folgte ihm.

»Nun, was wünschen Sie denn?«

»Ich möchte das Grundstück durchsuchen. Ich bin nämlich auf der Spur der Mrs. Pinder und ihrer Tochter, Lois Margeritta Reddle, und ich vermute, daß sie gewaltsam hier zurückgehalten werden.«

Tappatt schüttelte den Kopf.

»Ich fürchte nur, Sie sind auf einer ganz falschen Fährte. Keine von diesen beiden Damen bewohnt mein Haus. Im Augenblick habe ich keine Patienten.«

»Sie haben ja auch gar nicht die Erlaubnis dazu«, sagte Michael. »Ich habe mir die Mühe genommen, die Akten durchzulesen. Man kann sie sogar mitten in der Nacht bekommen – ich fürchtete schon, daß eine Behörde mit zu kurzem Gedächtnis Ihre verschiedenen schweren Vergehen übersehen und vergessen hätte, und ich freute mich, daß Ihre Akten auch hier vollständig vorhanden sind.«

»Ich habe noch kein Gesuch eingereicht«, erwiderte Tappatt kurz. Jede Frage nach seinem Beruf berührte bei ihm einen wunden

Punkt. »Ich sehe nicht ein, warum ich Ihnen erlauben sollte, mein Haus zu durchsuchen«, fuhr er fort. »Sie haben ebensowenig amtliche Autorität als Detektiv, wie ich die Erlaubnis habe, eine Anstalt für Geisteskranke zu führen. – Sie können ja meinethalben hier anfangen – sehen Sie doch unter den Tisch oder unter das Sofa.« Er wurde sarkastisch. »Es ist ja möglich, daß ich irgendeinen Unglücklichen verborgen habe!«

Dorn verließ das Zimmer, ging den Gang entlang, blieb vor einer Tür stehen, die gleich neben der Treppe lag und drückte die Klinke herunter.

»Das ist das Zimmer meiner Haushälterin.«

»Wo ist sie jetzt?« fragte Michael.

»Sie ist in der Küche.«

Michael trat in das Zimmer, zog die Vorhänge auf und sah sich um. Seine Gemütsverfassung war nicht zu erkennen. Die Willfährigkeit aber, mit der Dr. Tappatt ihm die Erlaubnis gab, das Haus zu untersuchen, schien ihm verdächtig. Die Sache entwickelte sich anders, als er erwartet hatte.

»Oben sind noch zwei Räume – wollen Sie die vielleicht auch sehen?«

Dorn nickte und folgte dem Doktor auf dem Fuße.

»Diesen Raum würde ich als Krankenzimmer benützen, wenn ich das Glück hätte, Patienten zu bekommen.«

Er stieß die Tür zu dem Zimmer auf, in dem Lois sich aufgehalten hatte. Es war leer, die Bettbezüge waren von den Betten abgenommen und die Bettücher sorgfältig am Fußende zusammengelegt. Michael ging in den Raum, sah sich auch in dem Badezimmer um, untersuchte die Fenster und kam wieder heraus, ohne ein Wort zu sagen. Die meisten Frauen haben ein bestimmtes Parfüm, das sie stets gebrauchen. Er wußte, daß Lois stets ein wenig Lavendel nahm – hier hatte er, allerdings nur ganz schwach, denselben Duft wahrgenommen.

Das Zimmer gegenüber war weniger bequem eingerichtet und stand auch leer. Er wußte, daß zwischen der Decke und dem Dach nur wenig Platz war und daß man dort nur jemand unterbringen konnte, der selbst ein Interesse daran hatte, nicht aufgefunden zu werden.

Er begnügte sich deshalb mit einer ganz kurzen Untersuchung.

Der andere Flügel des Hauses war kaum bewohnbar. An manchen Stellen schaute der Himmel durch große Lücken im Dach, und die Balkenlage des oberen Geschoßes war durch Regenwasser und Feuchtigkeit vollkommen verfault. Der Verfall war schon so weit fortgeschritten, daß nicht einmal ein Kind ohne Gefahr den Fußboden hätte betreten können.

»Wohin kommt man da?« fragte Michael, als er auch das Untergeschoß des zerfallenen Teiles besichtigt hatte. Er zeigte auf eine Treppe, die nach unten führte.

»Das ist eine Art Keller – Sie können hineingehen«, sagte Tappatt gleichgültig.

Michael stieß die Tür auf und trat in einen kleinen Raum. Ein wenig Luft und Licht wurde durch ein Gitter in der Wand eingelassen, sonst war kein Fenster oder irgendeine Öffnung vorhanden. Nur in der Tür bemerkte er ein Guckloch. Mit seiner Taschenlampe leuchtete er den Raum ab und entdeckte in der einen Ecke eine alte Bettstelle und einen einfachen Waschtisch. Er trat an das Lager, drehte die zusammengefalteten Bettücher um und kam dann wieder nach oben an das Tageslicht. »Ein luftiger Raum!« sagte er trocken. »Ist das auch ein Krankenzimmer?«

»Mancher arme Kerl, der draußen kampieren muß, wäre froh, wenn er einen solchen Raum hätte«, entgegnete Dr. Tappatt.

Michael zeigte seine Zähne und lächelte grimmig.

»Sind Sie jemals im Gefängnis gewesen, Tappatt? Vermutlich nicht«, sagte er, als er die Treppe wieder hinaufstieg.

Niemand wußte besser als Dorn, daß der Doktor mehrere Male der Verurteilung nur mit knapper Not entgangen war. Aber er wollte ihm auf diese Weise eine Warnung geben.

»Ich hatte nicht diesen Vorzug.«

»Noch nicht«, sagte Dorn. »Die Zellen in Dartmoor sind bedeutend gesünder als dieses schwarze Loch hier im Keller – wie Sie sich überzeugen können. Viel frische Luft und viel Licht, und das Essen ist auch gut.«

Tappatt schluckte ärgerlich, aber er sagte nichts.

»Was ist hier drin?« Dorn blieb vor einem verschlossenen Schuppen stehen.

»Ein Auto, das einem meiner Freunde gehört – wollen Sie es sehen?«

»Ach, das ist der blaue Buick!«

»Ja, es ist ein Buick.«

»Der ist gestern abend hier eingestellt worden?«

Tappatt lächelte und schüttelte den Kopf.

»Er ist schon eine ganze Woche hier. Manchmal sind Sie auch etwas zu schlau.«

»Kann ich ihn sehen?« fragte Dorn.

Der Doktor ging zum Haus zurück, um den Schlüssel zu holen, während Michael schnell die übrigen Gebäude besichtigte. Die beiden Hunde bellten furchtbar, als er in ihre Nähe kam, rissen an ihren Ketten, so daß es schien, als ob sie sich erwürgen wollten. Als der Doktor zurückkam, untersuchte Dorn gerade das hintere Tor und seine nähere Umgebung. Der Boden war hart, und er konnte keine Fußspuren entdecken; selbst das Auto hatte keine Eindrücke hinterlassen.

»Hier ist der Schlüssel.«

»Ich glaube nicht, daß der Wagen mich noch interessiert«, sagte Dorn langsam. »Ich kenne ihn ja sehr gut und den Eigentümer noch besser.« Er schaute sich wieder um. »Aber ich sehe die Haushälterin nirgends.«

»Sie wird ins Dorf gegangen sein, um für die Küche einzukaufen.«

Michael zog langsam ein goldenes Etui aus seiner Tasche, nahm eine Zigarette heraus, zündete sie an und warf das noch brennende Streichholz den Hunden zu. Hierdurch wurde ihre Wut aufs neue angestachelt.

»Nehmen Sie sich bloß vor den Tieren in acht«, warnte ihn der Doktor. »Man darf nicht mit ihnen spaßen oder sie zu sehr ärgern. Ich wüßte nicht, was sie mit Ihnen machen würden, wenn sie sich losrissen – selbst wenn ich dabeistünde.«

»Die Hunde müßten sich im Gegenteil vor mir sehr in acht nehmen«, sagte Dorn. »Ich habe während meiner Dienstzeit in Indien mehr Pariahunde getötet als irgendein anderer Polizeioffizier.«

»Die hätten sie eher geschnappt, als Sie nur den Finger rühren könnten«, erwiderte Tappatt ärgerlich.

Dorn lächelte und streckte seine Hand gerade aus.

»Sehen Sie das?« fragte er. »Passen Sie mal auf.«

Wie es kam, konnte Tappatt nicht sehen oder sich auch nur im mindesten erklären, aber obwohl Dorn die Hand nicht bewegt hatte, hielt er plötzlich eine kurze, schwerkalibrige Browningpistole in der Hand.

»Wie haben Sie das bloß gemacht?« staunte er. »Sie hatten sie schon immer in der Hand –«

»Nein – die Pistole kam aus meiner Tasche«, lachte Michael. Er liebte es, durch seine Taschenspielerkunststückchen anderen Furcht einzujagen.

»Ich möchte schwören, daß sie nicht in Ihrer Tasche war!«

»Passen Sie auf!«

Wieder streckte er die Hand mit der Pistole aus. Eine unauffällige Bewegung – ob nach oben oder nach rückwärts, konnte Tappatt nicht sagen –, und die Pistole war wieder verschwunden.

»Da ist eben ein Trick dabei«, sagte Dorn gleichgültig. »Und wenn Sie die Hundesprache sprechen können, dann erklären Sie Ihren Bestien, daß sie mich besser in Ruhe lassen. Aber ich erinnere mich – Hundehetzen ist doch immer Ihre Spezialität gewesen? War nicht in Bengalen einmal ein großer Skandal wegen eines Patienten, der von den Hunden zerrissen wurde?«

Der Doktor schaute zur Seite.

»Warum liegen eigentlich die Hunde jetzt an der Kette?«

»Ich habe sie meistens angeschlossen.«

»Aber letzte Nacht waren sie doch frei – Sie wissen ja, daß ich mich in der Nähe aufgehalten habe. Dagegen waren sie heute morgen um vier Uhr wieder festgemacht, und das scheint doch nicht die richtige Zeit zu sein, sie an die Kette zu legen. Warum haben Sie das getan?«

Tappatt schwieg. Dorn war um vier Uhr morgens zurückgekommen! Er hatte also die Menschen nicht mehr gesehen, die Gallows Farm verließen und querfeldein gingen.

»Soll ich Ihnen sagen, warum?« fragte Dorn wieder.

»Sie haben ja ein außerordentliches Bedürfnis, mir Mitteilungen zu machen«, knurrte der Doktor.

»Sie haben die Hunde an die Kette gelegt, weil Sie die beiden Frauen in der vergangenen Nacht aus dem Haus geschafft haben. Sie mußten über den Hof gehen, und das konnte nur geschehen, wenn die Hunde nicht frei umherliefen. Bitte sagen Sie es, wenn ich nicht recht habe. Sie sind hier auf diesem Weg hinausgegangen, und auf diesem Weg werden sie auch zurückkommen.«

Dr. Tappatts Gesicht wurde lang. Das war eine Entwicklung zu seinen Ungunsten. Er hatte erwartet, daß Dorn sich mit der Durchsuchung zufriedengeben und dann das Gehöft wieder verlassen würde. Sein Plan klappte nicht so, wie er gedacht hatte.

»Sie können mich zum Frühstück einladen – ich bleibe so lange, bis die beiden Frauen zurückkommen.«

»Ich schwöre Ihnen, daß ich nichts von den Frauen weiß, von denen Sie da fabeln«, protestierte Tappatt heftig. »Sie irren sich, Dorn, außerdem haben Sie überhaupt kein Recht hier zu sein – das weiß ich!«

»Ich irre mich niemals«, sagte Dorn herausfordernd, »und ich habe volle Berechtigung, hier zu sein und zu bleiben. Es ist die erste Pflicht eines Staatsbürgers, Verbrechen zu vereiteln, und die erste Pflicht eines Gastgebers ist es, seinen Gast einzuladen, wenn er hungrig ist. Nun laden Sie mich eben zum Frühstück ein und während des netten Essens will ich Ihnen dann noch verschiedenes erzählen, was Sie sehr interessieren und belustigen wird.«

Tappatt schaute verwirrt zur Seite. Jetzt saß er in der Falle. Seine List hatte nicht nur versagt, sondern sich sogar gegen ihn selbst gekehrt. Dorn beobachtete ihn unauffällig von der Seite und bemerkte, daß er schwer atmete. Mit Befriedigung sah er, daß er ihm einen Schrecken eingejagt hatte.

»Sie können nicht hier bleiben. Ich kann Sie nicht gebrauchen«, rief Tappatt ärgerlich. »Diese wahnsinnige Geschichte, daß zwei Frauen in meinem Haus sein sollen, ist irgendeine Mondscheinphantasie von Ihnen. Das wissen Sie auch ganz genau. Ich gebe Ihnen eine Minute Zeit, das Gehöft zu verlassen! Denken Sie doch ja nicht, daß ich mich von Ihnen bluffen lasse!«

Michael lachte leise.

»Nun, was wird denn passieren, wenn ich nicht fortgehe? Wollen Sie zur Polizei schicken? Damit wäre doch der Polizei die Möglichkeit gegeben, einmal die ganze Gegend gründlich abzusuchen und Sie zu überführen. Denken Sie doch nur an den scharfen Polizeikommissar, der damals Ihre Anstalt in den Nordwestprovinzen in Indien schloß. Sie wären damals fünf Jahre ins Delhi-Gefängnis gesperrt worden, wenn sich die Regierung etwas schneller entschlossen hätte. Holen Sie nur die Polizei, mein Lieber, das wird ja für Sie eine große Reklame werden.«

Tappatt hatte wirklich nicht die Absicht, das zu tun. Für ihn war die Polizeitruppe keine öffentliche Einrichtung, die er brauchen konnte. Da er selbst einen scharfen Verstand besaß, glaubte er sich über die Polizei lustig machen zu können.

»Na ja«, brummte er endlich, »kommen Sie herein. Aber Sie werden ja sehen, daß Sie sich bei der Geschichte mit den Frauen geirrt haben.«

»Wir wollen auch nicht weiter darüber reden«, sagte Michael mit einer freundlichen Handbewegung.

Kapitel 28

Michael Dorn konnte wirklich zufrieden sein mit diesem Teilerfolg. Aber er war ein nüchterner Kopf, der Eier nicht als Hühner rechnete. Auch unterschätzte er nicht die Schlauheit dieses ränkevollen Mannes, mit dem er hier zu tun hatte.

Die Gedanken des Doktors arbeiteten schnell, und ein volles Glas Whisky half ihm. Er hatte seine volle Denkkraft und Leistungsfähigkeit immer erst erreicht, wenn er ein Anregungsmittel zu sich genommen hatte. Dorn wollte also vorläufig in seinem Haus bleiben. Es kamen ihm allerhand Gedanken, wie er sich dieses unliebsamen Besuchers entledigen könnte, aber er verwarf sie alle wieder.

»Sagen Sie mir, wo der Kaffee steht, und ich werde ihn selbst kochen«, sagte Dorn. »Seien Sie nicht böse, wenn ich ein wenig argwöhnisch bin, aber die Ärzte haben eine unheimliche Kenntnis gewisser Drogen und Gifte, und ich würde nicht gern aus dem einen oder anderen Grund hier einschlafen, nur weil Sie die Möglichkeit hatten, mir etwas in mein Getränk zu gießen.«

Er ging in die Küche, machte Feuer und setzte den Wasserkessel auf. In einer Schublade des Schranks fand er eine Schachtel Keks und eine Büchse Kondensmilch – die Zutaten zum Frühstück hatte er schon beisammen. Er kannte den Doktor nur zu gut. Er hatte durch seine Bemerkung Tappatts Gedanken in bestimmter Richtung in Bewegung gesetzt. Würde er wohl den ihm angedeuteten

Schritt tun oder würde er anders handeln, als der Detektiv vermutete?

Im Arbeitszimmer lag der Doktor zusammengerollt in seinem Sessel vor dem Feuer und schmiedete Pläne. Merkwürdigerweise hatte er nicht an ein Betäubungsmittel gedacht, bis Dorn die Bemerkung machte. Er hörte, wie Michael draußen vor sich hinpfiff, erhob sich leise, ging zu seinem Pult und suchte unter den Medizinflaschen, die in verschiedenen Schubladen untergebracht waren. Er fand auch sofort, was er suchte.

Aus einer Glashülse nahm er eine kleine, graue Pille, ließ sie in seine flache Hand gleiten und stellte das kleine Fläschchen wieder an seinen Platz. Dann zog er die Jalousie wieder vorsichtig über den Schreibtisch und schloß ihn ab. Es war möglich, daß er keine Gelegenheit finden würde, das Betäubungsmittel zu gebrauchen. Aber selbst ein Mann wie Dorn, der so sehr auf seine eigene Sicherheit bedacht war, hatte manchmal seine schwachen Momente, in denen er die nötige Vorsicht außer acht ließ. Er klemmte die Pille zwischen den zweiten und dritten Finger seiner linken Hand und setzte sich wieder an den Kamin. Michael Dorn fand ihn dort, als er mit dem fertigen Kaffee hereinkam. Tassen, Teller und alles nötige Zubehör trug er auf einem Tablett, die Schachtel mit Keks hatte er unter dem Arm.

»Es ist am besten, wenn Sie mir gleich die Zeit mitteilen, in der Sie unsere Freundinnen zurückerwarten, oder wenn Sie das nicht wollen, sagen Sie mir wenigstens, welches Signal Sie verabredet haben, um ihnen anzudeuten, daß die Luft wieder rein ist?«

»Sie sind doch verrückt, wenn Sie so etwas sagen«, entgegnete Tappatt böse. »Ich dachte, Sie wollten nicht mehr über die Frauen reden. Glauben Sie mir doch, sie sind wirklich nicht hier.«

»Also habe ich doch schon wieder von der Sache reden müssen«, murmelte Michael entschuldigend. »Wollen Sie nicht etwas Kaffee nehmen? Er ist unvergleichlich besser und bekömmlicher als der gelbe Whisky, den Sie da auf dem Kamin stehen haben, auch kostet Kaffee nur den zwanzigsten Teil!«

Er goß eine Tasse ein und schob sie dem andern hin, aber der Doktor schaute sich nicht einmal danach um.

Dorn schlürfte mit größtem Wohlbehagen das heiße, belebende Getränk und beobachtete dabei Tappatts mürrisches Gesicht.

Plötzlich hob der Doktor den Kopf, als ob er irgend etwas gehört hätte.

»Es kommt jemand«, sagte er.

Der Detektiv ging zur Tür und horchte. Als er sich wieder umdrehte, saß der Doktor in seiner alten Stellung am Kamin.

»Es war eine Einbildung – scheint vom Whisky zu kommen, alter Freund!« sagte Dorn.

Er goß sich wieder ein, nahm reichlich Milch und rührte seine Tasse um.

»Sie sagten doch vorhin, daß Sie mir etwas Interessantes erzählen wollten«, erinnerte Tappatt, der noch immer ins Feuer starrte, seinen unwillkommenen Gast.

»Ja, es betrifft Sie. Man beabsichtigt, Sie wegen der indischen Geschichte vor das ärztliche Ehrengericht zu stellen – und es ist ja klar, daß Ihnen dann Ihr Titel und Ihre Approbation als Arzt genommen werden.«

Das war selbst Tappatt ganz neu. Er sprang erregt auf.

»Das ist eine Lüge«, rief er laut.

Plötzlich neigte Michael seinen Kopf zur Seite.

»Was war das?« fragte er.

Tappatt schaute sich um.

»Ich habe nichts gehört.«

Aber der Detektiv brachte ihn durch einen Wink zum Schweigen. Er stand auf, nahm seine Tasse Kaffee mit und ging wieder an die Tür, um zu lauschen.

»Bleiben Sie hier«, sagte er leise und ging hinaus.

Eine Minute später kam er wieder zurück, blieb aber an der Tür stehen und trank seine Tasse aus. Der Doktor wandte sich zur Seite, um sein Grinsen zu verbergen.

»Sie sind nervös, mein Lieber«, sagte er. »Wenn Sie mir genug Vertrauen geschenkt und Ihre Tasse hiergelassen hätten, dann hätte ich Ihnen etwas gegeben, um Sie zu heilen!«

»Das glaube ich auch!« sagte Michael und setzte die leere Tasse auf den Tisch. »Ich bin meinem Gastgeber gegenüber nicht gern unhöflich, aber ich habe den Grundsatz, in solchen Fällen stets meinen Trunk auszugießen, wenn ich in zweifelhafter Gesellschaft bin.«

Der Doktor schaute in Dorns Tasse und war befriedigt, als er sah, daß er sie ganz ausgetrunken hatte. Es war diesmal leichtgefallen, ihn zu überlisten, aber immerhin war die Gefahr keineswegs vorüber.

»Wissen Sie, Dorn, was ich an Ihnen schätze? Sie sind ein Gentleman – ich will Ihnen damit kein Kompliment machen, ich konstatiere nur eine Tatsache. Ich habe schon mit Polizeibeamten zu tun gehabt, die der Abschaum der Gesellschaft waren, und es ist doch sehr angenehm, wenn man auch einmal das Gegenteil kennenlernt. Sie wollten mich doch nur zum besten haben, als Sie mir eben erzählten, daß mir meine Approbation als Arzt aberkannt werden soll?«

»Ich habe Sie nicht zum besten gehabt – im Gegenteil, ich bin ja gerade derjenige, der bei der Sitzung des Ehrengerichts persönlich den Antrag stellen will, und Sie können sicher sein, daß ich in der Lage bin, genügend Material über Sie zu liefern, so daß Ihre Stellung in England unhaltbar wird.«

Tappatt lächelte gezwungen.

»In diesem Fall ist es besser, daß ich alles tue, um mich mit Ihnen gut zu stellen.« Er erhob sich. »Wenn Sie mit mir kommen, werde ich Ihnen etwas zeigen, was Sie übersehen haben.«

Er lächelte Dorn an, und dieser folgte ihm auf den Hof.

»Sie haben sich sehr ungünstig über die Lüftung dieser kleinen, netten Gefängniszelle ausgesprochen«, sagte der Doktor. Er stand am Eingang der Treppe, die zu dem Kellerraum führte. »Es ist Ihnen anscheinend entgangen, daß das Gelaß doch mehr Luftzufuhr hat, als Sie dachten. Kommen Sie mit.«

Er eilte die Treppe hinunter, stieß die schwere Tür auf und ging hinein.

»Haben Sie nicht die Falltür in der Ecke des Raumes gesehen?«

Michael folgte ihm und ging quer über den mit Ziegelsteinen ausgelegten Fußboden, aber kaum hatte er drei Schritte getan, als die Tür zuschlug. Der Schlüssel drehte sich im Schloß, und er hörte Tappatts hämisches Lachen ...

»Das ist mein Trick – und zeigen Sie mir noch mal Ihren mit der Pistole«, lachte der Doktor.

Ein scharfer Schuß ertönte, und Holzsplitter flogen von der Tür. Tappatt stieg die Treppe hinauf und lachte hysterisch.

Er ging zum Wohnzimmer zurück. Michaels Tasse stand noch

auf dem Tisch. Er schüttete etwas lauwarmen Kaffee hinein ud probierte vorsichtig den Geschmack.

»Geist gegen Geist! Verstand gegen Verstand! Ich denke, daß ich in diesem Kampf den Schlußpunkt gesetzt habe«, sagte er dann befriedigt. Die Überrumpelung war einfach gewesen. Er machte sich keine Sorge um das, was jetzt noch geschehen konnte.

Für Dr. Tappatt war das Spiel im Prinzip schon beendet. Seine Auftraggeberin war mehr als freigebig gewesen – eine bedeutende Summe war ihm für seine letzten Dienste versprochen worden, und dann lag die ganze Welt offen vor ihm. Zwei Jahre lang hatte er nun der Gräfin treu und gut gedient. Es war eine ziemlich langweilige Arbeit, aber was von ihm verlangt wurde, hielt sich immer noch innerhalb der Grenzen des Gesetzes. Der Doktor war sich aber über die Konsequenzen seiner letzten Handlungen durchaus klar. Er wußte, daß dieses Abenteuer ihn in eine sehr böse Lage bringen konnte. Er wollte es unter keinen Umständen zu einer Aburteilung kommen lassen. Daß er Michael Dorn eingesperrt hatte, gab ihm eine Atempause, einen Aufschub. Bevor die schwerfällige Gesetzesmaschine in Gang kam, würde es noch einige Zeit dauern. Und heute konnte ein Mann, der kurz entschlossen und umsichtig handelte, in vierundzwanzig Stunden von einem Ende Europas zum anderen kommen.

Eine halbe Stunde verging, eine ganze halbe Stunde – er schaute wohl schon zum zwanzigstenmal auf seine Uhr. Endlich erhob er sich und zog eine Schublade in seinem Schreibtisch heraus. Er nahm ein Paar Handschellen heraus und summte vergnügt eine Melodie vor sich hin, als er sie aufschloß.

Dann klopfte er laut an die Tür des Kellerraums und rief den Gefangenen beim Namen. Als er keine Antwort erhielt, schloß er auf und schaute vorsichtig hinein. Er öffnete einen schmalen Schlitz, so daß er auf das Bett schauen konnte. Michael Dorn lag bewegungslos mit dem Gesicht nach unten und hatte seinen Kopf auf den Arm gelegt.

Ohne Zögern ging Tappatt hinein, drehte die steife Gestalt um und durchsuchte schnell die Taschen. In der Hüfttasche fand er die Pistole nicht, sie stak in einer besonderen Tasche innerhalb seines Rocks. Als er den Detektiv durchsuchte, blinzelte dieser und murmelte etwas Unverständliches.

»Das viele kluge Reden ist Ihnen jetzt vergangen, alter Freund«, meinte der Doktor vergnügt.

Er nahm einige Papiere aus der Tasche Dorns und steckte sie in seine eigene. Uhr und Kette ließ er zurück, aber alles, was Michael irgendwie als Waffe hätte brauchen können, sogar das kleine Taschenmesser, nahm er an sich. Als er damit fertig war, legte er seinem Gefangenen die Handschellen an und schaute dann befriedigt lächelnd auf sein Werk. Darauf ging er zum Haus zurück, nahm die Keksschachtel, füllte einen Krug mit Wasser, brachte beides in den Kellerraum und stellte es neben das Bett.

»Sie haben sich leicht übertölpeln lassen«, sagte er, zu dem Bewußtlosen gewandt, »und die Sache ist noch viel einfacher, weil Sie keine offizielle Stellung einnehmen und nur ein paar Freunde haben, die sich um Sie kümmern oder die Polizei von Ihrem Verschwinden verständigen könnten. Und wenn die Polizei auch wirklich alarmiert wird – wo sollte die mit Nachforschungen beginnen?«

Er verschloß die Tür wieder, ging durch das vordere Tor der Umfassungsmauer und sah sich um. Dorn mußte seinen Wagen irgendwo hier in der Nähe gelassen haben, und ein Auto, das im Freien steht, konnte die Aufmerksamkeit der Polizei auf sich ziehen. Es war auch möglich, daß er nicht allein gekommen war. Aber obwohl der Doktor eine Meile im Umkreis alles absuchte, konnte er nichts entdecken und kehrte müde zu dem Haus zurück.

Die Gewißheit hatte er freilich: nie wieder würde der Gedanke an Michael Dorn wie ein drohendes Gespenst seine angenehmen Zukunftsträume stören.

Er triumphierte.

Kapitel 29

Meine liebe Miss Smith,
ich habe versucht, meinen Assistenten John Wills zu benachrichtigen. Vielleicht hat er auch meinen Brief bekommen, aber es wäre möglich, daß ihn meine Botschaft durch irgendeinen unglücklichen Umstand nicht erreicht hat. Ich wäre Ihnen nun zu großem Dank verpflichtet, wenn Sie ihn aufsuchen und ihm den

eingeschlossenen Brief übergeben wollten, der eine genaue Abschrift aller Instruktionen enthält, die ich bereits an ihn absandte. Ich hoffe, daß ich den Aufenthaltsort Miss Reddles gefunden habe und Ihnen morgen weitere Nachrichten senden kann. Aber ich habe es hier mit einem Mann von außerordentlicher Verschlagenheit und Schlauheit zu tun. Miss Reddle ist in Gallows Farm in der Nähe von Whitecomb in Somerset. Wenn Sie im Lauf des nächsten Tages kein Telegramm von mir erhalten, so sitze ich vielleicht – aber gegen meinen Willen – gefangen. Ich habe alle Möglichkeiten überdacht, aber trotzdem könnte es sein, daß ich etwas vergessen hätte, oder es könnten unvorhergesehene Ereignisse eintreten. Würden Sie mir daher den Gefallen tun, den ganzen Tag über in Ihrer Wohnung in der Charlotte Street zu bleiben? Es wäre das beste, wenn Sie Mr. Shaddles bäten, Ihnen den Tag freizugeben. Zeigen Sie ihm, wenn nötig, diesen Brief. Er wird meinen Namen kennen, ich habe vor einigen Jahren seine Bekanntschaft gemacht.

Mit bestem Gruß
Michael Dorn

Die Worte »Zeigen Sie ihm, wenn nötig, diesen Brief« waren dick unterstrichen.

Ein Eilbote hatte ihr den Brief gebracht. Der Poststempel zeigte den Namen einer Stadt in Somerset. Lizzy Smith las ihn dreimal. Zuerst mußte sie die Worte entziffern, dann verstand sie den Inhalt, und das drittemal las sie ihn mit persönlicher Genugtuung, denn sie fühlte sich plötzlich zu einer wichtigen Persönlichkeit gestempelt. Heimlich mußte sie darüber lachen, daß Michael sich einbildete, ihr alter, geiziger Chef würde ihr Urlaub geben, nur weil er früher einmal Mr. Dorn flüchtig kennengelernt hatte. Der Alte würde ihn wahrscheinlich längst wieder vergessen haben und ihr unter keinen Umständen gestatten, von ihrer Arbeit fernzubleiben.

Die Neuigkeit war viel zu interessant, als daß Lizzy sie lange für sich allein behalten konnte. Sie nahm den Brief und ging zu Mr. Mackenzie hinunter. Als sie bei ihm eintrat, war er gerade damit beschäftigt, eine neue Saite auf seine Violine zu ziehen.

»Letzte Nacht habe ich es ausgehalten«, sagte sie nicht unhöflich. »Ich hörte Sie in einem fort Ihre Geige stimmen.«

»Ich habe doch meine Geige nicht dauernd gestimmt«, erwiderte der alte Mackenzie überrascht. »Ach so – ich habe klassische Musik gespielt, und da ist es möglich, daß Sie es für Stimmen hielten, weil Sie nicht daran gewöhnt sind. Es war die Arie aus ›Samson und Delila‹, es ist ein wundervolles Stück.«

Er zog die Brille, die er auf die Stirn geschoben hatte, wieder herunter, und nahm den Brief aus ihrer Hand.

»Soll ich das lesen?« fragte er, und als sie nickte, entzifferte er die kleine merkwürdige Schrift Dorns Zeile für Zeile.

»Das scheint ja eine sehr gute Nachricht zu sein. Wird Miss Reddle heute abend wieder zurückkommen?«

Lizzy seufzte ungeduldig.

»Wie soll ich wissen, ob sie schon heute abend zurückkommt?« Sie war empört darüber, daß der Brief auf ihn nicht denselben Eindruck machte wie auf sie. »Es ist möglich, daß sie überhaupt nicht wiederkommt! Verstehen Sie denn gar nichts anderes, als was Sie auf der Violine spielen können, Mr. Mackenzie? Sie ist doch in der Gewalt dieses fürchterlichen Menschen in Gallows Farm! Die ganze Sache hängt jetzt nur von mir ab. Mike versteht nur zu gut die menschlichen Naturen, und wenn er irgendwie in eine schwierige Lage gerät, dann nimmt er seine Zuflucht zu Elizabeth Smith. Der Mann hat Menschenkenntnis.«

»Natürlich«, murmelte Mr. Mackenzie.

»Nun ist die Frage«, überlegte Lizzy und zog ihre Stirn in nachdenkliche Falten, »soll ich zuerst versuchen, diesen Wills aufzusuchen, oder soll ich zunächst ins Büro gehen?«

»Ich würde an Ihrer Stelle in Mr. Dorns Wohnung anrufen«, sagte der alte Mann ...

Auf Ihrem Weg zum Büro machte sie bei der ersten öffentlichen Telefonzelle halt und rief Michaels Nummer an, aber es meldete sich niemand. Die Nachrichten, die sie heute morgen erhalten hatte, schmeichelten ihr außerordentlich, und die Verantwortung gab ihr das angenehme Gefühl, daß sie persönlich mit großen Ereignissen in Zusammenhang stand. Trotzdem sah sie mit Besorgnis der Unterhaltung mit dem alten Shaddles entgegen. Daß er ihr den Tag freigeben würde, war eine völlig aussichtslose Hoffnung. Viel wahrscheinlicher war es, daß er mit seinem knöchernen Finger auf die Tür zeigen und sie aus seinem Büro verweisen würde. Aber auch wenn sie ihre Lebensstellung dabei opfern sollte – sie war entschlossen, bei der Hand zu sein, wenn man ihre Hilfe brauchte. Was sie aber tun sollte oder auf welche Weise sie Michael zu Hilfe kommen konnte, darüber machte sie sich weiter keine Sorgen.

Als sie ins Büro kam, hatte sie sich bereits drei verschiedene Entschuldigungsgründe zurechtgelegt, aber leider standen sie in keinerlei Beziehung zueinander. Glücklicherweise brauchte sie später nur zwei davon vorzubringen.

Mr. Shaddles war schon im Büro. Unweigerlich kam er als erster und ging als letzter. Ohne ihren Hut abzunehmen, klopfte sie an die Glastür und als sie sein unfreundliches Herein hörte, hätte sie beinahe ihre Absicht aufgegeben, ihn um Urlaub zu bitten. Er sah sie von der Seite an, als sie hereinkam, und bemerkte auch gleich, daß sie Hut und Mantel noch nicht abgelegt hatte.

»Nun, was gibt's? Warum sind Sie nicht an der Arbeit? Es ist bereits fünf Minuten nach Beginn!«

Lizzy legte ihre Hand leicht auf den Tisch und begann in ihrer süßesten und höflichsten Art zu sprechen.

»Mr. Shaddles, es tut mir furchtbar leid, daß ich Sie störe, aber infolge eines Todesfalles in der Familie möchte ich Sie bitten, mir den Tag freizugeben.«

»Wer ist gestorben?« brummte er.

»Eine Tante«, sagte sie kleinlaut und fügte noch hinzu: »Mütterlicherseits.«

»Tanten sind keine nahen Verwandten«, entgegnete der alte Mann und winkte ihr zur Tür. »Onkel haben auch nicht viel zu sagen. Ich kann Sie heute nicht entbehren. Wozu müssen Sie denn auch immer zu Begräbnissen laufen?«

»Nun ja – der wirkliche Grund ist dieser Brief«, sagte Lizzy, die ganz außer Fassung geraten war, und zeigte ihm Dorns Schreiben. »Ich erhielt ihn heute morgen.«

Er nahm den Bogen mit offenbarem Widerwillen, las ihn aber trotzdem sorgfältig durch. Dann saß er lange und schwieg. Sie dachte, er überlege sich, welche Grobheiten er ihr wieder an den Kopf werfen könnte, denn das war eine seiner nichtswürdigen Angewohnheiten.

»In dem Brief steht ja gar nichts von einer Tante«, fuhr er sie plötzlich an.

»Aber Mr. Dorn ist mir mehr als eine Tante – ich habe ihm den kleinen Spitznamen ›Tante‹ gegeben –, und wenn er auch nicht tot ist, so könnte er bei diesem gefahrvollen Unternehmen doch leicht sterben.«

Er schaute aus dem Fenster, strich ärgerlich über sein unrasiertes Kinn und sah sie dann wieder an.

»Also Sie können den Tag freihaben«, sagte er dann.

Lizzy wäre vor Schrecken beinahe umgefallen. Sie flüsterte ein paar zusammenhanglose Dankesworte, dann schwebte sie aus der Tür.

»Warten Sie!«

Er steckte die Hand in die Tasche, legte seine Brieftasche auf den Tisch und nahm drei Banknoten heraus.

»Es ist möglich, daß Sie Geld brauchen, es ist zwar nicht gewiß, aber es könnte sein. Sie müssen mir aber eine genaue Abrechnung darüber geben, wenn Sie irgendwelche Ausgaben machen. Wenn Sie ein Auto benützen müssen, mieten Sie eins von der Blue Light Company, die Leute sind meine Klienten, und ich bekomme dort Rabatt.«

Wie im Traum verließ Lizzy das Büro. Shaddles hatte ihr drei Zwanzigpfundnoten gegeben. Sie hatte keine Ahnung, daß soviel Geld auf der Welt existierte.

Sie grüßte den Clerk nicht, der auf der Treppe an ihr vorüberkam, und hatte ihre Fassung noch nicht ganz wiedererlangt, als sie nach Hiles Mansions kam. Der Fahrstuhlführer sagte ihr, daß Mr. Dorn nicht im Hause sei. Auch Mr. Wills war seit gestern nicht wiedergekommen. Lizzy ging zur Brompton Road, rief großartig ein Auto an und fuhr nach Hause. Sie hatte gerade noch genug Kleingeld, um die Taxe bezahlen zu können.

Die Ereignisse überstürzten sich, und sofort mußte sie Mr. Makkenzie alles mitteilen.

»Shaddles ist ein großzügiger Mann«, sagte Mackenzie schlicht, »ein wirklich weitherziger Mensch!«

Lizzy schüttelte den Kopf.

»Ich weiß nicht, ob ich nicht mit der Polizei in Konflikt komme, weil ich das Geld von dem armen, alten Mann angenommen habe. In der letzten Zeit ist er mir schon so sonderbar vorgekommen. Ich habe schon die ganzen letzten Tage vorausgesehen, daß sich irgend etwas ereignen würde. Als er das Gehalt von Lois Reddle auf drei Pfund wöchentlich erhöhte, wußte ich, daß es nicht mehr richtig bei ihm ist.« Sie schaute mit ehrfürchtiger Scheu auf die drei Banknoten. »Wenn die Männer erst neunzig Jahre alt sind, dann werden sie kindisch«, sagte sie. Plötzlich kam ihr ein guter Gedanke – er war so tollkühn und so ungeheuer, daß sie selbst darüber erschrak.

Sie borgte sich etwas Kleingeld von Mr. Mackenzie, eilte zu der nächsten Telefonzelle und rief Lady Morons Nummer an. Der Diener, der an den Apparat kam, sagte ihr, daß die Gräfin noch zu Bett liege.

»Ach bitte, bemühen Sie sich nicht«, sagte Lizzy von oben herunter. »Würden Sie vielleicht Seine Lordschaft den jungen Grafen bitten, einmal herzuspringen?«

»Wie bitte, gnädige Frau?«

»Ich möchte ihn sprechen«, verbesserte sich Lizzy.

»Welchen Namen darf ich nennen?«

»Sagen Sie ihm nur, Lady Elizabeth sei am Telefon«, erklärte Lizzy und tat so müde und distinguiert, als ob sie selbst von allerhöchstem Adel sei.

Sie mußte aber noch lange warten, bis Lord Moron, der zu dieser Stunde noch fest schlief, vom Diener aufgeweckt werden konnte und das nötige Interesse an der Dame zeigte, um sich zum Telefon zu begeben.

»Hallo?« fragte er schwach. »Guten Morgen – tut mir sehr leid, daß ich Ihren Namen nicht verstanden habe.«

»Hier ist Miss Smith«, sagte Lizzy heiter. Sie hörte, wie Selwyn aufatmete.

»Ach so, Sie sind es! Hier war ein furchtbarer Trubel – das ist immer so zwischen sechs und sieben morgens. Dieser schreckliche Vagabund, der Chesney Praye – Sie erinnern sich doch an den Kerl – der Raubvogel – wie? (Lizzy konnte so früh am Morgen nicht darüber lachen.) Er ist mit der Gräfin in der Bibliothek.«

»Hören Sie, Selwyn«, sie mußte all ihren Mut zusammennehmen, um ihn so familiär anzusprechen, »können Sie mich besuchen? Sie wissen, wo ich wohne – Sie wollten ja sowieso zum Abendessen bei mir sein. Aber es wäre mir lieb, wenn Sie früher kämen. Ich muß über eine wichtige Angelegenheit mit Ihnen sprechen, ich kann es Ihnen am Telefon nicht sagen.«

»Ich werde jetzt gleich kommen. Ich wollte eigentlich zum South Kensington Museum gehen, um einige Modelle zu studieren, aber – schon gut, Oberst, ich danke Ihnen sehr für Ihren Anruf!«

Die letzten Worte hatte er in einem lauten und offiziellen Ton gesprochen. Lizzy, der diese unschuldigen, kleinen Täuschungen auch geläufig waren, vermutete, daß der Diener oder die Mutter in den Salon gekommen war.

Sie ging in gehobener Stimmung nach Hause. Es war ihr nicht nur gelungen, sich die Hilfe eines Mitgliedes der höchsten Aristokratie zu sichern, sondern sie hatte dieses Mitglied auch kühn beim Vornamen angeredet, und das war doch ein großer Erfolg. Sie erzählte Mr. Mackenzie mit gleichgültiger Miene, daß sie gleich den Besuch Lord Morons erwarte. Diesmal machte ihre Mitteilung auf ihn wirklich den gewünschten Eindruck.

»Ich sagte ihm, er möchte doch kommen – ich kenne ihn ja sehr gut.« Lizzy wischte dabei in einer vornehmen Haltung den Staub von ihrem Kleid.

»So, so«, sagte er und schaute sie bewundernd an. »Ich hätte niemals gedacht, daß einer der Morons mein Haus betreten würde. Sie sind eine sehr alte Familie, ich erinnere mich noch an den alten Earl – er kam sehr häufig ins Theater, allerdings meist nicht in der besten Verfassung.«

Lizzy Smith interessierte sich nicht für den alten Lord, sie kümmerte sich nur um den jungen, und das allerdings in hohem Maße. Als das Taxi Selwyns am Bürgersteig hielt, stand sie schon an der Tür, um ihn hereinzulassen.

»Was für eine nette, alte Küche«, sagte er, als er sich in dem Raum umschaute, auf den nicht einmal Lizzy stolz war.

»Ich hätte Eure Lordschaft nicht hierher gebeten –«

»Ach, bitte, fangen Sie nun nicht mit ›Eurer Lordschaft‹ und dergleichen an – für meine Freunde heiße ich Selwyn«, bat er. »Da hängt ja eine wundervolle Bratpfanne – haben Sie die selbst angefertigt?«

Lizzy verneinte. Er schien seine eigenen Ansichten über Kochgeräte zu haben und hatte selbst schon eine elektrische Heizplatte erfunden. Er trug sich mit dem Plan, einen neuen elektrischen Kochherd zu konstruieren.

»Ich habe schon immer beabsichtigt, von der ganzen verrückten

Lordschaft und dem ganzen verrückten Kram wegzulaufen und praktisch zu arbeiten. Ich habe nämlich auch etwas eigenes Geld, von dem die Gräfin nichts weiß. Es ist so gut und sicher angelegt, daß weder sie noch der alte Raubvogel ihre Krallen danach ausstrecken können!«

Er war in bester Stimmung und unterhielt sich ausgezeichnet mit Lizzy, die nur so viel von Elektrizität wußte, daß eine Lampe brennt, wenn man den Schalter andreht. Sie hätte ihm stundenlang zuhören können, als er ihr von seinen Plänen erzählte. Selbst ein Ingenieur hätte sich dafür interessieren können, so tief war er in die Materie eingedrungen. Aber dann erinnerte sie ihn daran, daß sie den Brief mit ihm besprechen wollte.

Als sie ihm das Schreiben gab, las er es durch. Bei jeder Zeile hielt er an und bat um Erklärung, aber schließlich verstand er den Sinn. Sie hatte schon vorher beobachtet, daß Selwyn bei wirklich wichtigen Dingen ganz vernünftige Meinungen äußerte. Daß er nicht schwachsinnig war, erfuhr sie später, als er ihr erzählte, wie er die verräterische Absicht seiner Mutter durchkreuzt hatte, die ihn für verrückt erklären lassen wollte, um sein ganzes Vermögen in die Hand zu bekommen. Da er ihre Hinterlist durchschaute, konsultierte er drei hervorragende Spezialisten in der Harley Street und brachte von ihnen drei glänzende Zeugnisse über seine Zurechnungsfähigkeit bei.

»Ich kenne die Zusammenhänge nicht alle«, sagte er, als er den Brief zurückgab. Er begegnete ihrem bekümmerten Blick. »Ja, ich verstehe den Brief schon ganz gut, aber ich meine all diese Unfälle, daß der alte Braime in der Bibliothek wie tot umfiel und dergleichen. Die Gräfin ist meine Mutter, und ich sollte sie eigentlich nicht erzürnen. Aber sie ist ein fürchterlicher Teufel, Miss Smith, ein ganz entsetzlicher Teufel!«

Er strich über die lange, schmale, rote Narbe auf seiner Wange.

»Sie können niemals wissen, was sie im Schilde führt. Seit dieser Schuft, dieser Praye, und der betrunkene Doktor im Hause verkehren, ist sie schlimmer als jemals. Wissen Sie, was sie mir einmal zurief? Sie sagte, daß ich morgen tot sei, wenn das ihrer Meinung nach besser für sie wäre – das sind ihre eigenen Worte! Denken Sie, morgen tot, meine liebe Lizzy – ist das nicht schrecklich?«

»Was für eine Frau!« sagte Lizzy.

»Aber haben Sie niemals etwas davon gehört – ich meine Gallows Farm?«

Er schüttelte den Kopf.

»Sie redet niemals in meiner Gegenwart, aber sicher hat sich etwas ereignet, das ist gewiß. Dieser Chesney war schon seit heute morgen um acht Uhr bei der Gräfin. Man sagte Ihnen, daß sie noch zu Bett liege – das war gar nicht wahr, sie war in der Bibliothek. Das Telefon scheint die ganze Nacht geläutet zu haben. Was halten Sie eigentlich von diesem Detektiv, der das junge Mädchen ins Gefängnis gesteckt hat? Das ist doch ein starkes Stück, nicht?«

»Er tat es aus einem sehr guten Grund«, sagte Lizzy geheimnisvoll. »Ich kann Ihnen nicht alles sagen, Selwyn. Eines Tages werden Sie die ganze Wahrheit erfahren.«

»Es scheint, daß mir niemand etwas sagen darf«, bemerkte er mißmutig. »Aber was hat der Brief zu bedeuten? Jemand hat sie in dem Gehöft mit dem schrecklichen Namen eingesperrt.« Er schlug sich vor die Stirn. »Tappatt, der Kerl, der den Wein immer so hinuntergießt – Sie kennen ihn doch, den fürchterlichen Doktor? Ich wette, daß er bei der ganzen Sache eine schurkische Rolle spielt. In den letzten Tagen ist er nicht hier gewesen – vorher hat er häufig hier herumspioniert.« Er schlug sich aufs Knie. »Gestern abend kam doch tatsächlich ein Fernruf vom Lande! Ich war in der Halle, als das Telefon klingelte, und ich bin sicher, daß es dieser Tappatt war. Er wollte die Gräfin sprechen. Gallows Farm! Das ist doch der Ort, wo er lebt.«

Plötzlich sprang er auf, und Lizzy sah die Erregung in seinen Augen.

»Sie ist dort, ich will jede Summe wetten – Gallows Farm in Somerset!« Dann fuhr er sich mit der Hand über die Stirn. »Ich habe doch irgendein Schriftstück, eine Kaufurkunde unterschrieben, darauf möchte ich schwören. Es gehört zu den Ländereien, die die Gräfin vor zwei oder drei Jahren gekauft hat. Auch möglich, daß es einer ihrer Anwälte für sie tat. Sie kauft immer alte Besitzungen auf und veräußert sie wieder mit Gewinn. Und ich weiß auch, daß dieser alte Doktor irgendwo eine Anstalt hat – denn die Gräfin hat mir schon öfters gesagt, sie würde mich dorthin schicken, wenn ich mich nicht in acht nehme. Dieser Kerl mit der roten Nase hat sicher Miss Reddle bei sich eingesperrt.«

»Selwyn, Sie sind ja wie ein Detektiv!« rief Lizzy atemlos vor Bewunderung.

Er drehte an seinem dünnen Schnurrbart und war beglückt.

»In manchen Dingen bin ich sehr klug«, sagte er. »Wie wäre es, wenn wir sie befreiten?« fragte er impulsiv.

»Was wollen Sie?« Lizzys Herz schlug schneller.

»Ich meine, wenn wir sie befreiten?« nickte er. »Wir könnten doch nach Somerset fahren, den alten Doktor besuchen und ihm sagen: Sehen Sie, alter Kerl, solche Dinge können in der zivilisierten Gesellschaft nicht geduldet werden, lassen Sie die Hand von Miss Reddle, oder es geht Ihnen schlecht.«

Lizzys Begeisterung war schnell verschwunden.

»Ich glaube nicht, daß das großen Eindruck auf ihn machen würde«, meinte sie. »Auch wäre es unnötig, Selwyn, denn wenn Michael Dorn dort ist, wird sie heute nachmittag noch befreit.«

Selwyn war etwas verletzt.

»Außerdem – was würde denn die Gräfin sagen, wenn wir den ganzen Tag wegblieben?« fuhr Lizzy fort.

»Auf die gebe ich gerade noch so viel.« Er schnippte mit den Fingern. »Ich habe genug von ihr, wirklich genug! Ich habe mir überlegt, daß ich jetzt mit Chester Square Schluß machen werde. Ich habe mich schon umgesehen, da ist eine ganz nette kleine Wohnung in Knightsbridge. Es ist an der Zeit, daß ich mich selbständig mache. Ich habe die Absicht, demnächst inkognito zu leben, und ich werde mich dann Mr. Smith nennen.«

»Tatsächlich?« fragte Lizzy kühl.

»Das ist doch ein ganz hübscher Name – Brown ist allerdings ebensogut.« Und er erzählte ihr noch mehr von seinen Plänen.

»Wie wär's, wollen wir nicht zusammen Mittag essen?«

Eine Stunde später betrat Lizzy den großen Speisesaal des Ritz-Carlton, und Lady Moron, die auch mit einem Herrn an einem der Tische saß, schaute sie durch ihre Lorgnette an und zuckte nur die Achseln.

»Selwyn macht seine Seitensprünge im Leben ziemlich spät«, sagte sie, und Chesney Praye, der an diesem Morgen von Paris zurückgekommen war, lächelte.

Kapitel 30

Obgleich Lois Reddle schon viele recht unangenehme Tage in ihrem Leben durchgemacht hatte, konnte sie sich doch auf keine Zeit besinnen, die so schrecklich gewesen wäre wie die letzten zwanzig Stunden nach ihrem Fortgang von Gallows Farm. Sie war von der Haushälterin mitten in der Nacht aufgeweckt worden. Die Frau hatte ihr gesagt, daß sie sich anziehen und herunterkommen solle. Die erste Aufforderung war leicht zu erfüllen, denn sie hatte sich angekleidet aufs Bett gelegt. Als sie in den Gang hinunterkam, fand sie den Doktor, der auf sie wartete. Er trug seinen dicksten Mantel, hatte einen starken Stock in der Hand und prüfte eine Taschenlampe, als sie zu ihm trat.

»Wo bringen Sie mich denn jetzt hin?« fragte sie, als er sie quer über den Hof führte, während die Hunde an ihren Ketten fürchterlich bellten.

»Das werden Sie noch rechtzeitig erfahren«, war die unbefriedigende Antwort. »Ich wünsche nicht, daß Sie sprechen oder Fragen stellen. Bis Sie dieses Haus verlassen haben, müssen Sie ruhig sein – verstehen Sie mich?«

Sie stiegen den sanften Abhang des Hügels hinan und gingen auf der anderen Seite wieder in ein Tal hinab. Obgleich der Mond nicht schien, war es doch genügend hell, daß sie den Weg über den Sturzacker finden konnte und seinen Arm ablehnte, den er ihr bot. Sie machten einen weiten Umweg, um einer sumpfigen Stelle aus dem Wege zu gehen. Einmal mußte er ihr doch helfen, als sie über eine Weißdornhecke kletterten. Dann lag eine dunkle Baumreihe vor ihnen, die noch zu der Farm gehörte. Er sagte ihr, daß das ganze Gut zwölfhundert Morgen groß sei. Nur ein kleiner Teil war in Pacht gegeben, und keines der Felder war bestellt.

»Es ist nur magerer Boden wie all dieses Land in den Niederungen – da drüben ist Gallows Wood.« Er zeigte auf ein Gehölz. »Die Farm hat ihren Namen von dem Wald – vor langen Jahren stand ein Galgen auf der Spitze des Hügels. Fürchten Sie sich nicht?«

Er lachte, als sie verneinte.

Nach einiger Zeit kamen sie auf einen schlechten Pfad, der sie mitten in das Gehölz führte. Jetzt benützte er zum erstenmal die

Taschenlampe, denn der Weg war überwachsen, und es war sehr schwierig, ihm zu folgen. Obwohl ihre Stimme fest und ihre Haltung zuversichtlich schien, war ihr doch bang zumute. Es war eine schlechte Vorbedeutung, daß sie das Gehöft verlassen mußte. Vermutlich brachte sie der Doktor zu einer anderen Stelle, weil er die Rückkehr Michael Dorns erwartete. Sie fürchtete nur das eine, daß Michael während ihrer Abwesenheit das Haus durchsuchen und sich damit zufrieden geben könnte, daß sie nicht dort war. Nachdem sie zehn Minuten weitergegangen waren, hielt er an, und sie glaubte, er hätte den Weg verloren. Aber dann sah sie bei dem Licht seiner Lampe ein kleines Steinhäuschen, das seitwärts von dem Pfad stand und ganz von Bäumen und Sträuchern verborgen war. Das war also ihr neues Gefängnis!

»Halten Sie die Lampe!« befahl er ihr, und sie gehorchte, während er von seinem Bund einen Schlüssel nach dem anderen probierte, um aufzuschließen. Nach einiger Zeit sprang die Tür auf, und er ging hinein, schaute sich aber um, ob sie ihm folgte. Auf dem Fußboden lag dick der Staub, und ein alter Stuhl mit abgebrochener Lehne war das einzige Mobiliar des Raumes, in den er sie brachte. An einer Wand hing ein alter Abreißkalender. Anscheinend war das Haus seit dieser Zeit nicht mehr bewohnt worden.

»Sie bleiben hier und verhalten sich vollständig ruhig. In einigen Stunden wird es hell. Wenn Sie etwas brauchen, dann fragen Sie Mrs. Rooks – sie wird gleich hier sein.«

Er ging hinaus, schloß aber die Tür nicht zu. Später entdeckte Lois, daß das Schloß nicht in Ordnung war. Sie wartete eine halbe Stunde, dann hörte sie Schritte und Stimmen in dem Vorraum. Irgend etwas fiel polternd zu Boden. Einen Augenblick erschrak sie furchtbar, aber wahrscheinlich hatte Mrs. Rooks, die bleiche Wirtschafterin, nur eine schwere Last abgeworfen. Sie hörte, wie die Frau darüber schimpfte. Sie hatte wohl alle möglichen Dinge mitgebracht, die für diesen Umzug notwendig waren. Es schien ziemlich viel Vorrat zu sein. Tappatt hatte sie darauf vorbereitet, daß ihr Aufenthalt hier länger dauern sollte.

»Es hätte mir beinahe das Kreuz eingedrückt«, knurrte Mrs. Rooks. »Warum konnte sie es denn nicht tragen, Doktor?«

Lois schlich sich näher an die Tür und horchte. Sie hoffte zu hören, daß sie nur hier versteckt wurde, weil Tappatt die Rückkehr

Dorns erwartete.

»Holen Sie einen Stuhl aus dem anderen Zimmer«, hörte sie ihn brummen. »Warum machen Sie denn all diesen Lärm? Es ist für Sie doch nicht schlimmer als für mich. Es ist doch nicht das erstemal, daß Sie eine Nacht wachen müssen!«

»Ich sehe bloß nicht ein, warum Sie soviel Umstände machen«, brummte die Frau. »Er wird nicht wiederkommen, und wenn er wirklich kommt – wie wollen Sie ihn denn daran hindern, auch hierher zu gehen?«

»Er wird bestimmt zurückkommen – darüber gibt es gar keinen Zweifel. Ich kenne diesen Mann. Aber Sie brauchen sich keine Sorge zu machen, daß er sie finden wird. Er kann doch nicht jedes Gehölz in der Umgegend absuchen.«

Ein paar Minuten später schlug er die Haustür zu, als er fortging, und Lois hörte die Frau noch mit sich selbst reden. Sie saß dicht neben der Tür und konnte jedes Geräusch und jede Bewegung in dem leeren Raum verfolgen. Vielleicht hätte man auch das Fenster öffnen können, aber es war unmöglich, das zu tun, ohne daß es die Frau gehört hätte.

Kurz nach Tagesanbruch nahm Mrs. Rooks das Mädchen mit in die Küche. Sie kamen an dem Raum vorbei, in dem die zweite Gefangene untergebracht sein mußte. Lois sah, daß ein Schlüssel in der Tür steckte, und wenn die Lage in dem Zimmer ebenso war, so konnte die unbekannte Frau unmöglich entfliehen. Wer mochte sie sein? Irgendeine arme Person, die von ihren Freunden oder ihrer Familie der Pflege Dr. Tappatts übergeben worden war? Sie empfand schmerzliches Mitleid mit ihr.

Während des langen, unangenehmen Tages, der nun folgte, sah sie außer der Haushälterin kein einziges menschliches Wesen. Der Wald gehörte zu einem Privatgrundstück, und der zugewachsene Weg sagte ihr, daß nicht einmal die Leute, die dort wohnten, ihn häufig gingen. Vom Fenster aus konnte sie nur die Stämme von Buchen und das grüne Laubdach der Bäume sehen. Die fürchterliche Einsamkeit bedrückte selbst Mrs. Rooks, die sonst so unzugänglich war. Sie war wahrscheinlich nicht an ein einsames Leben gewöhnt. Am Nachmittag kam sie in das Zimmer, und Lois benützte die Gelegenheit, sie näher zu betrachten. Sie mochte ungefähr fünfzig Jahre zählen, schaute rauh und böse drein und schien mit der Welt und den Menschen zerfallen zu sein.

»Es ist so verteufelt ruhig hier, daß man den Verstand verlieren könnte«, klagte sie.

Lois war neugierig, ob sie die Frau zum Sprechen bringen und in eine Unterhaltung verwickeln könnte.

»Sind Sie schon lange in England?« fragte Lois.

Mrs. Rooks mußte erst ihren natürlichen Widerwillen überwinden, bevor sie antwortete.

»Erst zwei Jahre – vorher waren wir in Indien. Aber ich weiß gar nicht, was das mit Ihnen zu tun hat.«

»Ich hörte, wie Sie die Hunde mit indischen Namen riefen. Mali heißt doch Geld, nicht wahr?«

»Stellen Sie keine Fragen«, sagte die Frau. »Verhalten Sie sich nur ruhig, Sie werden nicht schlecht behandelt. Aber wenn Sie sich närrisch aufführen, dann wird man Ihnen –« Sie nickte bedeutungsvoll. »Natürlich heißt Mali Geld.« Dann sagte sie noch einige hindostanische Worte.

Lois schüttelte lächelnd den Kopf. Sie vermutete, daß die Frau sie fragte, ob sie Hindostani spräche oder verstände.

»Warum werde ich hier gefangengehalten? Können Sie das nicht sagen?«

»Weil Sie nicht richtig im Kopf sind.«

Diese Antwort hätte Lois wütend gemacht, wenn ihr die Vermutung nicht schon selbst gekommen wäre, daß man dies als Vorwand benützte, um sie gefangenzuhalten.

»Sie haben Dinge gehört und gesehen, die nicht existieren, und solche Leute sind immer verrückt.«

Lois lachte. »Sie wissen ganz genau, daß ich nicht verrückt bin.«

»Keiner von diesen Menschen weiß, daß er verrückt ist«, sagte Mrs. Rooks zur größten Beruhigung von Lois. »Das ist doch eines der Symptome. Sobald jemand glaubt, daß er vernünftig ist, ist er verrückt! Der Doktor weiß das, er ist der klügste Mann in der Welt!«

Sie schaute durch die offene Tür. Lois hörte von dort dauernd Schritte, als ob jemand auf und ab ginge.

»Wer ist in dem anderen Zimmer?« fragte sie, aber sie erwartete keine befriedigende Antwort.

»Eine Frau – die ist auch verrückt.«

»Habe ich sie nicht neulich abends gesehen?« fragte das Mädchen und bemühte sich, so gleichgültig wie möglich zu sein. »Haben Sie nicht mit ihr im Hof – gesprochen?«

Die Frau musterte sie von oben bis unten.

»Sie haben gesehen, wie ich sie mit der Peitsche beruhigte – manchmal wird sie nämlich ein wenig frech, aber daran bin ich schon gewöhnt. Die meisten sind so. Bei Ihnen kommt das auch noch.«

Lois schauderte vor dieser furchtbaren Prophezeiung.

»Da ist doch nichts dabei – ein paar Schläge – Mondsüchtige sind eben keine Menschen mehr, sie sind wie Tiere, sagt der Doktor. Und man muß sie eben auch wie Tiere behandeln. Das ist die einzige Methode, die sie verstehen.«

Lois versuchte ihren Schrecken und ihren Abscheu zu verbergen, aber es gelang ihr nicht ganz.

»Ich hoffe, Sie werden mich nicht wie ein Tier behandeln«, sagte sie.

Mrs. Rooks rümpfte die Nase.

»Wenn Sie sich ordentlich betragen, werden Sie auch gut behandelt. Alle verrückten Leute haben eine gute Zeit bei uns, wenn sie nicht frech und aufsässig sind. So hält es der Doktor immer.«

Es war Lois klar, daß diese brutale Frau ohne zu fragen jede Diagnose annahm, die der Doktor stellte. Für Mrs. Rooks war sie eben verrückt, genau wie die andere unglückliche Frau. Und wenn sie widerspenstig wurde, sollte sie in derselben Weise behandelt werden.

»Warum haben Sie sie denn eine Zuchthäuslerin genannt?«

Wieder traf sie ein argwöhnischer Blick.

»Ich habe eine Menge Schimpfnamen für sie«, sagte Mrs. Rooks kühl. »Wenn Sie nicht spioniert hätten, wüßten Sie nichts davon. Aber Schimpfnamen verletzen niemanden, sie sind immer noch viel besser als die Peitsche. Kennen Sie den Mann, der gestern abend kam?«

»Mr. Dorn?«

»Ja – wer ist das?«

»Ein Polizeibeamter.«

Lois hatte nicht erwartet, daß diese Worte solchen Eindruck auf die Frau machen würden. Das Gesicht der Haushälterin wurde plötzlich blaß.

»Ein Detektiv?«

Lois nickte, aber Mrs. Rooks' Gesicht hellte sich wieder auf.

»Das ist ein Teil Ihrer verrückten Ideen«, sagte sie ruhig. »Er ist ein Mann, dem der Doktor Geld schuldet, ich weiß es, weil er es mir selbst erzählt hat. Der Doktor ist in Geldnot, aber deswegen hat er noch lange keine Unannehmlichkeiten mit der Polizei. Man hat viele Lügen über ihn in Indien verbreitet, aber er ist ein guter Mensch, der beste Mann, den es auf der Welt gibt.«

Plötzlich kam Lois ein Gedanke.

»An welchem Irrwahn leide ich denn?« fragte sie.

Mrs. Rooks sah das Mädchen mit einem schlauen Blick an.

»Ich bin erstaunt, daß Sie das fragen. Sie haben wirklich die verrückte Idee, zu glauben, daß Sie jemand anders sind als in Wirklichkeit!«

Lois runzelte die Stirn.

»Wollen Sie damit sagen, daß ich unter dem Eindruck stehe, eine hohe Persönlichkeit zu sein?

Mrs. Rooks nickte.

»Ja – Sie denken, daß Sie die Gräfin von Moron sind!«

Kapitel 31

Lois wollte ihren Ohren nicht trauen.

»Ich bilde mir ein, daß ich die Gräfin von Moron bin?« fragte sie verwirrt. »Das ist doch ganz unmöglich – ich bilde mir wirklich nichts Derartiges ein!«

»Doch, das tun Sie – der Doktor sagt, Sie glauben, daß Sie die Gräfin sind. Sie versuchten, Lady Moron umzubringen, weil Sie ihren Titel haben wollten!«

Diese Unterstellung war so absurd, daß Lois lachen mußte.

»Aber das ist doch vollkommener Unsinn! Ein solcher Gedanke ist mir niemals gekommen! Lady Moron! Ich bin doch eine Stenotypistin. Wer hat Ihnen denn das gesagt?«

»Der Doktor – er sagt immer die Wahrheit. Nur die Leute belügt er, denen er Geld schuldig ist. Und das ist doch sehr natürlich!«

Die alte Frau erhob sich und ging aus dem Zimmer. Sie blieb eine halbe Stunde fort und versorgte anscheinend in dieser Zeit die andere Gefangene, denn als sie zurückkam, brummte sie etwas von unzufriedenem Volk.

»Sie hat alles, was sie braucht – zu essen und zu trinken –, und doch ist sie unzufrieden, das zeigt, daß sie verrückt ist. Ich habe noch nie eine verrückte Frau gesehen, die zufrieden war.«

Lois dachte, daß sich diese Schwäche nicht nur auf verrückte Leute beschränkte.

»Wann gehen wir wieder von hier fort?«

»Ich weiß es nicht – wahrscheinlich heute abend. Der Doktor wird dann herkommen und mich ablösen, damit ich schlafen kann. Ich bin nahezu tot.«

Mrs. Rooks war nicht geneigt, die Unterhaltung fortzusetzen, und mit jeder Stunde wurde sie schweigsamer und gereizter. Als die Dunkelheit hereinbrach, hielt sie sich außerhalb des Hauses auf. Lois hörte ihre Schritte vor dem Fenster. Sie saß auf ihrem Stuhl und war halb eingeschlafen, als sie plötzlich die Stimme des Doktors hörte und sofort wieder wach wurde.

»Nehmen Sie die andere – ich gehe mit dem Mädchen hinterher. Lassen Sie alle Ihre Sachen hier, es ist möglich, daß wir zurückkommen. Ich glaube zwar nicht, daß es nötig sein wird, aber immerhin müssen wir damit rechnen.«

Das Zimmer wurde dunkel, als er eintrat. Er drehte seine Taschenlampe an und ließ den Lichtschein über sie hingleiten.

»Sie hatten einen schlechten Tag, aber dafür müssen Sie Ihren Freund tadeln«, sagte er. »Heute abend werden Sie wieder in Ihrem Bett schlafen, und Sie werden es besser haben als er!«

Sie erwiderte nichts, denn sie konnte seine geheimnisvolle Anspielung auf Michael nicht verstehen.

»Ein schlauer Kerl, dieser Dorn – wie? Ein tüchtiger Detektiv! Hat viel Witz und Verstand.«

Aber sie gab ihm wieder keine Antwort.

»Er ist wirklich schlau«, sagte Tappatt.

Er war in so heiterer, ausgelassener Stimmung, daß sie annahm, Michael Dorn sei zurückgekommen und von ihm überlistet worden. Ihr Mut sank.

»Sehen Sie einmal her.« Er beleuchtete mit seiner Lampe eine automatische Pistole von schwerem Kaliber. Sie erschrak.

»Seien Sie nicht bange, ich werde Sie nicht töten. Wir bringen die Leute nicht um, wir heilen sie. Deswegen sind Sie doch auch hier, daß Sie geheilt werden.« Als er ihr auf die Schulter klopfte, schauderte sie vor ihm zurück.

»Ich wollte Ihnen das Ding nur zeigen, weil es Dorn gehörte – ich nahm es ihm weg, und das war so leicht, als wenn man einem Kind Geld wegnimmt. Ich zog es aus der Tasche, und er sagte nicht einmal etwas dazu – obwohl er so schlau ist.«

»Ist er denn tot?« fragte sie, und ihre Frage reizte ihn aufs neue.

»Nein, er ist nicht tot«, sagte er redselig. »Nichts so Dramatisches – ich bringe die Leute nicht um, das habe ich Ihnen doch schon gesagt. Ich heile sie. Aber der ist endgültig geheilt. Die Manie, überall herumzuschnüffeln, ist ihm vollständig genommen.«

Mrs. Rooks und ihre Gefangene hatten das Haus schon verlassen. Lois hörte, wie sie durch das Unterholz gingen, und sie sah einen Augenblick lang das Aufblitzen der Taschenlampe, mit der die alte Frau den Weg suchte.

»Wir lassen sie vorausgehen«, sagte der Doktor, »und dann folgen wir ihnen – die Rooks ist langsam, sie wird alt.«

»Wer ist denn die andere Frau?«

»Eine meiner Patientinnen«, erwidete er gleichgültig. Sie leidet unter einer ganz außergewöhnlichen Einbildung.«

»Warum haben Sie Mrs. Rooks erzählt, daß ich verrückt sei?«

»Weil das stimmt«, war die ruhige Antwort. »Ich habe Ihnen die Diagnose gestellt, daß Sie an Wahnvorstellungen leiden und Neigung zum Selbstmord haben. Und wenn ich eine Diagnose gestellt habe, ist sie noch nie bezweifelt worden. Und nun, wenn Sie fertig sind –«

»Warum sagen Sie denn, daß ich mir einbildete, ich sei die Gräfin von Moron?«

»Weil Sie das tun! Ich habe es in die Krankheitsgeschichte eingetragen, und Krankheitsrapporte sind beweiskräftig vor Gericht!« Und er schüttelte sich vor Lachen, als ob er einen guten Witz gemacht hätte.

Sie kehrten zu dem anderen Haus zurück, und selbst in ihrer Müdigkeit und Traurigkeit war ihr der Weg durch die Felder angenehm, denn ihre Beine waren von dem langen Sitzen ganz steif geworden, und alle Glieder schmerzten sie. Als sie den letzten Hügel emporstiegen, tauchte die lange graue Mauer von Gallows Farm vor ihnen auf. Das Tor stand offen, sie gingen hindurch. Halbwegs auf dem Hof faßte er ihren Arm, und sie blieb stehen. Sie hörte das Rasseln der angeketteten Hunde und war gespannt, ob er sie wieder vor den Gefahren warnen wollte, die ein Fluchtversuch mit sich brachte.

»Da unten ist ein netter kleiner Raum«, sagte er und zeigte auf die kleine Gefängniszelle. »Jemand hat gesagt, daß sie nicht luftig sei, obgleich sie nur ein ganz klein wenig unterhalb des Erdbodens liegt. Ich werde sie Ihnen eines Tages einmal zeigen – sie hat eine interessante Geschichte.«

»Wollen Sie mich da hineinsperren?« fragte sie. All ihr Mut verließ sie.

»Sie, meine Teure? Sie sind die letzte Person in der Welt, die ich dort unterbringen würde.« Wieder fühlte sie das Streicheln seiner verhaßten Hand. »Gehen Sie nur ruhig vorwärts – Ihr schönes Zimmer wartet auf Sie.« Er nahm die Lampe, die im Gang auf einem Stuhl stand, und leuchtete ihr die Treppe hinauf. Sie schaute auf den Raum gegenüber und sah, daß ein neues Schloß an der Tür angebracht worden war. Wahrscheinlich würde die andere Frau jetzt ihre Nachbarin werden. Tappatt folgte der Richtung ihres Blicks.

»Sie bekamen Gesellschaft«, sagte er. »Diese alte Anstalt füllt sich schnell. Alles, was man zur Gründung eines Heims für Geisteskranke braucht, ist vorhanden, und zufriedene Patienten sind die beste Reklame!«

»Wo ist Mr. Dorn?« fragte sie, als er den Raum verließ.

»Er ist nach London zurück. Ich habe ihm einen Floh ins Ohr gesetzt – der Kerl wird mich nicht so bald wieder belästigen.«

»Sprechen Sie wohl jemals die Wahrheit?«

Aus irgendeinem Grund wurde er wütend über diese Frage und änderte plötzlich sein Verhalten ihr gegenüber.

»Ich werde Ihnen an einem dieser Tage die Wahrheit sagen, mein junges Fräulein, und es wird Ihnen sehr unangenehm sein, sie zu hören!« fuhr er sie böse an.

Dann schlug er die Tür hinter sich zu und schloß ab.

Kapitel

32

An demselben Tag wollte auch Mr. Chesney Praye die Wahrheit ergründen. Für gewöhnlich konnte er sie nicht brauchen, aber wie er der Gräfin während des Essens erklärte, wollte er jetzt genau erfahren, woran er sei. Er wußte viel mehr, als sie vermutete, denn er war ein schlauer Mann, der einen ausgesprochenen Instinkt dafür hatte, verborgene Dinge herauszubringen. Er handelte jederzeit nur nach Zweckmäßigkeitsgründen und holte aus jeder Lage stets das Beste für sich heraus.

»Du willst mich heiraten, Leonora, sobald diese Angelegenheit geklärt ist. Aber bevor wir weitergehen, mußt du mir deine Karten aufdecken. Zunächst will ich wissen, was ich getan habe. Blinder Gehorsam ziemt einem Soldaten, aber ich bin kein Soldat. Ich habe mir die Hände mit dieser Sache schon böse beschmutzt, und ich kann fünf Jahre im Gefängnis sitzen, wenn Dorn mir jemals auf die Spur kommt. Es gibt so viele Dinge, die du mir noch nicht erzählt hast – und ich möchte jetzt vor allen Dingen Klarheit haben.«

Die Gräfin nahm die Zigarette aus dem Mund, blies eine Rauchwolke von sich und verfolgte sie mit den Augen, bis sie sich auflöste. Dann drückte sie die Zigarette langsam in dem Aschenbecher aus und erzählte ihm alles. Chesney Praye hörte ihr eine halbe Stunde lang zu, ohne sie zu unterbrechen. Und er beschloß, alles was er erfuhr, zu seinem eigenen Vorteil auszunützen.

Nur einmal machte sie eine Pause, als sie ihren Sohn mit Lizzy in dem Palmenhof sah.

»Sie ist hübscher, als ich dachte. Wenn sie auch nur das nette Aussehen einer Choristin hat – immerhin –«

»Das ist aber jetzt ganz gleichgültig«, sagte Chesney ungeduldig. »Was passierte dann?«

Die Gräfin sprach weiter und verheimlichte ihm nichts. Als sie geendet hatte, saß er mit heißem Kopf auf seinem Stuhl.

»Bei Gott«, sagte er atemlos, »du bist einfach eine wundervolle Frau – jetzt verstehe ich auch das ganze Geheimnis von Gallows Farm. Ich muß wirklich sagen, ich bin starr vor Staunen.«

»Ja – das ist das ganze Geheimnis von Gallows Farm«, sagte Lady Moron.

Chesney Praye verließ das Hotel allein. Die Gräfin wollte auf ihr Landgut gehen und lud ihn ein, sie zu begleiten. Aber er schützte rasch eine Verabredung vor, die er im Moment ersonnen hatte. Er war ein schneller Denker und verdankte es dieser Eigenschaft, daß er damals in Indien einer Verurteilung entgangen war.

Er schaute nach einer Uhr in der Straße. Es war höchste Zeit, daß er einen Teil seiner Absicht ausführte. Wenn sein Plan auch noch nicht in allen Einzelheiten festlag, als er in ein Auto stieg, so war er doch schon in allen Details durchdacht, als er den St. Pauls-Kirchhof erreichte.

Lord Moron und seine Begleiterin saßen in einem gewöhnlichen Autobus, als sein Wagen an ihnen vorbeifuhr.

»Mein Stiefvater«, brummte der Graf. »Sie können sich doch auch nicht denken, daß ein so schrecklicher Verbrecher eine Frau wie die Gräfin anziehen kann, Elizabeth?«

Aber Lizzy preßte die Lippen zusammen und sagte nur die nichtssagenden Worte: »Gleich und gleich gesellt sich gern«, die man auf die verschiedenste Weise deuten konnte. Als sie nach der Charlotte Street kamen, fanden Sie kein Telegramm vor.

»Es wird auch keins kommen«, sagte Lord Moron mit Genugtuung. »Ich will um jede Summe mit Ihnen wetten, daß dieser Doktor es beiseite geschafft hat. Passen Sie auf, Elizabeth! Ich habe Gelegenheit gehabt, ihn aus nächster Nähe kennenzulernen, und was Sie auch immer von mir sagen mögen, Charaktere kann ich gut beurteilen.«

»Ich glaube, daß Sie klug sind«, gab Lizzy zu.« Das habe ich immer behauptet. Was wird Ihre Mutter sagen, daß wir in einem so teuren Restaurant Mittag gegessen haben?«

Lord Moron antwortete, daß das sehr gleichgültig sei.

»Von heute an bin ich mein eigener Herr – man kann nicht früh genug damit anfangen. Die Gräfin macht sich nichts daraus, wenn sie sich in der Öffentlichkeit mit diesem völlig unmöglichen Chesney zeigt, diesem Raubvogel, wie ich ihn manchmal nenne!« Er wartete, daß sie ihm zustimmte, aber sie schaute ihn nur freundlich lächelnd an. »Und wenn sie dabei nichts findet, dann sehe ich auch nicht ein, was sie dagegen haben könnte, daß ich mit einer – ganz gleich, mit einem hübschen Mädchen zum Essen gehe«, fügte er etwas verwirrt hinzu. Und Elizabeth hob ihre Augen in der Art, wie sie es in den Filmen gesehen hatte.

Um acht Uhr wurden die Postämter geschlossen. Selwyn ging zu dem nächsten und fragte nach einem Telegramm, aber es war nichts angekommen. Es gelang ihnen auch nicht, in Verbindung mit Mr. Wills zu kommen. Auf dem Rückweg telefonierte er gemäß der Instruktion, die Lizzy von ihrem Chef erhalten hatte, die Blue-Light-Company an, und sie fuhren gerade die breite Great West Road entlang, als ein schneller Wagen sie überholte. Selwyn setzte sich unwillkürlich tiefer in den Sitz zurück.

»Wer war das?« fragte Lizzy.

Lord Moron hob seinen Finger an die Lippen, obgleich keine Möglichkeit vorhanden war, sie zu belauschen. Erst als das Auto in der Ferne zu einem kleinen Punkt zusammengeschrumpft war, drehte er sich zu ihr um.

»Chesney – Chesney Praye! Er fährt auch dorthin! Ich wußte doch, daß er daran beteiligt ist!«

»Hat er uns gesehen?«

»Nein, er saß am Steuer. Aber er grinste wie ein Affe – und das hat sicher etwas zu bedeuten!«

In Maidenhead sahen sie sein Auto vor einem Hotel stehen.

»Es ist hier«, sagte Selwyn aufgeregt. »Wir müssen uns sehr vorsehen, daß er uns nicht erkennt, sollte er noch einmal vorbeifahren.«

Er überlegte, ob sie sich hinter einer Zeitung verstecken sollten, falls Chesneys Wagen wieder vorbeifahren würde. Aber jegliche Sorge war überflüssig, denn es war bereits dunkel, als seine tiefe Hupe ertönte und er gleich darauf in höchster Geschwindigkeit vorübersauste.

Zehn Meilen von Gallows Farm entfernt mußten sie Erkundigungen einziehen. Es war schwer, die genaue Lage des Gehöftes festzustellen. Erst als sie Whitcomb Village erreichten, wußten sie, daß sie auf der richtigen Straße waren. Aber es gab noch andere Schwierigkeiten zu überwinden.

»Es hat keinen Zweck, daß wir direkt nach Gallows Farm fahren und dort einfach fragen: Wo ist sie?« erklärte der Lord vollkommen richtig. »Wenn irgend etwas Verdächtiges dabei ist – und ich bin sicher, daß jedes Ding faul ist, an dem sich Chesney beteiligt –, dann werden wir überhaupt keine Antwort bekommen. Auf der anderen Seite würden wir in eine unangenehme Lage kommen, wenn wir hineinplatzen, und es ist nichts –«

»Böses an der Sache«, vollendete Lizzy, um ihm zu helfen.

Zwei Meilen von Whitcomb entfernt hielten sie Kriegsrat und entschieden sich dafür, den Wagen zur Hauptstraße zurückzuschicken und zu Fuß weiterzugehen. Es war ein Vorschlag des jungen Grafen.

»Die Lage erfordert einen gewissen Takt, und wenn jemand taktvoller ist als ich, dann möchte ich ihn sehen.«

Sie wanderten mühsam auf der staubigen Straße vorwärts und schauten gespannt nach Chesneys Auto aus. Es war vollständig dunkel geworden, und sie hatten nur Streichhölzer bei sich, von denen Lord Moron von Zeit zu Zeit eines anzündete. Als sie das Gehöft endlich sahen, waren sie gänzlich erschöpft.

»Das ist kein hübscher Ort«, sagte Selwyn. Seine Unternehmungslust war ziemlich verflogen. »Ein schreckliches Loch! Ich wäre nicht im mindesten erstaunt, wenn hier irgendwo in der Nähe ein wirklicher Galgen stände. Ich glaube, es war ein Fehler, daß wir den Wagen fortgeschickt haben.«

»Jetzt ist es zu spät, über Fehler zu sprechen«, sagte Lizzy resolut und ging voraus. »Wir haben die Stelle gefunden – das ist doch immerhin schon etwas. Es sieht allerdings nicht gerade sehr einladend aus.«

Schließlich kamen sie an die häßliche Mauer und an das schwarze Tor.

»Sollen wir klingeln oder klopfen?« fragte Selwyn. »Da drinnen ist ein Wagen – hören Sie ihn?«

Lizzy stieß mit dem Fuß gegen die Tür, als plötzlich aus dem Haus der Schrei einer Frau kam. Er klang durchdringend und angstvoll, daß Selwyns Blut zu Eis erstarrte.

Gleich darauf flogen die Türflügel krachend nach außen auf, so daß die beiden zurückprallten. Das Vorderteil eines Autos wurde sichtbar.

»Eine Frau sitzt in dem Wagen«, schrie Lizzy, aber das Motorengeräusch übertönte ihre Stimme.

Kapitel

33

Mr. Chesney Praye war ein angenehmer Besuch. Er hatte sein Auto in dem Vorhof stehengelassen und saß nun vor dem kleinen Holzfeuer am Kamin. Er wärmte sich die erstarrten Hände, denn die Nacht war ungewöhnlich kalt gewesen, und er war in höchster Eile gegen den Wind und durch die Niederungen gefahren.

»Brr, so was nennt man in England Sommer! Ich würde gern wieder nach Indien zurückgehen.«

»Hast du das vor?«

»Möglich – alles hängt davon ab –«

»Du hast Glück, daß du mich antriffst«, sagte der Doktor und stellte sein Glas auf den Tisch.

»Warum?« fragte Chesney erstaunt. »Ich dachte, du würdest diesen friedlichen Wohnsitz nicht verlassen, auf keinen Fall jetzt.«

Der Doktor erzählte ihm kurz, warum er in der Nacht die beiden Frauen fortgebracht hatte. Chesney machte ein ernstes Gesicht.

»Ist es möglich, daß Dorn zurückkommt?«

Tappatts Lustigkeit beruhigte ihn aber wieder.

»Er ist schon zurück – er befindet sich augenblicklich auch hier!«

»Was zum Teufel, meinst du?« fragte er barsch.

»Setz dich nur wieder hin, du brauchst dich nicht zu fürchten. Er liegt hinter einer zwei Zoll dicken Tür, hat Handschellen an den Gelenken und Kopfschmerzen –, er wird sich kaum rühren können. Ich hätte das telefonisch durchgesagt, aber ich traue dem Amt nicht.« Und dann erzählte er ihm sein Erlebnis mit Dorn.

»Es war die Frage, wer weiter voraussehen konnte. Es war verteufelt schwer, sich mit einem solchen Mann zu messen, immer zu überlegen, was er unter den gegebenen Umständen tun würde, seine Pläne zu durchkreuzen und seine Gegenmaßnahmen zuschanden zu machen. Einer von uns beiden mußte gewinnen – er oder ich. Aber er hat eine der einfachsten Vorsichtsmaßregeln außer acht gelassen – der blutigste Laie hätte wissen müssen, daß ich ihm ein Betäubungsmittel in den Kaffee schütten würde, wenn er nur einen Augenblick seine Aufmerksamkeit ablenken ließ. Die Sache war ein Kinderspiel und ist gerade kein großes Verdienst – er hat es mir wirklich leichtgemacht.«

Chesney war trotzdem nicht sehr behaglich zumute.

»Hat er sich von seiner Betäubung wieder erholt?«

»O ja, ich hatte schon eine interessante Unterhaltung mit ihm durch die Tür. Es ist nämlich ein kleines Guckloch darin, durch das man leicht angenehme Scherze austauschen kann. Michael Dorn ist in diesem Augenblick ein kranker Mann.«

Chesney Praye ging im Zimmer auf und ab.

»Vielleicht ist es besser, daß ich Miss Reddle heute nacht mit fortnehme.«

»Die Gräfin wollte nicht –«, begann der Doktor.

»Du brauchst dich nicht um die Gräfin zu kümmern – sie hätte telefonische Anweisung gegeben, aber sie hatte auch Bedenken wegen des Amtes. Das Mädchen und Mrs. Pinder müssen fortgeschafft werden. Das Risiko, sie hier zu behalten, ist zu groß. Dorn hat auch noch Leute, die mit ihm zusammenarbeiten, und eines Morgens wirst du hier aufwachen und bist von der Polizei umstellt.«

»Wohin willst du denn gehen?«

»Ich werde außer Landes gehen und sie mitnehmen.«

»Und die alte Frau?«

»Es ist möglich, daß ich sie – später auch brauche«, sagte Chesney.

»Dann werde ich Miss Reddle herunterbringen«, sagte der Doktor und ging zur Tür. Aber Praye holte ihn zurück.

»Das hat gar keine Eile«, sagte er. Er wollte ihm anscheinend noch etwas mitteilen, das er bis jetzt verschwiegen hatte.

»Was hast du für Pläne für die Zukunft, Tappatt?«

»Ich? Ich muß schleunigst machen, daß ich fortkomme. Sie werden mich aus der Liste der Ärzte streichen – wenigstens hat Dorn mir das gesagt.«

»Was willst du denn mit ihm anfangen?«

Ein häßliches Grinsen zeigte sich auf dem Gesicht des Doktors.

»Ich weiß noch nicht. Er wird mir nachgerade sehr lästig – ich habe das gleich von Anfang an gesehen. Ich könnte ihn einfach hier lassen. Das werde ich wahrscheinlich auch tun. Niemand wird herkommen, vielleicht monatelang nicht, vielleicht sogar in einem Jahr noch nicht –«

Chesney Prayes Gesicht wurde aschfahl.

»Du willst ihn hier verhungern lassen?«

»Warum nicht?« fragte der andere kühl. »Wer wird es denn herausbringen? Ich werde am besten nach Australien gehen. Meine Haushälterin nehme ich mit – sie wird denken, ich habe Dorn freigelassen. Auf keinen Fall stellt sie überflüssige Fragen. Das Anwesen ist Lady Morons Eigentum. Wer soll denn hierherkommen, wenn ich fortgehe? Es ist möglich, daß es jahrelang leersteht.«

Chesney fühlte ein Würgen in der Kehle, und seine Hand zitterte.

»Ich weiß nicht – es ist doch zu schrecklich, einen Menschen einfach verhungern zu lassen –«

»Aber was habe ich denn davon, wenn er mir auf den Fersen ist?« fragte der Doktor und stocherte mit dem Eisen im Feuer, das beinahe ausgegangen war. »Dann müßte ich meine Mahlzeiten im Gefängnis zu regelmäßig einnehmen. Er hat mir ja gesagt, daß das Essen in Dartmoor ganz gut sein soll, und ich glaube das gern. Ich brauche dazu keine persönliche Erfahrung. Für einen Arzt gibt es ja immer noch einen Ausweg. Ich verdanke Dorn so verschiedenes. Er hat mich von Indien fortgejagt. Dein besonderer Freund ist er doch auch nicht gerade, Chesney?«

»Nein, aber –«

»Aber was? Du hast soviel Mut wie ein altes Huhn! Denke daran, was uns passiert, wenn die Geschichte herauskommt!« Er zeigte auf die Decke. »Das würde die meiste Zeit deines Lebens kosten und mehr Jahre, als ich noch zu leben habe. Nein, ich kenne das Risiko sehr gut und habe mir ganz genau überlegt, was das in Zukunft mit sich bringen kann. – Du wolltest doch das Mädchen hier unten haben – vermutlich willst du sie allein sprechen?«

Chesney nickte. Tappatt verließ das Zimmer und blieb lange Zeit fort. Als sich die Tür endlich wieder öffnete, kam Lois Reddle in den Raum. Als sie Praye sah, blieb sie stehen.

»Sie sind hier?« fragte sie verwundert.

»Guten Abend, Miss Reddle. Wollen Sie nicht Platz nehmen?«

Chesney war die Höflichkeit selbst, und sein Benehmen war tadellos.

»Ich fürchte, Sie haben sehr schlechte Erfahrungen gemacht. Ich habe erst heute nachmittag davon erfahren und kam sofort hierher, um alles zu tun, was in meinen Kräften steht, um Ihnen zu helfen.

Der Doktor erzählte mir eben, daß Sie amtlicherseits für verrückt erklärt worden sind.«

»Das ist eine Lüge«, sagte sie erregt. »Ich kenne die Gesetze sehr wenig, aber ich bin doch zu lange in Mr. Shaddles' Büro gewesen, um nicht zu wissen, daß eine Person nicht auf die Untersuchung eines einzigen Arztes hin für verrückt erklärt wird. Wollen Sie mich von hier fortbringen?«

Er nickte.

»Und die andere unglückliche Frau?«

»Die kann auch fortgehen«, sagte er langsam. »Unter gewissen Bedingungen.«

Sie sah ihm fest ins Gesicht.

»Ich verstehe Sie nicht ganz, Mr. Praye.«

Er lud sie wieder ein, Platz zu nehmen, aber sie rührte sich nicht.

»Hören Sie mich bitte an, Miss Reddle. Ich nehme Ihretwegen ein großes Wagnis auf mich. Ich brauche es Ihnen nicht im einzelnen auseinanderzusetzen, aber wenn ich heute abend keinen Erfolg habe, dann ist meine Zukunft und wahrscheinlich« – er zögerte zu sagen: meine Freiheit – »meine Zukunft ernstlich gefährdet. Ich habe diese Fahrt ohne das Wissen einer bestimmten Persönlichkeit unternommen, deren Namen ich im Augenblick nicht nennen will. Ich täusche das Vertrauen, das sie in mich setzt. Sie wird es mir nicht verzeihen.«

»Sprechen Sie von der Gräfin Moron?« fragte sie ruhig.

»Es hat keinen Zweck, wie die Katze um den heißen Brei zu gehen – ja, ich meine die Gräfin Moron.«

»Bin ich auf ihre Anordnung hier?«

Er nickte.

»Aber warum? Was habe ich ihr getan, daß sie auch nur den Wunsch haben könnte, mir irgend etwas zuleide zu tun?«

»Das werden Sie in einigen Tagen erfahren«, sagte er ungeduldig. »Das gehört jetzt nicht hierher. Ich kann Sie und ihre Mutter retten.«

Sie prallte zurück.

»Meine Mutter?« fragte sie atemlos. »Diese Frau« – sie zeigte mit zitternden Fingern auf die Tür – »ist meine Mutter?«

Er nickte.

»Hier – o mein Gott, was hat das alles zu bedeuten?«

»Sie ist aus demselben Grunde hier wie Sie«, war seine kühle Antwort. »Miss Reddle, Sie sind eine intelligente junge Dame – ich hoffe, Sie sind vernünftig und sehen ein, welche Opfer ich für Sie bringe. Nehmen Sie die Bedingungen an, die ich stellen muß, wenn ich Ihre Mutter befreie?«

»Was sind Ihre Bedingungen?« fragte sie langsam.

»Die erste ist, daß Sie mich heiraten«, sagte Chesney Praye.

Kapitel 34

Sie sah ihn entsetzt an.

»Daß ich Sie heirate?«

»Daß Sie mich morgen heiraten! Ich habe schon alle Vorbereitungen getroffen und mir einen besonderen Erlaubnisschein erwirkt, damit ich morgen früh heiraten kann. Ich hatte große Schwierigkeiten deshalb, aber hier ist er.« Er zeigte auf seine Brusttasche. »Bevor ich London verließ, telegrafierte ich dem Pfarrer von Leitworth – das Dorf liegt ungefähr dreißig Meilen von hier entfernt – und bat ihn, die Zeremonie morgen früh um zehn Uhr zu vollziehen.«

Sein Gesicht war bleich geworden, offenbar kämpfte er mit einer starken Erregung. Dann sprach er leise weiter.

»Ich will Sie zu einer reichen Frau machen, Miss Reddle. Sie und Ihre Mutter sollen im Überfluß leben. Ich werde Ihnen eine Stellung in der Welt geben, von der Sie sich niemals haben träumen lassen. Ich will noch mehr tun –« Er trat näher zu ihr, und bevor sie wußte, was er beabsichtigte, ergriff er sie an den Schultern. »Ich werde den Namen Ihrer Mutter reinwaschen – ich kann ihr die Jahre zurückgeben, die sie im Gefängnis verbringen mußte.«

»Nein«, sagte sie. »Es tut mir leid, das kann ich nicht. Es mag ja alles richtig sein, was Sie mir da sagen, aber ich kann Sie nicht heiraten, Mr. Praye. Und ich glaube Ihnen nicht. Meine Mutter ist im Gefängnis.«

»Ihre Mutter ist in diesem Haus.«

Er ging zur Tür, riß sie auf und rief Tappatt.

»Bring Mrs. Pinder hierher«, sagte er.

Lois stand in der äußersten Ecke des Zimmers, hatte die Hände gefaltet und wartete. Sie hoffte und wagte doch nicht zu hoffen. Dann hörte sie einen leichten Schritt auf der Treppe, die Tür öffnete sich wieder, und eine Frau trat herein.

Ein Blick auf ihr gelassenes Gesicht genügte Lois. Im nächsten Augenblick umarmten sie einander, und Lois weinte an der Brust ihrer Mutter.

Minutenlang herrschte Schweigen im Raum, und es waren nur die Kosenamen zu hören, die die Mutter ihrer Tochter gab. Dann löste sie sich von ihr, legte ihr die Hände auf die Schultern und sah in das tränenüberströmte Gesicht ihres Kindes.

»Meine kleine Lois«, sagte sie sanft. »Es scheint mir fast unmöglich!«

Lois versuchte zu sprechen.

»Bist du gekommen, um mich zu befreien – mich von hier fortzuholen?«

Chesney sah das Mädchen gespannt an. Sie nickte, und seine Hoffnung wuchs, als er sich jetzt Mrs. Pinder selbst vorstellte.

»Mein Name ist Chesney Praye«, sagte er ehrerbietig. »Ein Freund von Miss Reddle.«

»Reddle? Dann gab dir also Mrs. Reddle ihren Namen!« Sie schaute Chesney an. »Wann werden wir aufbrechen?« fragte sie.

»Sobald gewisse Bedingungen erfüllt sind. Würden Sie uns allein lassen, Mrs. Pinder?«

Die Frau schaute das Mädchen wieder an, schloß sie in ihre Arme und küßte sie zärtlich. Chesney riß sie in seiner Angst beinahe auseinander, drängte sie zur Tür und kam zu Lois zurück.

»Nun? Habe ich Ihnen die Wahrheit gesagt?«

Sie nickte.

»Wollen Sie meine Bedingungen erfüllen?«

»Sie heiraten?« Sie schüttelte den Kopf.

»Aber Sie haben Ihrer Mutter doch eben mitgeteilt, daß Sie es tun«, sagte er wütend. »Sie wissen doch, was es heißt, wenn Sie mein Anerbieten zurückstoßen?«

»Das kann ich nicht! Wie kann ich Sie heiraten, Mr. Praye? Sie sind mit der Gräfin von Moron verlobt.«

»Lassen Sie die Gräfin jetzt aus dem Spiel! Sie wissen, was ich für Sie zu tun bereit bin. Ich rette Ihr Leben, ich gebe ihnen Ihre

Mutter wieder –«

»Ich kann es nicht!« wiederholte sie hilflos. »Wie können Sie mich zu einer solchen Entscheidung treiben! Ich – ich kenne Sie doch gar nicht. Sie müssen mir Zeit lassen.«

»Ich kann Ihnen nur so viel Zeit lassen, wie Sie dazu brauchen, dieses Schriftstück zu unterzeichnen.«

Er zog einen Aktenbogen aus seiner Tasche und legte ihn auf den Tisch.

»Was ist das?« fragte sie.

»Ein Vertrag. Sie brauchen sich nicht die Mühe zu machen, ihn zu lesen – Sie haben nur zu unterzeichnen. Ich will den Doktor hereinrufen, daß er seine Unterschrift als Zeuge gibt.«

»Aber was bedeutet denn dieses Dokument?« fragte sie und versuchte es umzudrehen, so daß sie die erste Seite sehen konnte. Jedoch er hinderte sie daran.

Das Zusammentreffen mit ihrer Mutter hatte sie sehr erschüttert, aber nun kam allmählich ihre kühle Besinnung zurück, und ihre Haltung wurde eisig und ablehnend. Ein böser Argwohn schlich sich in ihr Herz, und sie glaubte nicht, daß er auch die Macht habe, seine Versprechungen zu erfüllen: Ihr Gefühl sagte ihr, daß das Wort dieses Mannes wertlos sei.

»Ich kann mich nicht entscheiden, bevor ich nicht Mr. Dorn gesehen habe.«

Sie wußte selbst nicht, warum sie den Namen des Detektivs in diesem Augenblick erwähnte. Sie wollte Zeit gewinnen und nahm den ersten Namen, der ihr ins Gedächtnis kam. Sie hätte sich ebensogut auf Mr. Shaddles berufen können.

»Dorn! Da liegt also der Hase im Pfeffer? Wie? Michael Dorn ist der Auserwählte? Nun, ganz gleich, Dorn oder nicht Dorn, Sie werden mich morgen früh um zehn Uhr heiraten – ich bin zu weit gegangen, um noch zurück zu können. Außerdem ist Dorn – tot.«

»Tot?« schrie sie entsetzt auf.

»Er kam heute morgen hierher, um nach Ihnen zu sehen, und –«

Die Tür öffnete sich langsam.

»Ich brauche dich jetzt nicht, Tappatt, mach die Tür zu!«

Aber sie öffnete sich allmählich immer weiter, und dann erschien langsam die schwarze Mündung einer Pistole, dann ein Arm und zuletzt das lächelnde Gesicht Michael Dorns.

»Hände hoch, Praye!« rief er. »Ich will Sie mitnehmen!«

Als sich die Tür öffnete und die Hand sich hereinstreckte, griff Chesney blitzschnell nach einem Ebenholzlineal, und als er in das ihm so verhaßte Gesicht Michael Dorns sah, schlug er mit einem Hieb die Petroleumlampe vom Tisch. Man hörte ein Splittern von Glas. Lois schrie wild auf.

Praye stürzte auf sie los. Sie hörte, wie die Tür zugeschlagen wurde und wie jemand stöhnte. In der nächsten Sekunde waren die beiden Männer handgemein. Sie wich weiter und weiter in die Ecke des Raumes zurück, je mehr die Tische und Stühle in den Kampf hineingezogen wurden. Chesney brüllte und rief laut nach dem Doktor. »Doktor – Hilfe! Faß dieses Schwein!«

Plötzlich wurde die Tür aufgerissen, und Lois hörte forteilende Schritte. Chesney schien sich entfernt zu haben.

»Bleiben Sie stehen, wo Sie sind!« Das Zimmer roch nach Petroleum. »Stecken Sie kein Streichholz an«, rief Michael, aber kaum hatte er die Worte ausgesprochen, als schon eine helle Flamme aus dem Kamin herausfuhr. Das aus der Petroleumlampe ausgelaufene Öl war mit der rotglühenden Asche in Berührung gekommen, und im nächsten Augenblick stand der ganze Fußboden in Flammen.

Lois war starr vor Schrecken, aber bevor sie sich rühren konnte, hatte Dorn sie gepackt und trug sie auf den Gang.

»Gehen Sie schnell nach hinten – die Hunde tun Ihnen nichts«, sagte er. Dann eilte er die Treppe hinauf und drang in das Gefängnis von Mrs Pinder ein.

Aber der Raum war leer, und es war weder etwas von Tappatt noch von der Frau zu entdecken. Er eilte wieder hinunter in die Halle und lief zur Haustür. Als er ins Freie trat, sah er, wie Chesneys großer Wagen eben in voller Fahrt gegen das geschlossene Tor anrannte. Krachend sprang es auf, und die Schlußlichter des Wagens verschwanden.

Der vordere Raum brannte jetzt lichterloh. Er durchsuchte das Zimmer der Haushälterin, aber es war auch leer. Es hatte keinen Zweck, noch weiter nachzuforschen. Dr. Tappatt war fort und mit ihm auch die unglückliche Mutter von Lois. Er ging wieder zu dem Mädchen, und sie erzählte ihm, was sich ereignet hatte, bevor er in das Zimmer kam.

»Das war also Chesneys Absicht«, sagte Dorn bitter. »Tappatt hat sicher an der Tür gehorcht und dachte, daß man ihn im Stich lassen wollte – da entschied er sich dafür, zu fliehen. Als Praye Ihre Mutter aus dem Zimmer schickte, muß sie der Doktor in den Wagen gebracht haben, und als er den Kampf hörte, machte er sich zur Abfahrt fertig.«

»Wo wird er sie hinbringen? Was wird geschehen?« fragte sie angsterfüllt. Sie hängte sich wie ein erschrockenes Kind an ihn.

Als er die bebende Gestalt in seinen Atmen hielt, dachte er nicht mehr an die Welt und ihre traurigen Schrecken und lebte für einen Augenblick in einem Himmel von Glück.

»Liebes Kind!« Seine Hände zitterten, als er ihre Wange streichelte. »Ihre Mutter ist nicht in Gefahr – sie wagen es nicht, etwas gegen sie zu unternehmen.«

»Es war zuviel für mich«, sagte sie schluchzend, während sie ihr Gesicht an seine Brust legte. »Michael, ich fürchte mich so sehr – was wird mit meiner Mutter geschehen?«

»Nichts – niemand wird ihr etwas tun.«

Das Feuer hatte sich ausgebreitet, und Flammen schlugen aus dem Dach.

»Es wird wie Zunder brennen – es tut mir leid.«

»Es tut Ihnen leid?« fragte sie überrascht.

»Ich bin traurig, daß Eigentum zerstört wird – ich werde den Buickwagen aus dem Schuppen holen, bevor das Feuer auch dorthin kommt.«

Sie gingen quer über den Hof. Er führte sie an seinem Arm.

Als sie niederschaute, sah sie einen der Hunde ausgestreckt auf dem Boden liegen.

»Ich mußte sie erschießen«, sagte er. »Ich benützte einen Schalldämpfer, weil es der Doktor sonst gehört hätte.«

»Man sagte mir, daß Sie tot seien –«

»Ich werde Ihnen später alles erklären«, antwortete er kurz und widmete seine ganze Aufmerksamkeit dem Aufbrechen des Schlosses. Gleich darauf holte er den Wagen heraus und prüfte den Inhalt des Benzintanks.

»Es ist noch genug Brennstoff vorhanden, um damit zum nächsten Dorf zu kommen«, sagte er. »Der Reservetank ist auch noch gefüllt.«

Er fuhr den Wagen vor das Haus und warf noch einen Blick auf die wütenden Flammen, als schon der erste Polizist auf einem Motorrad aus der Richtung von Whitcomb ankam.

»Es ist außer mir niemand verletzt«, beantwortete Michael seine Frage. »Und bei mir handelt es sich darum, ob ich einen Antrag auf Verfolgung stelle. Haben Sie nicht ein Auto auf Ihrem Weg hierher gesehen?«

»Ja – es fuhren zwei Wagen an mir vorbei. Zuerst ein großes Auto mit drei oder vier Leuten und gleich darauf ein kleiner Wagen.«

»Welche Richtung nahmen sie?«

»Sie fuhren die Newbury Street entlang.«

»Dann werden wir das gleiche tun«, sagte Michael.

Und auf der Rückfahrt nach London erzählte er Lois sein Abenteuer.

»Ich war mir darüber klar, daß er Sie über Nacht aus dem Haus bringen würde, aber ich wußte auch, daß es nicht weit sein konnte. Leider war es mir unmöglich, alle Seiten des Hauses zu bewachen, und außerdem konnte ich zu Fuß nicht zeitig genug zurückkommen, um ihn zu ertappen. Wie ich erwartet hatte, war das Haus leer, als ich es durchsuchte. Ich überlegte mir nun einen verhältnismäßig einfachen Plan. Als er mir den Kellerraum zeigte, legte ich eine Pistole und einen kleinen Beutel mit allerhand Werkzeugen in das Bett, denn ich vermutete schon, daß er mich dort einsperren wollte, wenn es ihm gelingen würde, mich zu fangen. Offen gestanden glaube ich nicht, daß er schon daran dachte, mich zu betäuben, bis ich es ihm selbst suggerierte. Und dann tat er es in der gröbsten Weise. Er gab vor, draußen jemand zu hören, um meine Aufmerksamkeit abzulenken, und ich ließ mich natürlich auch ablenken. Als er dann das Betäubungsmittel in den Kaffee geschüttet hatte, führte ich ihn hinters Licht. Ich fand einen Vorwand, auf den Hof hinauszugehen, und goß den Kaffee dort aus. Als ich zurückkam, blieb ich in der Tür stehen und tat so, als ob ich den Kaffee austränke. Er ließ sich auch tatsächlich täuschen. Ich stand, und er saß, und so konnte er nicht sehen, ob meine Tasse gefüllt war oder nicht. Er war so befriedigt, daß er genauso handelte, wie ich es vorausgesehen hatte. Er lockte mich in den Kellerraum, und ich ließ mich hineinführen. Ich ahnte, daß er Sie in dem Augenblick zurückbringen würde, in dem er mich hinter Schloß und Riegel wußte. Ich versteckte meine Pistole und meine Werkzeuge, und als er später zu mir kam, fand er mich bewußtlos. Er machte sich nicht die Mühe, den Raum noch einmal zu untersuchen, und wenn er es noch einmal getan hätte, würde er sehr wahrscheinlich sehr erschrocken gewesen sein, wenn er von der hilflosen Gestalt auf dem Bett einen unvorhergesehenen Schlag erhalten hätte!«

»Aber wie sind Sie denn herausgekommen?«

»Das war leicht – fast jeder Schlüssel hätte das altmodische Schloß geöffnet, und ich hatte einen ganzen Bund Dietriche bei mir. Ich wartete den ganzen Tag, weil ich sicher war, daß er Sie nicht vor Einbruch der Nacht zurückbringen würde. Die Handschellen waren das Schwierigste, denn ich hatte keinen Schlüssel, um sie aufzuschließen. Zwei Stunden mußte ich schwer arbeiten, und einer meiner Daumen ist fast ausgerenkt.«

Sie hielten bei der Tankstelle und ließen ihre Benzinbehälter auffüllen. Lois blieb im Wagen sitzen und hörte, wie Michael von der kleinen Station aus telefonierte. Dann setzten sie ihren Weg nach London fort.

»Ich weiß jemand, der heute abend sehr glücklich sein wird«, sagte Michael, als der Wagen durch die Bayswater Road fuhr. »Ich bin neugierig, wie sie den Tag verbracht hat.«

»Wen meinen Sie denn?« fragte Lois.

»Miss Elizabeth Smith.«

»Mr. Dorn, glauben Sie wirklich, daß keine Gefahr für meine Mutter besteht?« Sie mußte immer wieder daran denken.

Der Wagen hielt vor dem Haus in der Charlotte Street, und Mr. Mackenzie meldete sich auf das Klopfen an der Haustür.

»Ist Miss Smith bei Ihnen?« fragte der alte Mann, nachdem er Lois bewillkommnet hatte.

»Lizzy?« fragte Lois überrascht. »Sie ist nicht bei uns – ich habe sie nicht gesehen. Warum fragen Sie?«

»Sie ist mit Seiner Lordschaft nach Gallows Farm gefahren.«

»Meinen Sie Lord Moron?« fragte Michael überrascht.

»Sie fuhren um acht Uhr zusammen in einem Taxi fort.«

Michael und Lois standen in Mackenzies Zimmer, als er ihnen diese Informationen gab, und sie sahen sich erstaunt an. Das war eine unvorgesehene Entwicklung.

»Ich habe keinen Wagen gesehen, weder ein Taxi noch sonst etwas«, sagte Michael. »Graf Moron!« Er pfiff leise vor sich hin.

»Vielleicht haben sie sich verirrt«, meinte Lois, und er war nicht abgeneigt, sich ihrer Vermutung anzuschließen.

»Wenn Sie nichts dagegen haben, Miss Reddle, möchte ich hier warten, bis sie zurückkommen«, sagte er. »Sie haben doch nicht die Absicht, die Gräfin Moron anzurufen?« fragte er dann.

Lois schauderte. »Nein, nein – diese schreckliche Frau!«

»So wissen Sie – oder vermuten Sie –«

»Ich weiß nichts – mir ist alles noch ein Rätsel. Es ist so widerspruchsvoll und irreführend, daß ich verrückt werden könnte. Aber ich bin so dankbar, daß ich nun hier bin.« Sie lächelte und streckte ihm die Hand entgegen. »Ich wußte, daß Sie mir helfen würden. Und ebenso weiß ich, daß Sie es sein werden, der mir meine Mutter wiederbringt.«

Er nahm ihre Hand und hielt sie fest und suchte ihre Augen.

»Ich möchte Ihnen etwas gestehen«, sagte er leise. Sie waren allein in dem kleinen Zimmer, und das Herz des Mädchens schlug heftig. »Ich dürfte eigentlich nichts sagen, weil ich nicht das Recht dazu habe, aber ich fühle, daß ich keine Gelegenheit mehr haben werde, es Ihnen zu sagen, wenn ich es jetzt nicht tue.«

Sie sah ihm voll in die Augen.

»Ich liebe Sie«, sagte er schlicht. »Ich kann Sie nicht heiraten, kann Sie nicht bitten, mich zu heiraten – dies macht meinen Schmerz nur um so größer. Aber ich möchte Ihnen nur sagen, daß es das größte Glück für mich ist, etwas für Sie getan zu haben.«

»Ich werde Ihnen immer dankbar sein.«

Dann nahm sie ihre Hand aus der seinen und lächelte ihn an.

»Zwei Liebeserklärungen in einer Nacht sind mehr, als ein vernünftiges Mädchen erwarten kann«, sagte er halb scherzend.

»Eine Liebeserklärung«, entgegnete sie leise, »und ein Heiratsantrag – das ist ein großer Unterschied. Meinen Sie nicht?«

»Ich bin keine Autorität in diesen Dingen«, sagte er und schaute auf die tickende Uhr. Dabei kam ihm zu Bewußtsein, wie spät es war.

»Ich bin beunruhigt wegen der beiden. Wo mögen sie wohl geblieben sein? Fürchten Sie sich davor, hier allein zu schlafen?«

Sie schüttelte den Kopf.

»Aber ich mache mir Sorgen über Lizzy – und den armen Lord Moron! Ich möchte nur wissen, was seine Mutter dazu sagt, wenn sie das erfährt!«

»Wahrscheinlich weiß sie es«, sagte Michael.

In diesem Augenblick hörten sie Lizzys Stimme unten auf dem Gang und gleich darauf Schritte auf der Treppe.

Lois lief auf den Vorplatz hinaus und schaute hinunter.

»Michael!« rief sie erregt. Er war sofort an ihrer Seite. »Sehen Sie – dort –«, sagte sie mit heiserer Stimme. Michael Dorn schaute hinunter –

Kapitel 35

Als das Tor so heftig aufgestoßen wurde und das Auto auf die Straße hinausfuhr, zog Lizzy den jungen Grafen in den Schatten der Mauer zurück. Im nächsten Augenblick lief ein Mann durch das offene Tor und sprang auf den fahrenden Wagen. Das Auto verlangsamte seine Fahrt

»Er ist drin«, flüsterte Lizzy. »Schnell auf den Gepäckträger!«

Sie lief schon hinter dem Wagen her, griff in die vorstehenden Eisenschienen und sprang hinauf. Der Wagen begann eben wieder schneller zu fahren, als auch Selwyn vorwärtstaumelte. Er erfaßte mit einer Hand den Rand des Gepäckträgers, hielt sich fest, und seine Beine bewegten sich schneller, als sie sich je bewegt hatten. Lizzy beugte sich vor, packte ihn fest bei der Hand und zog ihn an ihre Seite. Sie war völlig erschöpft.

»Festhalten!« zischte sie ihm ins Ohr. Diese Vorsicht war auch in höchstem Maße geboten, denn der Wagen stieß und polterte von einer Seite zur anderen, als er auf der unebenen Straße dahinraste.

»Tausend Meilen die Stunde!« rief sie ihm in ihrer naiven Art ins Ohr.

Jetzt bogen sie in die Chaussee ein. Der Wagen lief nun ruhiger, aber immer schneller. Lizzy hielt sich fest, so gut sie konnte, und ergab sich widerstandslos in ihr Schicksal. Einmal schaute sich ein Motorradfahrer um, der ihnen begegnete. Sie konnte gerade noch etwas von seiner Uniform sehen – es war ein Polizist. Aber bis sie sich darüber klar wurde, war er längst außer Sicht.

Selwyn wollte ihr etwas ins Ohr flüstern. Er hatte sich wieder von dem Schrecken erholt und fühlte sich Lizzy gegenüber zu Dank verpflichtet.

»Was soll denn nun aber aus unserem Wagen werden? Wir haben ihn doch stundenweise gemietet«, sagte er heiser.

»Shaddles zahlt alles«, erwiderte sie vergnügt.

Etwas später hielt das Auto an, und die beiden blinden Passagiere machten sich bereit, abzuspringen. Lizzy lugte heimlich um die Rückwand des Wagens herum und stellte die Ursache des Aufenthaltes fest. Sie waren vor einem kleinen Häuschen angekommen. Jemand stieg aus dem Wagen und ging zur Tür. Sie wußte, daß es eine Tankstelle war, in der sich auch ein Telefon befand. Sie hörte eine murmelnde Stimme. Dann kam der Mann, der telefoniert hatte, wieder heraus.

»Alles in Ordnung«, sagte er, stieg wieder ein, und der Wagen setzte sich aufs neue in Bewegung.

Sie waren keine zwanzig Meilen weitergefahren, als das Auto zu ihrem Erstaunen seine Geschwindigkeit wieder verlangsamte. Sie fuhren durch ein altes Tor, das vor ihnen geöffnet wurde. Lizzy fühlte die Erregung Selwyns, als er sich zu ihr beugte.

»Altes Familiengut!« flüsterte er. »Landsitz und all so was. Hab's gleich erkannt, als ich die Tore sah.«

»Wessen Landsitz?« fragte sie vorsichtig.

»Meiner«, war die überraschende Antwort. »Der meiner Mutter natürlich«, fügte er dann hinzu. »Schreckliches Haus! Hab's niemals gemocht. Moron Court, Newbury – ein verrückter Ort.«

Sie kamen durch eine lange Ulmenallee, und der Wagen fuhr langsamer und langsamer. Selwyn klopfte Lizzy auf die Schulter und sprang ab.

Da sie einsah, daß er recht hatte, folgte sie seinem Beispiel, und sie verbargen sich gerade noch rechtzeitig im Schatten eines Baumes, denn der Wagen hielt gleich darauf an, und sie hörten die Stimme der Gräfin Moron. Selwyn überlief es kalt, als er sie hörte.

»Fahren Sie zum Westeingang – dort ist niemand. Was haben Sie denn in Somerset zu tun gehabt, Chesney?«

»Ich werde Ihnen später alles erklären«, sagte er kurz.

Der Wagen fuhr langsam weiter, und die beiden sahen aus ihrem Versteck, wie die Gräfin ihm langsam nachging.

Woher wußte sie, daß das Auto kam? Aber plötzlich erinnerte

sich Lizzy an das Telefonhäuschen, bei dem sie gehalten hatten.

»Ein merkwürdiger alter Stall«, flüsterte ihr Moron zu. »Sehen Sie dort die Erhebung im Dach? Das ist die Alarmglocke – vom Musikzimmer aus kann sie in Bewegung gesetzt werden, wenn etwas passiert.«

Sie warteten, bis die Gräfin Moron außer Sicht war, und folgten ihr vorsichtig. Vor dem Westeingang lag eine glasgedeckte Vorhalle. Die Tür wurde eben geschlossen, als sie ankamen, aber Moron lächelte Lizzy selbstzufrieden an und nahm etwas aus seiner Tasche. »Hausschlüssel«, flüsterte er ihr so laut zu, daß jeder in der Nähe es hätte hören müssen.

Er schloß vorsichtig auf und gab ihr ein Zeichen, ihm zu folgen. Ein langer Korridor, der mit dicken roten Teppichen belegt war, dehnte sich vor ihnen aus. Es brannte nur am Ende des Ganges ein Deckenlicht.

Sie schlichen sich mit größter Vorsicht den Gang entlang. Plötzlich stand Selwyn still und hob warnend den Finger. Er zeigte energisch auf eine Tür und winkte ihr, dahinterzutreten. Etwas weiter entfernt lag eine breite Marmortreppe. Er stieg mit Lizzy hinauf.

Sie sahen schreckenerregend aus. Von Kopf bis Fuß waren sie mit einer Schicht von weißgrauem Kalk bedeckt.

Am Ende der Treppe begann ein anderer Gang, der genauso wenig beleuchtet war wie der untere. »Hier ist die Galerie des Musikzimmers.« Er zeigte auf eine schmale Tür. »Machen Sie, bitte, keinen Lärm.«

Die Tür selbst lag im Schatten eines breiten Balkons. Unten im Saal brannten die Lichter, und sie hörten Stimmen, als sie eintraten. Sie hielten sich dicht an der Mauer und gingen vorwärts, bis es gefährlich wurde, weiter vorzutreten. Dann hätte Selwyn beinahe Veranlassung gegeben, daß sie entdeckt worden wären. Er wandte sich um.

»Sie ist nicht hier – ich meine Miss Reddle. Es ist eine ältere Frau mit weißem Haar.«

»Also Sie haben Ihre Tochter gesehen, Mrs. Pinder?« tönte es herauf.

»Ja, ich habe Lois gesehen.«

Lois! Lizzy hielt sich mit der Hand den Mund zu. Lois Reddles Mutter! Ihr Name war also Pinder.

»Ein sehr hübsches Mädchen!« sagte Lady Moron sanft.

»Ein liebes, süßes Mädchen! Ich bin sehr stolz, was mir auch immer geschehen sollte.«

»Was sollte Ihnen denn zustoßen?«

»Ich weiß es nicht – aber ich bin auf alles gefaßt.«

Lizzy schaute ihren Begleiter an, der in den großen Saal hinunterstarrte.

»Sie ist ein zu anmutiges Kind, als daß Sie es verlieren möchten, Mrs. Pinder, ich machen Ihnen ein Angebot. Gehen Sie mit Ihrer Tochter nach Südamerika – ich werde Ihnen eine jährliche Summe zahlen, viel mehr, als Sie zum Leben brauchen. Wenn sie hiermit einverstanden sind, werden Sie nie mehr belästigt werden.«

Mary Pinder lächelte und schüttelte den Kopf.

»Ihr Angebot kommt zu spät. Hätten Sie es mir gemacht, als ich noch im Gefängnis saß, und hätten Sie sich bemüht, mich von dieser grausamen Strafe zu befreien, so wäre ich vor Ihnen niedergekniet und hätte Ihnen gedankt und Sie gesegnet, aber jetzt weiß ich zuviel.«

»Was wissen Sie?« fragte Gräfin Moron.

Mrs. Pinder begann zu sprechen, und während sie erzählte, ergriff Lizzy die Hand des jungen Mannes, der neben ihr stand, und lehnte ihr Gesicht an seinen Arm. Er drehte sich einmal mit verklärtem Gesicht zu ihr um und lächelte sie an, als ob er aus ihrer Haltung alles schließen könnte, was ihr Herz bewegte. Niemand unterbrach Mrs. Pinder, bis sie geendet hatte.

»Sie wissen ein wenig zuviel, und das ist für meine Ruhe gefährlich«, sagte die Gräfin dann. »Auch die Sicherheit meiner Freunde wird durch Sie aufs Spiel gesetzt.«

»Das verstehe ich vollkommen«, sagte Mary Pinder ernst.

»Ich wiederhole mein Angebot. Ich rate Ihnen, es sich gut zu überlegen, bevor Sie die Chance, ein gesichertes Leben zu führen, zurückweisen.«

»Sehen Sie, Leonora –«, begann Chesney Praye.

»Schweigen Sie!« fuhr ihn die Gräfin an. »Ich habe diese Nacht einen Freund entdeckt, dem ich trauen kann – und das sind nicht Sie, Chesney. Tappatt hat mir alles erzählt, was sich zugetragen hat. Sie wollten mich hinter meinem Rücken betrügen und mir zuvorkommen. Heute abend werden Sie das tun, was ich Ihnen sage.

Nun, Mrs. Pinder, nehmen Sie mein Angebot an?« – »Nein.«

Gräfin Moron wandte sich an den Doktor mit dem roten Gesicht.

»Mrs. Pinder«, sagte er in jovialem Ton und mit freundlicher Miene, während er auf sie zuging, »warum wollen Sie denn nicht vernünftig sein? Tun Sie doch, was die Gräfin von Ihnen verlangt.«

»Ich will nicht –«

Er war ganz nahe an sie herangetreten. Plötzlich streckte er seine Hand aus und erwürgte den Schrei in ihrer Kehle. Sie wand sich verzweifelt und wie wahnsinnig, aber niemand hinderte diese grausamen Hände. Chesney Praye machte einen halben Schritt vorwärts, aber Gräfin Morons Arm hielt ihn zurück.

Doch plötzlich sprang ein wild aussehender, staubbedeckter Mann, den niemand kannte, vom Balkon herunter und packte den Doktor von hinten an den Schultern. Als Tappatt zurücktaumelte und sein Opfer losließ, eilte Selwyn zu dem langen roten Seil, das an der einen Seite der Wand hing, und zog daran. Von oben kam ein betäubender Klang. Und wieder zog er an der Schnur.

»Du verrückter Kerl! Bist du toll?« Seine Mutter kam auf ihn zu, aber er stieß sie weg. Dann hörte er auf zu läuten.

»Das ist die Alarmglocke«, rief Selwyn. »In einer Minute werden wir das ganze Haus und das halbe Dorf hier versammelt finden, und ich will nicht in Gegenwart der Leute sagen, was ich jetzt zu sagen habe. Du denkst, ich bin ein Narr, und vielleicht hast du recht – aber ich bin kein schlechter Mensch, und ich werde dich und deine gräßlichen Freunde vor den Richter bringen!«

»Fort mit ihm!« schrie die Gräfin, als man schon das Laufen auf dem Korridor hörte. »Ich werde sagen, daß es ein unglücklicher Zufall war.«

»Rührt ihn nicht an!« rief eine Stimme vom Balkon.

Eine Vogelscheuche, ähnlich Selwyn, lehnte sich über das Geländer.

»Sie können ihnen erzählen was Sie wollen, aber sie werden Ihnen nicht glauben, nachdem sie mich gehört haben!« rief Lizzy mit drohender Stimme.

Die Tür wurde in diesem Augenblick aufgestoßen, und ein mangelhaft bekleideter Mann stürzte herein. Er stand atemlos und staunend still und starrte auf das Bild. Gleich darauf füllte sich die

Türöffnung mit Männern und Frauen, die sich schnell und notdürftig bekleidet hatten.

»Ist ein Unglück geschehen, Mylady?«

»Es ist nichts passiert«, sagte sie scharf. »Warten Sie draußen!«

»Nein, gehen Sie nicht fort«, rief Selwyn mit erhobener Stimme.

Noch einmal gelang es der Gräfin, sich Ruhe zu verschaffen. Sie schaute zu dem Mädchen auf der Galerie empor.

»Reden Sie meinem Sohn das dumme Zeug aus. Das ist das Beste, was Sie tun können. Die Sache wird morgen in Ordnung gebracht.«

Immer mehr Leute kamen in den Saal.

Selwyn war zu Mrs. Pinder getreten, die auf einem Stuhl saß und am ganzen Körper zitterte. Er stützte sie und führte sie hinaus. Die Leute machten ihnen Platz. Im nächsten Augenblick war Lizzy Smith bei ihnen.

Die Gräfin von Moron ging in ihrem Ankleideraum auf und ab. Sie hatte die Hände auf den Rücken gelegt. Die ruhige, kühle Frau war nervös und erregt. Chesney Praye und Tappatt hatte sie im Musikzimmer zurückgelassen. Vor wenigen Minuten war der Wagen abgefahren, der Mary Pinder dem Glück und der Freiheit entgegenbrachte.

Die Gräfin fühlte einen heftigen Zorn gegen ihren eigenen Sohn, den sie seit seiner Geburt gehaßt hatte, am meisten aber gegen Chesney. Sie hatte keine Hoffnung mehr, daß sich das Glück noch einmal zu ihren Gunsten wenden könnte. Alles, wofür sie gekämpft hatte, alles, was sie gewonnen hatte, zerrann nun in nichts! Die Stunde der Vergeltung war gekommen.

Sie suchte den Fehler zu entdecken, den sie in ihrem Plan gemacht hatte. Irgendeine Kraft hatte gegen sie gearbeitet – Dorn war doch nur das Werkzeug. Welche unbekannte, heimliche Macht stand hinter ihm? Sie bewunderte ihn jetzt doch in seiner Art.

Langsam öffnete sie einen kleinen Geheimschrank in der Mauer, der durch ein silbernes Barometer verdeckt wurde, zog einen kleinen Kasten heraus und schüttete den Inhalt auf den Tisch. Es war ein gefaltetes Stück Briefpapier und ein Schlüssel. Dann holte sie aus dem hinteren Teil des Schrankes noch eine kleine automatische Pistole hervor, nahm sie aus dem Lederetui und überzeugte sich, daß sie geladen war.

Kapitel 36

Der alte Mackenzie ging in Lizzys Küche, um mehr Kaffee zu kochen. Da hörte er draußen ein Klopfen.

»Es ist jemand an der Tür, Fräulein«, rief er Lizzy zu, »seien Sie doch so gut und öffnen Sie für mich.«

Lizzy hatte sich inzwischen frischgemacht und sah wieder schmuck und niedlich aus. Sie eilte die Treppe hinunter, nahm immer zwei Stufen auf einmal und riß die Tür auf. Zuerst erkannte sie den Herrn nicht, der vor ihr stand; aber dann war sie vor Schreck fast sprachlos.

»Ich möchte Miss Reddle sprechen«, sagte Mr. Shaddles.

Lizzy trat verwirrt zur Seite und folgte dem Anwalt die Treppe hinauf. Die Tür zu Mackenzies Wohnung stand offen, und als sie in das Zimmer traten, wurde es plötzlich still. Mr. Shaddles schaute von einem zum anderen und lächelte.

Lois, die neben ihrer Mutter an dem Tisch saß, stand erstaunt auf.

»Mr. Shaddles –«

Er nickte. Auf einmal wurde ihr klar, daß er zu den Leuten gehören mußte, die der Unterstaatssekretär damals erwähnt hatte.

»Sie waren es also –«

»Ja, gnädiges Fräulein, ich war es. Wir sind seit Jahrhunderten die Advokaten der Morons, und so habe auch ich mich bemüht, die Interessen der Familie wahrzunehmen. Niemand kennt bis jetzt die Zusammenhänge – bis jetzt. Aber es ist keine lange Geschichte, die ich zu erzählen habe – gestatten Sie?« Er wandte sich an Mrs. Pinder. Sie nickte.

»Der verstorbene Graf von Moron heiratete zweimal«, begann Shaddles. »Aus erster Ehe stammte sein Sohn William. Selwyn, der heute abend hier weilt, ist der Sohn der zweiten Frau. William war ein hochbegabter, ehrenhafter junger Mann, der in einem Hochländerregiment diente. Er war etwas romantisch veranlagt, und als er Mary Pinder traf, war es natürlich –«

»Mary Pinder?« rief Lois. Aber Shaddles überhörte die Unterbrechung. »– daß er sich in sie verliebte. Mary Pinder war damals ein schönes Mädchen von siebzehn oder achtzehn Jahren. Er liebte es, Fußtouren zu machen, und kam auch durch Hereford, und zwar nicht unter seinem eigenen Namen Viscount Craman, sondern als Mr. Pinder. Dies war der Mädchenname seiner Mutter. Er traf Mary mehrere Male, ohne ihr zu sagen, wer er war, und heiratete sie mit besonderer Erlaubnis unter dem Namen Pinder. Er wollte ihr seinen Stand und seine Würde erst nach der Hochzeit enthüllen.

Sie hatten etwa einen Monat zusammengelebt, als er unerwartet nach Hause gerufen wurde, weil sein Vater schwer erkrankt war. Als er in Schottland ankam, fand er den Grafen sterbend. Er erlag einem schweren Scharlachfieber. Es war ein grausames Schicksal, daß William angesteckt wurde und zwei Tage nach seinem Vater starb. Er hinterließ eine Witwe, die nicht wußte, wer er in Wirklichkeit war und wo er sich aufhielt.

Auf dem Sterbebett erzählte er seiner Stiefmutter, der jetzigen Gräfin Moron, daß er sich verheiratet hatte, und bat sie, nach seiner Frau zu schicken. Sie tat es nicht, besonders als sie erfuhr, daß seine Frau nicht wußte, wer er war und wo er wohnte. Erst einige Zeit später ging die Gräfin nach Hereford, um die Witwe ausfindig zu machen. Mrs. Pinder lebte bei einer exzentrischen Frau, die etwas verrückt war. Sie hatte schon oft gedroht, Selbstmord zu verüben, und es traf sich, daß sie gerade an dem Morgen, an dem Lady Moron in Hereford ankam, Gift nahm. Die Gräfin ging in das Haus, um ihre Neugierde nach der Frau ihres Stiefsohnes zu befriedigen. Als sie in das Zimmer trat, fand sie die tote Frau. Auf dem Tisch lag ein Brief, der die Gründe des Selbstmordes erklärte.

Lady Moron war eine Frau von raschem Entschluß. Hier fand sie eine günstige Gelegenheit, einen möglichen Anspruch auf die Familiengüter der Morons für immer zu beseitigen. Auf dem Tisch lagen auch Juwelen und Geld verstreut. Sie nahm alles an sich und ging damit in das Zimmer der jungen Frau. Sie vermutete wenigstens, daß es ihr Zimmer war, da sie Williams Fotografie auf dem Kamin stehen sah. Es ist übrigens diesselbe Fotografie, die später in Lois' Zimmer geschmuggelt wurde, um festzustellen, ob sie ihren Vater kannte. Gräfin Moron legte die Juwelen und das Gift in einen kleinen Kasten, verschloß ihn und nahm nicht nur den Schlüssel, sondern auch den Brief mit sich, der Mrs. Pinders Unschuld und die Schuld der Gräfin Moron bewiesen hätte, wenn ihre Handlungsweise bekannt geworden wäre.

Wie Sie wissen, wurde Mary Pinder angeklagt, zum Tode verurteilt und dann zu einer zwanzigjährigen Haftstrafe begnadigt. Im Gefängnis kam ihre kleine Tochter zur Welt, und eine befreundete Nachbarin nahm sich des Kindes an. Aber aus irgendeinem Grund wurde in den Zeitungen verbreitet, daß das Kind der Hereford-Mörderin gestorben sei. Dieser Umstand beruhigte die Gräfin. Sie machte keine Anstrengungen mehr, die Wahrheit der Geschichte nachzuprüfen, bis sie eines Tages zufällig erfuhr, daß Lois Reddle das Kind der Mrs. Pinder sei. Wie sie zu dieser Kenntnis kam, habe ich nicht herausfinden können.

Vor vielen Jahren erhielt ich die überzeugende Mitteilung, daß William verheiratet gewesen war und auf dem Totenbett nach seiner Frau geschickt hatte. Ich sah ihn gleich nach seinem Tod und entdeckte einen goldenen Trauring an seinem kleinen Finger, der aber bei der Beerdigung bereits entfernt worden war. Ich war davon überzeugt, daß das Mädchen, die Erbin seines Titels, am Leben sein müsse, und suchte nach ihr. Schließlich fand ich heraus, daß sie in Leith tätig war, und brachte sie nach London in meine Kanzlei, so daß ich sie stets bewachen konnte. Für alle Fälle engagierte ich aber noch den tüchtigsten Detektiv zu ihrem Schutz.

Gelegentlich entdeckte ich, daß die Gräfin irgendeine dunkle Ahnung hatte, wer sie war, und ich muß bekennen, daß ich zögerte, meine Einwilligung zu geben, als sie das Mädchen in ihrem Haus als Sekretärin anstellen wollte. Ich beriet mich erst lange mit Mr. Dorn, bevor ich meine Zustimmung gab. Ich teilte meinen Verdacht den Gerichten mit, und es wurde ein besonders befähigter Polizeibeamter, Sergeant Braime, als Diener in den Haushalt der Gräfin geschmuggelt, um herauszufinden, ob sie töricht genug war, den Brief der Selbstmörderin aufzubewahren.«

Er machte eine Pause und sprach erst nach einiger Zeit weiter.

»Als mir Miss Smith Mr. Dorns Brief zeigte, wurde Mr. Wills von mir nach Gallows Farm gesandt. Er rief mich heute abend an, daß er den Wagen verfolgt habe, in dem Mrs. Pinder von Gallows Farm entführt wurde, und daß Mrs. Pinder, Mr. Chesney Praye und Dr. Tappatt in Morons Estate angekommen seien. Daraufhin benachrichtigte ich Scotland Yard. Bevor ich hierherkam, erfuhr ich noch, daß Praye und Tappatt verhaftet wurden, als sie vor dem Portal von Morons Estate in ein Auto steigen wollten, um damit zu fliehen.

Die Gräfin Moron hat man nicht mehr verhaften können. Sie erschoß sich in dem Augenblick, als die Polizeibeamten in ihr Zimmer drangen. Auf dem Tisch fanden sie den Brief der Selbstmörderin von Hereford und einen Schlüssel –«

»Ich bin in einer unglücklichen Lage, meine liebe Lizzy«, sagte Selwyn traurig. »Ich bin kein Lord, aber ich vermute, daß ich noch eine Art von Moron bin. Sie könnten mich auch einen unnützen Moron nennen.«

»Seien Sie nicht albern, Selwyn. Natürlich ist es ein großer Unterschied«, sagte Lizzy. »Aber wenn Sie mich gefragt hätten, als Sie noch ein wirklicher Lord waren und ich eine Stenotypistin – ich bin jetzt auch noch eine –, so hätte ich doch nicht zugeben können, daß Sie Ihre Karriere ruinierten. Aber wie die Dinge jetzt liegen –«

Sie gingen zusammen auf einem ruhigen Seitenweg durch den Park.

»Wir wollen hier gehen«, schlug Lizzy vor. »Hier führt ein schöner Weg durch die Rhododendronsträucher, und es kommt niemand vorbei. Ich weiß auch eine idyllische, versteckte Bank. Um diese Zeit des Morgens ist kein Mensch dort. Wir können uns hinsetzen und plaudern –«

»Das ist das Sonderbarste an dem Fall«, sagte Michael, der an demselben Morgen auch einen Spaziergang mit einer jungen Dame im Park machte.

»Glauben Sie«, meinte Lois, Gräfin von Moron. »Ich kenne viele Dinge, die merkwürdiger sind. Heute morgen erhielt ich zum Beispiel eine Rechnung von Mr. Shaddles über ein Pfund und sechs Schilling für die Reparatur seines alten Fordwagens.«

»Hat er Ihnen denn keine andere Rechnung geschickt?« fragte Michael erstaunt. »Was für ein Mann! Die ganze Sache hat mindestens zehntausend Pfund gekostet; den größten Teil davon hat er an mich bezahlt.«

»Finden Sie, daß Ihre Dienste richtig belohnt wurden?«

»Ich fühle mich belohnt genug, wenn Sie, Comtesse, mir freundlichst danken.«

»Habe ich Ihnen noch nicht gedankt?« fragte sie mit schelmischer Verwunderung. »Und bitte, sagen Sie doch nicht Comtesse zu mir – das vertrage ich nicht. Ich werde meinen Dank – nein, jetzt noch nicht.«

Sie schwiegen, bis sie an das Ende eines schmalen Weges gekommen waren.

»Wir wollen hier entlanggehen«, sagte Lois dann. »Ich erinnere mich an eine schöne Partie in diesem Teil des Parks. Es steht eine lauschige Bank dort, und um diese Zeit des Morgens . . .«

KRIMI

OUT: wilde Knallerei, blutige Gemetzel, simple Stories.
IN: raffinierte Komplotte, eigenwillige Typen, explosive Dynamik - Krimis vom Feinsten. Beste Garantie dafür: klassische Topautoren und ungewöhnliche New-comer aus Deutschland und der englisch-amerikanischen Szene bei Goldmann.

ADAMS, HAROLD

Die vierte Witwe 5086 DM 9.80
Einfach Mord. 5055 DM 8,80
Lügen haben schöne Beine. 5070 DM 7,80
Malt die Stadt rot. 5061 DM 7,80
Killer im Haus. 5065 DM 8,80

ALLINGHAM, MARGERY

Das Haus am Golfplatz. 3001 DM 7,80
Mode und Morde. 3243 DM 7,80

ASIMOV, ISAAC

Die 'Schwarzen Witwer' bitten zu Tisch. 4922 DM 7,80

BAUMRUCKER, GERHARD

Schwabinger Nächte. 2003 DM 7,80

BIEBRICHER, ROLF

Ein Schloß in Graubünden. 5063 DM 7,80

BLAKE, NICHOLAS

Das Biest 4889 DM 8.80
Der Morgen nach dem Tod. 3276 DM 7,80

BLOBEL, BRIGITTE

Tödliche Schlingen. 5014 DM 8,80

BROMUND, DIETER

Mord ist nichts für feine Nasen. 5044 DM 7,80

CAIN, JAMES M.

Die Frau des Magiers 5092 DM 8.80
Doppelte Abfindung . **5084 DM 8.80**

CHRISTIE, AGATHA

Alibi. 12 DM 6,80
Das Geheimnis von Sittaford. 73 DM 6,80
Das Haus an der Düne. 98 DM 6,80
Der rote Kimono. 62 DM 6,80
Dreizehn bei Tisch. 66 DM 6,80
Ein Schritt ins Leere. 70 DM 6,80
Mord auf dem Golfplatz. 9 DM 6,80
Nikotin. 64 DM 6,80
Tod in den Wolken. 4 DM 6,80

CHASTAIN, THOMAS

Der große Blackout 5433 DM 8.80

CRUMLEY, JAMES

Der tanzende Bär (Kerle, Kanonen und Kokain) 4965 DM 8.80

DOODY, MARGARET

Sherlock Aristoteles. 5215 DM 8,80

DOWNING, WARWICK

Ruhe sanft im Wasserbett. 4592 DM 7,80

DURBRIDGE, FRANCIS

Der Andere. 3142 DM 5,80
Die Kette. 4788 DM 5,80
Die Puppe. 4940 DM 5,80
Das Halstuch. 3175 DM 5,80
Ein Mann namens Harry Brent. 4035 DM 5,80
Es ist soweit. 3206 DM 5,80
Melissa. 3073 DM 5,80
Im Schatten von Soho. 3218 DM 5,80
Paul Temple jagt Rex. 3198 DM 5,80
Paul Temple – Der Fall Kelby. 4039 DM 5,80
Tim Frazer. 3064 DM 5,80
Tim Frazer weiß Bescheid. 4871 DM 5,80
Paul Temple – Banküberfall in Harkdale. 4052 DM 5,80
Wer ist Mr. Hogarth? 4938 DM 5,80

ELLIN, STANLEY

Jack the Ripper und van Gogh 4984 DM 8.80

FLEMING, JOAN

Erst die Pflicht, dann das Vergnügen. 4231 DM 7,80

FREELING, NICOLAS

Keine Schuld an ihrem Tod. 5257 DM 7,80
Van der Valk und der Schmuggler 5090 DM 8.80
Van der Valk und die Katzen. 5076 DM 7,80

GARDNER, ERLE STANLEY

Der dunkle Punkt. 3039 DM 5,80
Der schweigende Mund 2259 DM 9.80
Der zweite Buddha. 3083 DM 5,80
Lockvögel. 3114 DM 5,80
Per Saldo Mord. 3121 DM 5,80
Ein schwarzer Vogel. 2267 DM 8,80

GOLDMANNS MORDSSACHEN

Der Gorilla und andere kriminelle Geschichten 9220 DM 8,80
Der kleine Schrecken und andere kriminelle Geschichten 9256 DM 9,80
Er ruhe in Frieden und andere Geschichten aus dem Giftschrank Hale. 9384 DM 9.80
Wer tötet schon eine Katze? und andere Geschichten 9360 DM 9.80

GOLDSBOROUGH, ROBERT

Per Annonce: Mord. 5062 DM 8,80
Mord in e-moll. 5034 DM 8,80

GOUGH, LAURENCE

Bewegliche Ziele 5081 DM 8.80
Die Tote am Haken 5080 DM 8.80

GUNN, VICTOR

Das Wirtshaus von Dartmoor/Die Treppe zum Nichts/Gute Erholung Inspektor Cromwell Drei Fälle für »Ironsides« in einem Band. 5097 DM 10.-
Im Nebel verschwunden/Tod im Moor/Der Tod hat eine Chance Drei Fälle für »Ironsides« in einem Band. 5098 DM 10,-
Roter Fingerhut. 267 DM 7,80
Die Lady mit der Peitsche. 261 DM 6,80
Der Mann im Regenmantel. 2093 DM 8,80

HAEFS, GISBERT

Das Triumvirat. Und andere kriminelle Geschichten. 5035 DM 7,80
Die Schattenschneise 5046 DM 8.80
Mord am Millionenhügel. 5613 DM 8,80

HALL, PARNELL

Der Mann, der nein sagen konnte 5085 DM 9.80

HANSEN, JOSEPH

Frühe Gräber. 5073 DM 8,80
Keine Prämie für Mord. 5454 DM 7,80
Mondschein-Trucker. 5020 DM 7,80
Tote Hunde bellen nicht. 5059 DM 7,80
Verbrannte Finger. 5451 DM 7,80

HEALEY, BEN

Falsche Kunst und echte Bomben. 4377 DM 7,80

HIGGINS, GEORGE V.

Der Anwalt 5087 DM 9.80
Die Freunde von Eddie Coyle 5083 DM 9.80

HILL, REGINALD

Der Calliope-Club. 4991 DM 8,80
Noch ein Tod in Venedig 5219 DM 8.80
Kein Kinderspiel. 5054 DM 9,80

KAMINSKY, STUART

Nacht auf dem Roten Platz. 5067 DM 8,80
Roter Regen 5089 DM 9.80
Rotes Chamäleon. 5072 DM 8,80

KNOX, BILL

Die Tote vom Loch Lomond 5025 DM 8,80
Mit falschen Etiketten. 4966 DM 8,80
Seefahrt bringt Tod. 5015 DM 8,80
Zwischenfall auf Island. 4899 DM 7,80
Tödliche Fracht. 4906 DM 8,80
Frachtbetrug. 4909 DM 8,80

KRISTAN, GEORG R.

Das Jagdhaus in der Eifel. 5650 DM 7,80
Ein Staatsgeheimnis am Rhein. 5019 DM 8,80
Fehltritt im Siebengebirge. 5003 DM 8,80
Schnee im Regierungsviertel. 5068 DM 7.80
Spekulation in Bonn. 5050 DM 7,80

MARSH, NGAIO

Bei Gefahr Rot. 4968 DM 8,80
Das Schloß des Mr. Oberon. 4954 DM 9,80
Das Todesspiel. 4990 DM 7,80
Der Champagner-Mord. 4917 DM 8,80
Der Handschuh. 4934 DM 7,80
Der Tod auf dem Fluß. 4997 DM 8,80
Der Hyazinthen-Mörder. 5036 DM 8,80
Mord in der Klinik. 5040 DM 8,80
Der Tod des Narren. 4946 DM 8,80
Der Tod im Frack. 4908 DM 8,80
Der Tod und der tanzende Diener. 4974 DM 9,80
Ein Schuß im Theater. 4046 DM 7,80
Fällt er in den Graben, fällt er in den Sumpf 4912 DM 8,80
Hinter den toten Wassern. 5033 DM 7,80
Letzter Applaus. 5008 DM 9,80
Mord im Atelier. 5000 DM 8,80
Mord vor vollem Haus. 4994 DM 8,80
Mylord mordet nicht. 4910 DM 8,80
Ouvertüre zum Tod. 4902 DM 8,80
Stumme Zeugen. 5028 DM 7,80
Tod im Lift. 4980 DM 8,80
Tod im Pub. 4986 DM 8,80
Tod in der Ekstase. 5016 DM 7,80

MOLSNER, MICHAEL

Der ermordete Engel. Die Euro-Ermittler. 5002 DM 7,80

MULLER, MARCIA

Das Geheimnis des toten Fischers. 4988 DM 7,80
Nette Nachbarn. 5029 DM 8,80

NEELY, RICHARD

Die Nacht der schwarzen Träume. 4778 DM 8,80
Du bist Mariott. 4790 DM 7,80

PETER, ELLIS

Mord zur Gitarre. 3219 DM 8,80

PLÖTZE, HASSO

Heimtückisch. 5024 DM 7,80

RITCHIE, SIMON

Toronto, tödlich. 5056 DM 8,80

ROSS, JONATHAN

Begraben wird später. 5075 DM 8,80

SADLER, MARK

Der Tod der Schwalbe. 5047 DM 7,80

SAYERS, DOROTHY

Es geschah im Bellona-Klub. 3067 DM 6,80
Geheimnisvolles Gift. 3068 DM 7,80
Mord braucht Reklame. 3066 DM 6,80

SCHRENK, PETER

Ein fremder Tod. 5053 DM 8,80
Ohne Obligo. 5071 DM 9,80

STOUT, REX

Zu viele Köche. 2262 DM 7,80
Der rote Bulle. 2269 DM 7,80
Orchideen für sechzehn Mädchen. 3002 DM 7,80
P.H. antwortet nicht. 3024 DM 7,80
Goldene Spinnen. 3031 DM 7,80
Das Geheimnis der Bergkatze. 3052 DM 7,80
Das Plagiat. 3108 DM 7,80
Morde jetzt – zahle später. 3124 DM 7,80
Zu viele Klienten. 3290 DM 7,80
Der Schein trügt. 3300 DM 7,80
Gambit. 4038 DM 7,80
Vor Mitternacht. 4048 DM 7,80
Die Champagnerparty. 4062 DM 7,80
Gift la Carte. 4349 DM 7,80
Wenn Licht ins Dunkle fällt. 4358 DM 7,80
Per Adresse Mörder X. 4389 DM 7,80

SYMONS, JULIAN

Damals tödlich. 4855 DM 8,80
Mit Namen Annabel Lee. 5247 DM 8,80
Der Kreis wird enger. 4104 DM 7,80
Die Spieler und der Tod. 4469 DM 7,80
Roulett der Träume 4792 DM 9.80
Wer stirbt schon gerne in Venedig. 5013 DM 8,80

TAIBO II, PACO IGNACIO

Das nimmt kein gutes Ende 5252 DM 7.80

THOMPSON, JIM

Liebe ist kein Alibi. 5045 DM 7,80

TRUMAN, MARGARET

Mord an höchster Stelle. 4943 DM 8,80
Mord im CIA. 5069 DM 9,80
Mord im Diplomatenviertel 5005 DM 9.80
Mord im Weißen Haus. 4907 DM 8,80
Mord in Georgetown. 5041 DM 9,80

UPFIELD, ARTHUR W.

Bony stellt eine Falle. 1168 DM 6,80
Der Kopf im Netz. 167 DM 6,80
Die Giftvilla. 180 DM 6,80
Die Leute von nebenan. 198 DM 6,80
Der sterbende See. 214 DM 6,80
Der neue Schuh. 219 DM 6,80
Der Schwarze Brunnen.224 DM 6,80
Der streitbare Prophet. 232 DM 6,80
Bony und die schwarze Jungfrau.1074 DM 5,80
Bony wird verhaftet. 1281 DM 6,80
Bony und der Bumerang. 2215 DM 6,80
Freunde sind unerwünscht. 1230 DM 6,80

WAINWRIGHT, JOHN

In einer einzigen Nacht. 5066 DM 8,80

WALLACE, EDGAR

A.S. der Unsichtbare. 126 DM 5,80
Bei den drei Eichen.100 DM 5,80
Das Gasthaus an der Themse. 88 DM 6,80

Das Geheimnis der Stecknadel. 173 DM 6,80
Das Geheimnis der gelben Narzissen. 37 DM 6,80
Das Gesetz der Vier. 230 DM 6,80
Das Gesicht im Dunkel. 139 DM 5,80
Das Steckenpferd des alten Derrick. 97 DM 6,80
Das Verrätertor. 45 DM 6,80
Das geheimnisvolle Haus. 113 DM 6,80
Das indische Tuch. 189 DM 6,80
Das silberne Dreieck. 154 DM 5,80
Der Banknotenfälscher. 67 DM 6,80
Der Brigant. 111 DM 6,80
Der Derbysieger. 242 DM 5,80
Der Diamantenfluß. 16 DM 6,80
Der Dieb in der Nacht. 1060 DM 6,80
Der Doppelgänger. 95 DM 5,80
Der Engel des Schreckens. 136 DM 5,80
Der Frosch mit der Maske. 1 DM 6,80
Der Hexer. 30 DM 6,80
Der Joker. 159 DM 5,80
Der Juwel aus Paris. 2128 DM 5,80
Der Mann aus Marokko. 124 DM 6,80
Der Mann im Hintergrund. 1155 DM 6,80
Der Mann, der alles wußte. 86 DM 6,80
Der Mann, der seinen Namen änderte. 1194 DM 5,80
Der Preller. 116 DM 5,80
Der Redner. 183 DM 6,80
Der Rächer. 60 DM 6,80
Der Safe mit dem Rätselschloß. 47 DM 6,80
Der Teufel von Tidal Basin. 80 DM 6,80
Der Unheimliche. 55 DM 6,80
Der Zinker. 200 DM 6,80
Der goldene Hades. 226 DM 5,80
Der grüne Bogenschütze. 150 DM 6,80
Der grüne Brand. 1020 DM 6,80
Der leuchtende Schlüssel. 91 DM 6,80
Der rote Kreis. 35 DM 6,80
Der schwarze Abt. 69 DM 5,80
Der sechste Sinn des Mr. Reeder. 77 DM 6,80
Der sentimentale Mr. Simpson. 1214 DM 6,80
Der unheimliche Mönch. 203 DM 5,80
Der viereckige Smaragd. 195 DM 6,80
Die Abenteuerin.164 DM 6,80
Die Bande des Schreckens. 11 DM 6,80
Die Gräfin von Ascot. 1071 DM 6,80
Die Melodie des Todes. 207 DM 6,80
Die Millionengeschichte. 194 DM 5,80
Die Schuld des anderen. 1055 DM 6,80
Die Tür mit den 7 Schlössern. 21 DM 6,80
Die blaue Hand. 6 DM 6,80
Die drei Gerechten. 1170 DM 6,80
Die drei von Cordova. 160 DM 5,80
Die gebogene Kerze. 169 DM 5,80
Die gelbe Schlange. 33 DM 6,80
Die seltsame Gräfin. 49 DM 6,80
Die toten Augen von London. 181 DM 6,80
Die unheimlichen Briefe. 1139 DM 5,80
Die vier Gerechten. 39 DM 6,80
Ein gerissener Kerl. 28 DM 6,80
Feuer im Schloß. 1063 DM 6,80
Gangster in London. 178 DM 6,80
Geheimagent Nr. sechs. 236 DM 6,80
Großfuß. 65 DM 6,80
Gucumatz. 248 DM 6,80
Hands up! 13 DM 6,80
Im Banne des Unheimlichen. 117 DM 6,80
In den Tod geschickt. 252 DM 6,80
John Flack. 51 DM 6,80
Kerry kauft London. 215 DM 6,80
Lotterie des Todes. 1098 DM 5,80
Louba, der Spieler. 163 DM 6,80
Mr. Reeder weiß Bescheid. 1114 DM 5,80
Nach Norden, Strolch! 221 DM 6,80
Neues vom Hexer. 103 DM 6,80
Penelope von der Polyantha. 211 DM 6,80
Richter Maxells Verbrechen. 41 DM 6,80
Turfschwindel.155 DM 6,80
Töchter der Nacht.1106 DM 6,80
Zimmer 13.44 DM 6,80
Überfallkommando.75 DM 6,80

WALLACE, PENELOPE

Eine feine Adresse. 5017 DM 7,80

WEINERT-WILTON, LOUIS

Die chinesische Nelke. 53 DM 8,80

WERY, ERNESTINE

Nachtkerze. 5623 DM 8,80

WOODS, SARA

Das Haus zum sanften Mord. 4915 DM 7,80
Ein kleines, kleines Grab. 5051 DM 7,80
Ihre Tränen waren Tod. 4921 DM 8,80
Wer zuletzt schießt... 5023 DM 8,80
Die Wahrheit und nichts als die Wahrheit. 5037 DM 8,80
Weine nicht, kleine Jennifer. 5058 DM 8,80
Wer Antony eine Grube gräbt. 5064 DM 8,80

MEISTERWERKE DER KRIMINALLITERATU

ARNAUD, GEORGES

Lohn der Angst. 6233 DM 8,80

CAIN, JAMES M.

Zarte Hände hat der Tod. 6243 DM 9,80

CHRISTIE, AGATHA

Alibi. 6202 DM 7,80
Das Haus an der Düne. 6220 DM 7,80
Der rote Kimono.(Mord im Orient-Expreß).6227 DM 8,80
Dreizehn bei Tisch. 6234 DM 8,80

DURBRIDGE, FRANCIS

Das Halstuch. 6216 DM 7,80

FRANCIS, DICK

Grand-Prix für Mord. 6247 DM 9,80

FREELING, NICOLAS

Bluthund. 6236 DM 8,80
Die Formel. 6221 DM 9,80
Wie ein Diamant auf Wunden. 6238 DM 8,80
Valparaiso. 6245 DM 8,80

GUNN, VICTOR

Schritte des Todes. 6246 DM 8,80

MARSH, NGAIO

Ouvertüre zum Tod. 6205 DM 8,80

PETERS, ELLIS

Der Tod und die lachende Jungfrau. 6237 DM 8,80

POSTGATE, RAYMOND

Das Urteil der Zwölf. 6249 DM 8,80

STOUT, REX

Der rote Bulle. 6226 DM 8,80

SYMONS, JULIAN

Am Ende war alles umsonst. 6235 DM 8,80
Wenn ich einmal tot bin. 6248 DM 8,80

TAIBO II, PACO IGNACIO

Eine leichte Sache. 6240 DM 9,80

UPFIELD, ARTHUR W.

Der sterbende See. 6209 DM 7,80
Todeszauber. 6244 DM 8,80

WALLACE, EDGAR

Die vier Gerechten. 6230 DM 8,80

WEINERT-WILTON, LOUIS

Die weiße Spinne. 6250 DM 8,80